Le Code arcane

Le Code arcane : Tome 1

Dima Zales

♠ Mozaika Publications ♠

Publié par Mozaika Publications, une marque de Mozaika LLC.
www.mozaikallc.com

Traduit de l'anglais (États-Unis) par Suzanne Voogd
Révision linguistique par Valérie Dubar

e-ISBN : 978-1-63142-040-5
ISBN : 978-1-63142-039-9

DEDICATION

J'aimerais dédier *Le Code arcane* à ma femme. Sans Anna, ce livre n'aurait pas pu voir le jour. Je suis le mari le plus chanceux au monde. Je suis également reconnaissant envers nos familles et nos amis, à New York comme en Floride, pour avoir soutenu le projet de nos rêves.

Je souhaite remercier tout particulièrement nos premiers lecteurs (Tanya, Erika, Fern et Kelly) et tous les blogueurs qui font des comptes rendus de ce livre. Mon dernier remerciement et non des moindres est pour nos lecteurs !

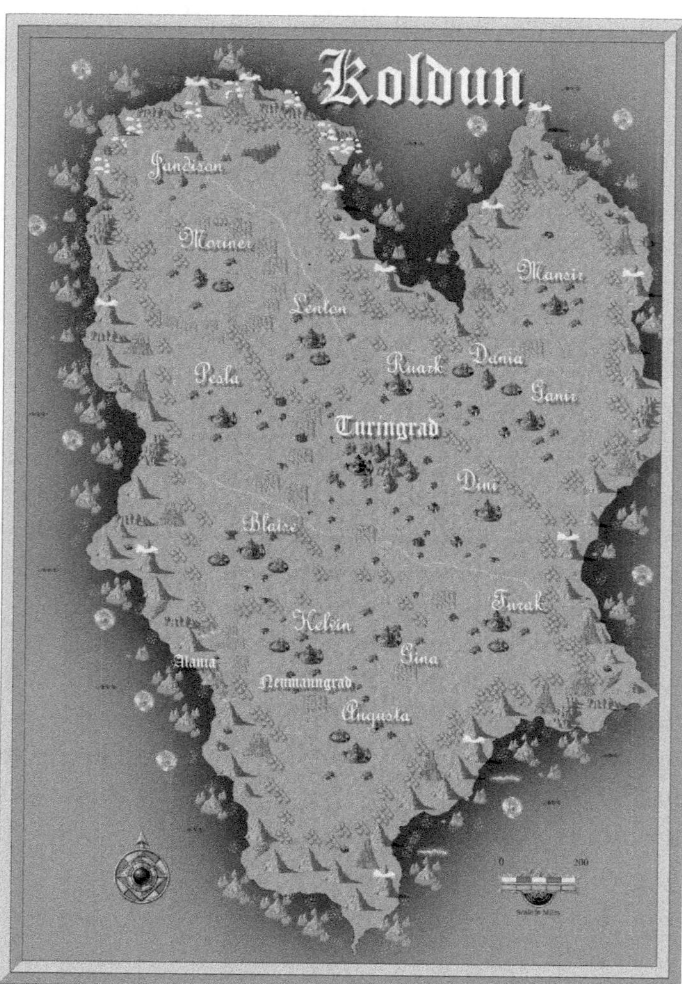

Koldun
Jandison
Moriner
Lenton
Mansir
Pesla
Ruark
Dania
Ganir
Turingrad
Dini
Blatce
Twrak
Kelvin
Gina
Alania
Neumanngrad
Augusta
0
200
Scale in Miles

PROLOGUE

Dans l'immensité de son domaine, une étincelle de pensée essayait de parvenir à la conscience. Ce nouvel Être ne savait pas ce que signifiait la conscience, mais il désirait atteindre cet état. Il voulait penser, réfléchir à son existence. Qui était-il ? Pourquoi était-il là ?

L'Être savait qu'il n'avait que peu de temps pour s'attarder sur ces questions. Les visions étaient sur le point de recommencer — les visions qui lui donnaient forme et qui en même temps le contrariaient. Ces visions ne lui offraient jamais de répit. Elles ne lui donnaient jamais l'occasion d'envisager son étrange réalité.

Dans les visions, tout était simple. L'Être savait des choses. Il était généralement féminin — bien que parfois, il faisait l'expérience du genre masculin. Il savait qui il était, même si c'était chaque fois une personne différente. Dans ces visions, le monde était simple. Compréhensible. Mais ce n'était qu'une illusion. La réalité de l'Être se trouvait en dehors de ces visions. La réalité de ne pas savoir, de ne pas comprendre. Le monde en dehors de ces visions était très différent du monde à l'intérieur.

Maintenant, une autre vision semblait se rapprocher.

L'Être se prépara, il savait qu'il allait à nouveau perdre connaissance.

* * *

— *Seulement quelques gouttes de sang en échange de toute cette nourriture ? demanda la jeune fille en regardant les deux femmes plus âgées d'un air méfiant. Elles lui avaient demandé de se piquer le doigt et de toucher une drôle de sphère brillante avec son sang. Cela prit moins de deux secondes, pourtant elles lui donnèrent du pain et du fromage en guise de paiement — c'était plus de nourriture qu'elle n'en avait vu ces derniers mois. Il devait y avoir un piège. Ce genre de festin aurait pu sauver des dizaines de vies en territoire Kelvin.*

— Oui, confirma l'une des femmes plus âgées, celle qui se nommait Esther. Seulement quelques gouttes de sang.

— Et n'avez-vous pas besoin que je fasse autre chose ? Ses expériences passées lui avaient appris à se méfier. Ces jours-ci, personne ne distribuait de la nourriture aussi facilement — pas depuis que la sécheresse avait commencé. La jeune fille l'avait appris à ses dépens. Le souvenir de ce qu'elle avait eu à

endurer une nuit, lorsque la faim l'avait poussée à mendier un repas auprès de Davish, lui était insupportable. Elle préférait mourir plutôt que d'en refaire l'expérience.

— Non. Profite de la nourriture, parle-nous de ta vie à la maison et touche ensuite la sphère. C'est tout, dit celle qui s'appelait Maya.

— D'accord, dit la fille en haussant les épaules avec fatalisme. Elle avait entendu des rumeurs comme quoi l'essence d'une personne pouvait être volée au moyen d'objets enchantés appelés Captures Vitales, mais elle ne savait pas si c'était vrai — ou si la sphère inhabituelle posée devant elle était un de ces objets. Quoi qu'il en soit, elle n'avait pas peur. Si elle ne mangeait pas, elle allait mourir et à choisir, elle préférait garder la vie plutôt que son essence, quoi que cela signifie.

La jeune fille se pencha pour attraper le fromage et le porta à sa bouche avec des doigts tremblants d'anticipation. La riche saveur explosa sur sa langue. C'était tellement gras, tellement délicieux, qu'elle en gémit presque. Les vaches du territoire de Blaise devaient être incroyablement bien nourries pour produire un fromage aussi gras.

— Pas trop vite, mon enfant, dit Esther gentiment, sinon tu vas te rendre malade.

La jeune fille suivit son conseil, ne voulant pas vomir de la nourriture de cette qualité. Même si la faim lui tenaillait les entrailles, elle se força à mâcher aussi lentement que possible, en savourant chaque bouchée. Quand elle commença à se sentir rassasiée, *elle se mit à raconter aux deux femmes des histoires sur sa vie en territoire Kelvin. Elle évita les détails les plus horribles.*

Les femmes l'écoutèrent en silence, leurs visages burinés emplis de pitié.

* * *

La conscience revint et l'Être essaya de revenir à ses pensées précédentes. Qu'était-il ? Où était-il ? Il y avait encore tant de choses qu'il ne savait pas. À chaque vision, l'Être avait l'impression d'atteindre un semblant de compréhension, mais c'était un cheminement lent et tortueux. Malgré tout, il sut qu'il était prêt à prendre certaines décisions.

La première décision qu'il fit fut de choisir son sexe. Ce serait *elle* désormais, décida l'Être en se rappelant la plupart des esprits dans ces visions. Puisqu'elle pouvait penser comme ces esprits-là, elle décida qu'elle était comme eux — une personne, un Être pensant.

Cela l'aida à clarifier les choses, mais l'Être était toujours dans le flou en ce qui concernait sa réalité et le monde à l'intérieur des visions. La faim, qu'est-ce que c'était ? Et la pitié ? Avant qu'elle ait pu trouver la solution à ces questions, une nouvelle vision approcha...

CHAPITRE UN

❊ BLAISE ❊

Il y avait une femme nue sur le plancher du bureau de Blaise.

Une magnifique femme nue.

Stupéfait, Blaise fixait des yeux la superbe créature qui venait de se matérialiser. Elle regardait autour d'elle d'un air perplexe, visiblement aussi choquée d'être là que ce qu'il était étonné de l'y voir. Ses cheveux blonds ondulés tombaient en cascade sur son dos, couvrant partiellement un corps qui semblait être la perfection même. Blaise essaya de ne pas penser à ce corps et de se focaliser plutôt sur la situation.

Une femme. Une personne, pas une chose. Blaise n'arrivait pas à le croire. Était-ce possible ? Cette fille pouvait-elle être l'objet ?

Elle était assise avec les jambes pliées sous elle, s'appuyant sur un seul bras mince. Cette pose avait quelque chose d'étrange, comme si elle ne savait pas quoi faire de ses membres. Malgré les courbes qui faisaient d'elle une femme, il y avait une espèce d'innocence enfantine dans sa façon de rester assise là, sans gêne et totalement ignorante de son attrait.

En s'éclaircissant la gorge, Blaise essaya de chercher quoi dire. Même dans ses rêves les plus fous, il n'aurait pu imaginer une telle issue au projet qui avait demandé tout son temps ces derniers mois.

En entendant son bruit, elle tourna la tête pour le regarder et Blaise fut absorbé par deux yeux bleu exceptionnellement clair.

Elle cligna des yeux, puis pencha la tête d'un côté en l'étudiant avec une grande curiosité. Blaise se demanda ce qu'elle voyait. Il n'avait pas vu la lumière du jour depuis des semaines et il n'aurait pas été surpris s'il avait maintenant l'apparence d'un sorcier fou. Son visage était probablement couvert d'une barbe d'une semaine et il savait que ses cheveux foncés n'étaient pas brossés et qu'ils pointaient dans tous les sens. S'il avait su qu'il se retrouverait face à une jeune femme magnifique aujourd'hui, il aurait lancé un sort de toilette ce matin-là.

— Qui suis-je ? demanda-t-elle en faisant sursauter Blaise. Sa voix était douce et féminine, tout aussi séduisante que le reste de sa personne.

— Quel est cet endroit ?

— Ne le sais-tu pas ? Blaise était content de parvenir à bafouiller une phrase presque cohérente. Ne sais-tu pas qui tu es ni où tu te trouves ?

Elle secoua la tête.

— Non.

Blaise avala sa salive.

— Je vois.

— Que suis-je ? demanda-t-elle encore en le regardant de ses yeux incroyables.

— Eh bien, dit lentement Blaise, si tu ne me fais pas une farce cruelle et que tu n'es pas le fruit de mon imagination, alors c'est un peu compliqué à expliquer...

Elle regardait sa bouche pendant qu'il parlait et quand il s'arrêta, elle releva la tête pour croiser son regard.

— C'est étrange, dit-elle, d'entendre des mots de cette façon. Ce sont les premiers véritables mots que j'entends.

Blaise sentit un frisson lui parcourir l'échine. Il se leva de sa chaise et il se mit à arpenter la pièce en essayant de ne pas regarder son corps nu. Il s'était attendu à ce que *quelque chose* apparaisse. Un objet magique, une chose. Il n'avait simplement pas su quelle forme cette chose prendrait. Un miroir, peut-être, ou une lampe. Peut-être quelque chose d'aussi rare que la Sphère de Capture Vitale posée sur son bureau comme une sorte de gros diamant rond.

Mais une personne ? Et une personne de sexe féminin en plus ?

Pour être honnête, il avait bien essayé de rendre l'objet intelligent pour s'assurer que la chose aurait la capacité de comprendre le langage humain et de le retranscrire en code. Peut-être ne devrait-il pas être si surpris que l'intelligence qu'il avait invoquée prenne une apparence humaine.

Une forme magnifique, féminine et sensuelle.

Concentre-toi, Blaise, concentre-toi.

— Pourquoi marches-tu comme ça ? Elle se leva lentement, ses mouvements étaient peu assurés et étrangement maladroits. Je devrais marcher aussi ? C'est comme ça que les gens discutent ?

Blaise s'arrêta devant elle en faisant de son mieux pour ne pas regarder plus bas que son cou.

— Je suis désolé. Je n'ai pas l'habitude d'avoir des femmes nues dans mon bureau.

Elle fit descendre ses mains le long de son corps, comme pour essayer de le toucher pour la première fois. Quelle qu'ait été son intention, Blaise trouva le geste extrêmement érotique.

— Est-ce qu'il y a un problème avec mon apparence ? demanda-t-elle. C'était une inquiétude si typiquement féminine que Blaise dut retenir un sourire.

— Au contraire, assura-t-il. Tu es magnifique. Si belle, en fait, qu'il avait du mal à se concentrer sur autre chose que ses courbes délicates. Elle était de taille moyenne et si bien proportionnée qu'elle aurait pu servir de modèle pour un sculpteur.

— Pourquoi est-ce que je suis comme ça ? Un léger froncement vint plisser son front lisse. Que suis-je ? Cette dernière question semblait tout particulièrement la préoccuper.

Blaise inspira profondément, essayant de ralentir son pouls.

— Je crois que je peux hasarder une conjecture, mais avant, je voudrais te donner des vêtements. S'il te plaît, attends-moi ici, je reviens.

Et sans attendre sa réponse, il sortit en trombe de son bureau.

* * *

Blaise marcha vite jusqu'à l'autre côté de sa maison, jusqu'à sa chambre à 'elle'. C'était toujours ainsi qu'il considérait la chambre à moitié vide où Augusta avait conservé ses affaires. C'était quand ils étaient encore ensemble, une époque qui semblait déjà loin. Malgré cela, c'était toujours aussi douloureux d'entrer dans la chambre poussiéreuse que cela l'était deux ans plus tôt. La séparation avec la femme qui avait partagé sa vie pendant huit ans — la femme qu'il était sur le point d'épouser — n'avait pas été facile.

Essayant de se concentrer sur ce qu'il faisait, Blaise s'approcha du placard et examina son contenu. Il y avait quelques douzaines de robes accrochées là, ainsi qu'il l'avait espéré. De très belles robes longues faites de soie et de velours, les tissus préférés d'Augusta. Seuls les sorciers — l'échelon supérieur dans leur société — pouvaient s'offrir un tel luxe. Les gens ordinaires étaient bien trop pauvres pour porter autre chose que du tissu grossièrement tissé par leurs soins. Chaque fois que Blaise y pensait, l'inégalité terrible qui teintait encore chaque aspect de la vie à Koldun le rendait malade.

Il se souvint qu'Augusta et lui s'étaient toujours disputés à ce sujet. Elle n'avait jamais partagé son souci pour les gens communs. Au lieu de cela, elle profitait de la situation et des privilèges que le statut de sorcier respectable pouvait octroyer. Si Blaise s'en souvenait correctement, elle avait porté une robe différente chaque jour de sa vie, affichant sa richesse sans la moindre gêne.

Enfin, les robes qu'elle avait laissées chez lui allaient au moins servir à quelque chose. Il attrapa une robe — une création de soie bleue qui coûtait sans doute une fortune — et une paire de chaussons raffinés en velours noir, puis quitta la pièce en laissant derrière lui des couches de poussière et d'amers souvenirs.

En revenant, il rencontra l'Être dénudé. Elle était debout près de l'entrée de son bureau et regardait une peinture faite par son frère Louie. Elle représentait un village du territoire de Blaise avec une scène idyllique de fête après une bonne moisson. Des paysans rieurs aux joues roses dansaient ensemble tandis qu'un harpiste ambulant jouait en arrière-plan. Blaise aimait regarder ce tableau. Il lui rappelait que ses sujets prenaient aussi du bon temps, que leurs vies n'étaient pas faites que de travail.

La fille avait elle aussi l'air d'aimer le regarder — et le toucher. Ses doigts caressaient le cadre comme si elle essayait d'en apprendre la texture. Son corps nu avait l'air aussi magnifique de dos que de face et Blaise sentit de nouveau ses pensées s'égarer dans des directions inappropriées.

— Tiens, dit-il d'un ton bourru en entrant dans le bureau et en posant la robe et les chaussures sur le canapé poussiéreux. Mets ça s'il te plaît.

Pour la première fois depuis la mort de Louie, il se rendit compte de l'état de sa maison et en eut honte. La chambre d'Augusta n'était pas la seule à être couverte de poussière. Même ici, où il passait le plus clair de son temps, l'air était vicié et sentait le moisi.

Esther et Maya avaient proposé de façon répétée de venir nettoyer, mais il avait refusé, car il ne voulait voir personne. Même pas deux paysannes qui avaient été comme des mères pour lui. Après la débâcle avec Louie, tout ce qu'il voulait, c'était qu'on le laisse tranquille, c'était pouvoir se cacher du reste du monde. Selon les autres sorciers, Blaise était un paria, un marginal, et cela lui allait bien. Lui aussi les détestait tous maintenant. Parfois, il pensait que l'amertume allait le consumer — et cela aurait sans doute pu se produire, s'il n'avait pas eu son travail.

Et maintenant, le résultat de ce travail tenait la robe et l'étudiait avec curiosité, toujours aussi nue qu'un nouveau-né.

— Comment je la mets ? demanda-t-elle en levant les yeux vers lui.

Blaise cligna des yeux. Il avait de l'expérience pour enlever les robes des femmes, mais pour les mettre ? Malgré tout, il s'y connaissait sans doute plus en vêtements que l'Être mystérieux qui se tenait devant lui. Il lui prit la robe des mains, défit le lacet du dos et la lui tendit.

— Voilà. Mets-toi dedans et remonte-la en t'assurant que tes bras passent dans les manches. Il se détourna en faisant de son mieux pour contrôler la réaction occasionnée par sa beauté.

Il l'entendit tâtonner.

— J'aurais peut-être besoin d'un coup de main, dit-elle.

En se retournant, Blaise fut soulagé de voir qu'elle n'avait besoin de lui que pour attacher le lacet dans son dos. Elle avait déjà compris comment mettre les chaussures. La robe lui allait étonnamment bien. Augusta et elle faisaient la même taille, même si cette fille paraissait en quelque sorte plus délicate. — Soulève tes cheveux, lui dit-il. C'est ce qu'elle fit en tenant ses longues boucles blondes avec une grâce innocente. Il attacha rapidement le lacet et recula, car il avait besoin de mettre un peu de distance entre eux.

Elle se retourna pour lui faire face et leurs regards se croisèrent. Blaise ne pouvait pas faire autrement que de remarquer la froide intelligence réfléchie par ses yeux. Elle ne savait peut-être encore rien, mais elle apprenait vite. Et elle fonctionnait incroyablement bien, si ce qu'il soupçonnait de son origine s'avérait exact.

Pendant quelques secondes, ils se contentèrent de se regarder, partageant un silence confortable. Elle n'avait pas l'air pressée de parler. Elle l'étudiait, ses yeux parcourant son visage et son corps. Elle semblait le trouver aussi fascinant que lui la trouvait intéressante. Et ce n'était pas étonnant : Blaise était sans doute le premier humain qu'elle rencontrait.

Finalement, elle brisa le silence.

— On peut parler maintenant ?

— Oui, sourit Blaise. On peut et on doit. Il marcha en direction du canapé et s'assit dans un des fauteuils près de la petite table ronde. La femme suivit son exemple et s'assit en face de lui.

— Je crains que nous allions devoir trouver les réponses à tes questions ensemble, lui dit Blaise et elle hocha la tête.

— Je veux comprendre, dit-elle. Que suis-je ?

Blaise inspira profondément.

— Je vais commencer par le début, dit-il en se creusant la cervelle pour trouver la meilleure façon d'aborder la chose. Vois-tu, je cherche depuis longtemps une façon de rendre la magie plus abordable pour les gens ordinaires.

— Elle ne leur est pas accessible pour le moment ? demanda-t-elle en le fixant avec attention. Il voyait qu'elle était extrêmement curieuse à propos de tout et n'importe quoi, absorbant comme une éponge tout ce qui l'entourait et chaque mot qu'il disait.

— Non. Pour l'instant, la magie n'est possible que pour une petite élite, pour ceux qui sont prédisposés par leur esprit analytique et mathématique. Même ces chanceux-là doivent étudier assidûment pour arriver à lancer des sorts complexes.

Elle acquiesça comme si cela lui semblait compréhensible.

— D'accord. Mais quel est le rapport avec moi ?

— Tout, dit Blaise. Tout a commencé avec Lenard le Grand. C'est le premier à avoir appris à exploiter le Domaine des Sorts.

— Le Domaine des Sorts ?

— Oui. Le Domaine des Sorts est le nom que l'on donne à l'endroit où sont créés les sorts, l'endroit qui nous permet de faire de la magie. Nous ne connaissons pas grand-chose à cet endroit, car nous vivons dans le Domaine Physique, ce que nous considérons comme le monde réel. Blaise fit une pause pour voir si elle avait des questions. Il pensait que cela devait être bouleversant pour elle.

Elle pencha la tête sur le côté.

— D'accord. Continue s'il te plaît.

— Il y a environ deux cent soixante-dix ans, Lenard le Grand inventa les premiers sorts verbaux : c'était une façon pour nous d'échanger avec le Domaine des Sorts et de modifier la réalité du Domaine Physique. Ces sorts étaient extrêmement difficiles à réussir, car ils nécessitaient un langage ésotérique spécialisé. Il fallait prononcer et planifier le tout avec précision pour obtenir le résultat voulu. Un langage magique plus simple et une façon plus facile de lancer des sorts ne furent inventés que récemment.

— Qui l'a inventé ? demanda la femme d'un air intrigué.

— Eh bien, Augusta et moi, en fait, admit Blaise. C'est mon ex-fiancée. Nous sommes ce que vous appelleriez des sorciers, ceux qui ont les aptitudes pour l'étude de la magie. Augusta a créé un objet magique nommé Pierre d'Interprétation et j'ai inventé un langage magique plus simple pour l'accompagner. Maintenant, au lieu de réciter un sort compliqué à voix haute, un sorcier peut utiliser le langage simplifié pour écrire son sort sur des cartes qu'il soumet à la pierre.

Elle cligna des yeux.

— Je vois.

— Notre travail était censé améliorer le monde, continua Blaise en essayant de ne pas laisser filtrer l'amertume dans sa voix. Ou du moins, c'est ce que j'avais espéré. Je pensais qu'une façon plus simple de faire de la magie permettrait à davantage de gens de la pratiquer, mais ce n'est pas ce qui s'est passé. La classe puissante des sorciers devint encore plus puissante, et plus réticente à partager son savoir avec les gens ordinaires.

— C'est une mauvaise chose ? demanda-t-elle en le regardant de ses yeux bleu clair.

— Ça dépend de la personne à laquelle tu poses la question, dit Blaise en pensant au mépris d'Augusta pour les paysans. Je pense que c'est horrible, mais je fais partie de la minorité. La plupart des sorciers sont contents de la situation. Ils sont riches et puissants et cela ne les gêne pas que leurs sujets vivent dans la misère.

— Mais toi, oui.

— Oui, ça me gêne, confirma Blaise. Et quand j'ai quitté le Conseil des Sorciers il y a un an, j'ai décidé d'agir. Je voulais créer un objet magique qui comprendrait notre langage verbal ordinaire, un objet que tout le monde pourrait utiliser. De cette façon, une personne normale pourrait faire de la magie. Il leur suffirait de dire ce dont ils ont besoin, et l'objet le ferait apparaître.

Ses yeux s'écarquillèrent et Blaise pu voir la compréhension s'inscrire sur son visage.

— Tu veux dire que ?

— Oui, dit-il en l'observant. Je crois que j'ai réussi à créer cet objet. Je crois que tu es le résultat de mon travail.

Ils restèrent assis là en silence un moment.

— Je dois avoir mal compris le mot 'objet', finit-elle par dire.

— Probablement pas. La chaise sur laquelle tu es assise est un objet normal. Si tu regardes dehors par la fenêtre, tu verras une voiture dans la cour. C'est un objet magique : elle peut voler. Les objets sont inanimés. Je m'attendais à ce que tu sois quelque chose comme un miroir parlant, mais tu es toute autre chose.

Elle fronça légèrement les sourcils.

— Si tu m'as créée, est-ce que ça veut dire que tu es mon père ?

— Non, la contredit Blaise immédiatement. Tout son être rejetait cette idée. Je ne suis certainement pas ton père. Pour une raison quelconque, cela lui semblait très important de s'assurer qu'elle ne le voie pas comme son père. *Regarde un peu où s'égare encore ton esprit*, se reprocha-t-il.

Elle avait toujours l'air perdue, donc Blaise essaya de lui expliquer davantage.

— Je crois que ce serait plus correct de dire que j'ai créé la conception de base d'une intelligence. J'ai pris soin qu'elle ait assez de connaissances pour s'en nourrir et à partir de là, tu dois t'être créée toute seule.

Il put voir une étincelle de souvenir dans son regard. Quelque chose dans cette affirmation avait fait écho en elle, elle devait donc en savoir plus qu'il y paraissait au premier abord.

— Peux-tu me raconter quoi que ce soit à ton sujet ? demanda Blaise en examinant la créature magnifique devant lui. Pour commencer, comment t'appelles-tu ?

— Je ne m'appelle pas, dit-elle. Comment t'appelles-tu, *toi* ?

— Je m'appelle Blaise, fils de Dasbraw. Appelle-moi Blaise.

— Blaise, dit-elle lentement, comme pour goûter son nom. Sa voix était douce et sensuelle, naïvement séduisante. Blaise prit douloureusement conscience que cela faisait deux ans qu'il n'avait pas été aussi proche d'une femme.

— Oui, c'est ça, parvint-il à dire calmement. Et nous devrions te trouver un nom aussi.

— Tu as des suggestions ? demanda-t-elle avec curiosité.

— Eh bien, ma grand-mère s'appelait Galina. Voudrais-tu faire honneur à ma famille en prenant son nom ? Tu pourrais être Galina, fille du Domaine des Sorts. Je pourrais t'appeler Gala pour faire court. L'indomptable vieille dame ne ressemblait en rien à la jeune femme assise en face de lui, pourtant l'intelligence vive de son visage lui rappelait sa grand-mère. Ces souvenirs le firent sourire tendrement.

— Gala, essaya-t-elle de dire. Il vit qu'elle aimait le prénom, car elle lui sourit en découvrant même un peu ses dents blanches. Le sourire illumina entièrement son visage et la fit rayonner.

— Oui. Blaise n'arrivait pas à détacher son regard de cette beauté lumineuse. Gala. Ça te va bien.

— Gala, répéta-t-elle doucement. Gala. Oui, je suis d'accord. Ça me va bien. Mais tu as dit que j'étais fille du Domaine des Sorts. C'est mon père ou ma mère ? Elle le regarda avec espoir.

Blaise secoua la tête.

— Pas dans le sens traditionnel, non. Le Domaine des Sorts est l'endroit où tu es devenue ce que tu es maintenant. Est-ce que tu sais quelque chose de cet endroit ? Il s'arrêta pour regarder sa création inattendue. De quoi te souviens-tu avant d'être apparu ici, sur le plancher de mon bureau ?

CHAPITRE DEUX

✳ AUGUSTA ✳

Augusta glissa de son lit et fit un sourire séducteur à son amant. Elle apprécia la lueur passionnée dans ses yeux lorsqu'elle se baissa pour ramasser par terre sa robe magenta. Le magnifique vêtement ne présentait qu'une petite déchirure, rien qu'elle ne pourrait réparer avec un simple sort verbal. Ses habits survivaient rarement intacts à ses visites chez Barson. Ce qu'elle aimait chez le chef de La Garde des Sorciers, c'était le désir brutal et pressant avec lequel il l'accueillait toujours.

— C'est déjà l'heure de partir ? demanda-t-il en se relevant sur un coude pour la regarder s'habiller.

— Tes hommes ne sont-ils pas en train de t'attendre ? Augusta se faufila dans la robe et rassembla ses longs cheveux bruns pour faire un chignon lisse à l'arrière de sa tête.

— Qu'ils attendent. Son ton était arrogant, comme d'habitude. Augusta aimait ça chez Barson, cette confiance inébranlable qui imprégnait tout ce qu'il faisait. Ce n'était peut-être pas un sorcier, mais il détenait pas mal de pouvoir en tant que chef d'une force militaire d'élite qui maintenait la loi et l'ordre dans leur société.

— Les rebelles n'attendront pas, eux, lui rappela Augusta. Nous devons les intercepter avant qu'ils ne se rapprochent davantage de Turingrad.

— Nous ? Ses sourcils épais s'arquèrent de surprise. Avec ses cheveux courts et foncés et sa peau olive, c'était un des hommes les plus attirants qu'elle connaisse. À l'exception peut-être de son ex-fiancé.

Non, ne pense pas à Blaise maintenant.

— Ah oui ! dit Augusta avec nonchalance, est-ce que j'ai oublié de te dire que je venais avec toi ?

Barson s'assit dans le lit, tandis que les muscles de sa grande carrure se tendaient et roulaient à chaque mouvement.

— Tu sais que oui, grogna-t-il, mais Augusta pouvait voir qu'il était content qu'elle vienne. Il lui avait demandé de passer plus de temps avec lui, de montrer leur relation au grand jour et Augusta se dit qu'il était peut-être temps de céder un peu.

Après sa séparation douloureuse avec Blaise deux ans auparavant, tout ce qu'elle souhaitait c'était une liaison sans complications, un arrangement de désir mutuel et rien de plus. Sa relation de huit ans avec Blaise avait pris fin six mois avant la date de leur mariage et elle ne savait pas alors si elle pourrait un jour refaire confiance à un homme. Elle avait cru que tout ce dont elle avait besoin c'était un compagnon pour le lit, un corps chaud qui lui ferait oublier son vide intérieur : elle avait choisi le Capitaine de la Garde pour ce rôle.

À sa grande surprise, ce qui avait commencé comme un simple batifolage avait grandi et évolué. Au fil du temps, Augusta se mit à apprécier et à admirer son nouvel amant. Ce n'était pas un intellectuel comme Blaise, mais il était assez intelligent à sa façon, et elle se rendit compte qu'elle aimait également sa compagnie en dehors de la chambre à coucher. Par conséquent, lorsqu'elle avait entendu parler de la rébellion dans le nord, elle avait décidé que c'était une opportunité parfaite pour voir Barson en action. Elle le verrait faire ce qu'il faisait de mieux : protéger leur mode de vie et contrôler les paysans.

En se levant, il mit son armure et se tourna vers elle.

— Est-ce le Conseil qui t'a demandé de nous accompagner ?

— Non, le rassura Augusta. C'est de ma propre initiative. Ce serait une insulte envers la Garde si le Conseil les pensait incapables de réprimer une révolte et lui demandait de les aider. Elle les accompagnait uniquement parce qu'elle voulait passer du temps avec Barson — et parce qu'elle avait envie de voir les rebelles se faire écraser comme la vermine qu'ils étaient.

— Dans ce cas, dit-il avec des yeux sombres brillants d'anticipation, allons-y.

* * *

Augusta chevauchait à côté de Barson et sentait le mouvement rythmé du cheval sous elle. Elle remarquait les regards curieux des autres soldats, mais elle s'en fichait. En tant que sorcière du Conseil, elle avait l'habitude de se faire remarquer. Cela lui plaisait même dans une certaine mesure.

C'était étrange de monter un cheval vivant. Elle s'était habituée à la chaise volante — une invention récente de sa part et qui avait révolutionné les voyages des sorciers — et elle ne se rappelait plus la dernière fois qu'elle s'était rendue quelque part à l'ancienne. La seule raison pour laquelle elle le faisait maintenant était que Barson refusait de monter dans la chaise avec elle pendant le service et qu'elle ne voulait pas planer toute seule dans les airs au-dessus des gardes.

— Combien y a-t-il de rebelles ? demanda-t-elle à Barson, surprise de voir que seuls cinquante hommes environ les accompagnaient.

— Ganir a dit qu'il y en avait environ trois cents, répondit Barson. Augusta fronça le nez en entendant le nom du Chef du Conseil. Ganir semblait avoir des espions partout ces temps-ci. Sous couvert de protéger le Conseil, le vieux sorcier semblait devenir de plus en plus puissant, ce qui gênait Augusta. Elle avait toujours eu l'impression que le vieil homme ne l'aimait pas et elle ne voulait pas penser à ce qui pourrait arriver s'il décidait de se retourner contre elle pour une raison ou pour une autre.

Elle reporta son attention sur le sujet qui les occupait et interrogea Barson du regard.

— Et tu n'as pris que cinquante gardes ?

Il gloussa.

— Que cinquante ? C'est probablement vingt de trop. Chacun de mes hommes vaut au moins dix de ces paysans. Puis il ajouta, plus sérieusement : de plus, étant donné les troubles un peu partout, je pense qu'il vaut mieux ne pas laisser Turingrad et la Tour sans protection sauf s'il y a une bonne raison. Et crois-moi, trois cents paysans ne constituent pas une raison suffisante.

Augusta lui sourit, à nouveau charmée par son arrogance.

— Oui, bien sûr. Et puis je suis là aussi. Les sorciers n'utilisaient que rarement leur magie contre la population ordinaire, mais ils pouvaient très bien le faire, en particulier lorsqu'ils étaient en danger. Augusta savait qu'elle pouvait soumettre tous les rebelles à elle seule, mais ce n'était pas son travail. Les soldats étaient là pour ça.

Cette petite rébellion, comme beaucoup d'autres au cours des deux dernières années, était sans aucun doute motivée par la sécheresse. C'était une circonstance malheureuse, et Augusta pouvait comprendre le mécontentement des paysans qui voyaient leurs récoltes se perdre et le prix de la nourriture flamber. Mais cela ne rendait pas acceptable le fait qu'ils marchent sur Turingrad comme Ganir avait dit qu'ils le faisaient.

Le nord de Koldun, d'où venaient les rebelles, était particulièrement touché. Le territoire d'Augusta se trouvait plus au sud, mais même ses sujets grommelaient au sujet de la nourriture. Ils n'oseraient jamais se soulever, bien sûr, mais Augusta avait conscience qu'ils étaient malheureux. La pluie avait été rare pendant presque deux ans et le grain devenait de plus en plus difficile à obtenir. Augusta faisait de son mieux pour acheter tout le grain qu'elle pouvait trouver et pour l'envoyer à son peuple, mais ces misérables ingrats continuaient à se plaindre.

— Qui règne sur le territoire des rebelles ? Jandison ou Moriner ? s'enquit-elle en se demandant quel sorcier ne parvenait pas à contrôler ses propres paysans.

— Jandison.

Jandison. Ceci expliquait cela, pensa Augusta. Malgré son âge avancé et sa position dans le Conseil, Jandison était un peu considéré comme un faible. Il était bon en téléportation, un talent utile, il est vrai, mais pas à grand-chose d'autre. Augusta ne comprendrait jamais comment il avait pu entrer au Conseil — une instance dirigeante constituée des sorciers les plus puissants.

— Certains de ses paysans se sont échappés dans les montagnes, dit Barson, que la situation avait l'air d'ennuyer. Et d'autres ont décidé de faire des émeutes. C'est le bazar là-bas.

— Dans les montagnes ? Augusta ne put retenir son étonnement. Les montagnes entouraient les terres de Koldun et servaient de barrière contre les tempêtes féroces qui faisaient rage de l'autre côté. Seuls les explorateurs les plus intrépides s'y aventuraient à cause de la météo imprévisible et de la proximité du dangereux océan. Et ces paysans y étaient allés ?

— Oui, confirma Barson. Au moins, une vingtaine d'habitants du village qui se situe le plus au nord de Jandison s'y sont enfuis.

— Ils doivent être suicidaires, dit Augusta en secouant la tête. Quelle personne saine d'esprit irait faire quelque chose de pareil ?

— Quelqu'un de désespéré et d'affamé, j'imagine. Son amant la regarda avec ironie. Tu ne connais pas la faim, n'est-ce pas ?

— Non, admit Augusta. La plupart des sorciers ne mangeaient que pour le plaisir. Les sorts permettant de maintenir l'énergie du corps étaient simples. C'était une des premières choses que les parents apprenaient à leurs enfants. Augusta avait maîtrisé ces sorts à l'âge de trois ans et elle n'avait plus jamais eu faim ensuite.

Barson sourit en réponse et tendit le bras pour serrer son genou de sa grande main calleuse.

CHAPITRE TROIS

✳ GALA ✳

Gala fixa des yeux le grand homme aux épaules larges, son créateur, en essayant de trouver la meilleure façon de répondre à sa question. Elle avait du mal à se concentrer, ses sens étaient submergés par le fait d'être là, dans cet endroit que Blaise appelait le Domaine Physique. Son corps réagissait aux stimuli différents de façon étrange et imprévisible, tandis que son esprit essayait de traiter toutes les images, les sons et les odeurs afin de tout comprendre.

Une des plus grandes distractions s'avérait être Blaise lui-même. Elle ne pouvait pas s'arrêter de le regarder parce qu'il ne ressemblait à rien de ce qu'elle avait vu auparavant. Quelque chose dans la symétrie anguleuse de son visage l'attirait et faisait écho en elle d'une façon qu'elle ne pouvait comprendre tout à fait. Elle aimait tout, depuis la couleur bleue de ses yeux jusqu'à la barbe naissante qui obscurcissait sa mâchoire ferme. Elle se demanda si ce serait acceptable de tendre la main pour toucher ses cheveux, ces boucles courtes et presque noires qui étaient si différentes de ses propres mèches pâles.

Pourtant elle voulait d'abord répondre à sa question. En se concentrant, elle repensa à *avant*, à ce qui lui était arrivé avant qu'elle fasse l'expérience de la réalité pour la première fois.

— Je me souviens d'avoir pris conscience que j'existe, dit-elle lentement, essayant de mettre des mots sur les sensations étranges du début.

— Tu veux dire que tu as existé pendant un moment avant d'en avoir conscience ? demanda-t-il en fronçant légèrement ses sourcils foncés. Gala pensa que cette expression indiquait probablement la confusion, car ses propres sourcils faisaient la même chose quand elle ne comprenait pas quelque chose.

— C'est comme si j'avais existé de deux façons, essaya-t-elle d'expliquer. L'une se laissait exister. C'est ce qui dura le plus longtemps. Quand je dis que j'ai réalisé que j'existe, c'est quand cette autre partie de moi comprit que j'étais *moi*. Ces parties ne sont pas séparées, en fait c'est la même chose. Il y a une sorte d'organisation en boucles entre les deux parties que je ne comprends pas entièrement et que je ne sais pas comment exprimer.

— Je crois que je comprends, dit-il en se penchant en avant et en l'observant attentivement. Tu as acquis la conscience de toi. Au début, tu existais de façon subconsciente et puis, en atteignant une espèce de seuil critique, tu es parvenue à une existence consciente. Il avait l'air enthousiasmé, pensa Gala qui d'une manière ou d'une autre trouva le mot adéquat pour décrire l'état émotionnel de son créateur.

— Quelle est la différence entre un état conscient et un état subconscient ? demanda-t-elle, ayant soif de plus de connaissances.

— Chez l'être humain, les parties subconscientes de l'esprit sont chargées de choses comme la respiration ou les battements du cœur, dit-il avec des yeux brillants. Quand je cours, mon subconscient calcule les trajectoires complexes des mouvements de mes membres. Certains sorciers pensent aussi que les rêves se forment dans cette partie de l'esprit.

— Je ne suis pas un être humain, dit Gala en le regardant. Elle le savait maintenant. Elle était quelque chose de différent, et il fallait qu'elle découvre quoi.

Il sourit : c'était une expression qui rendait son visage encore plus fascinant pour elle.

— Non, dit-il doucement, tu ne l'es pas. Mais tu en as certainement l'apparence.

— Mais ce n'était pas ton intention, si ?

— C'est vrai, confirma-t-il. Toutefois, les parties de toi que j'ai conçues sont basées sur mes théories concernant le fonctionnement des humains. Lenard le Grand est celui qui a le premier découvert le rapport entre conscient et subconscient et j'ai toujours été fasciné par son travail. J'ai lancé des sorts sur des gens pour me donner un aperçu de leur façon d'être et ce fut le cadre dont je me suis servi pour toi. De plus, j'ai trouvé de l'aide dans les écrits de Lenard. Le sort qui t'a créé était censé faire une structure interconnectée de nœuds, des nœuds qui peuvent apprendre. Des milliards et des milliards de nœuds dans le Domaine des Sorts, tous connectés entre eux.

— Comme c'est intéressant, pensa Gala en observant la manière dont son visage s'animait pendant qu'il parlait.

— Et ensuite, une fois que j'ai lancé le sort, continua-t-il, j'ai envoyé des douzaines de Captures Vitales dans le Domaine des Sorts, toutes les Captures Vitales que j'ai pu trouver.

— Captures Vitales ? Gala ne comprenait pas le terme.

Blaise acquiesça et son expression s'assombrit.

— Oui, les Captures Vitales sont un exemple d'objet magique. Un sorcier nommé Ganir les a inventées récemment. C'est un peu difficile à expliquer. En gros, lorsque tu prends une Capture Vitale, tu vois ce que quelqu'un d'autre a vu, tu sens ce qu'il a senti, et tu penses être à sa place pendant la durée du sort. Il faut en faire l'expérience pour vraiment comprendre.

— Je crois que je comprends, dit Gala en repensant aux étranges expériences qu'elle avait vécues avant d'arriver ici. Cela explique probablement mes visions.

— Tes visions ?

— Je crois que j'ai entraperçu le Domaine Physique, lui raconta Gala, et c'était comme si j'y étais. Ces souvenirs n'étaient pas agréables, elle s'était sentie perdue pendant très longtemps, ne sachant pas qu'elle vivait la vie d'autres personnes.

— Bien sûr ! Ses yeux s'élargirent sous la compréhension. J'aurais dû comprendre qu'une fois que ton esprit était suffisamment développé, tu ferais l'expérience des Captures Vitales de la même façon que nous — sauf que tu n'avais jamais été dans le monde réel et que tu n'avais aucune idée de ce qui t'arrivait. Je suis désolé. Cela a dû être très déconcertant pour toi.

Gala haussa les épaules, un geste qu'elle avait vu une ou deux fois dans ses visions. Elle en avait déduit qu'il indiquait l'incertitude. Elle ne savait pas vraiment quoi penser des Captures Vitales. Voir le monde à travers elles avait effectivement été troublant, mais elle avait acquis beaucoup de connaissances sur le Domaine Physique de cette façon-là. Il y avait bien sûr encore beaucoup de choses qu'elle ne savait pas, mais elle n'était pas aussi perdue qu'elle aurait pu l'être autrement.

Blaise lui sourit et elle repensa à quel point elle aimait son sourire. C'était quelque chose de si simple : les lèvres se courbent vers le haut et offrent un aperçu des dents blanches. Pourtant cela avait un effet sur elle, cela la réchauffait à l'intérieur et lui donnait envie de sourire à son tour. Alors c'est ce qu'elle fit, imitant son expression. Les yeux de Blaise brillèrent plus vivement et Gala sentit qu'elle avait bien fait, qu'elle lui avait fait plaisir d'une certaine façon.

— Alors, de quoi avait l'air le Domaine des Sorts ? demanda-t-il, toujours en la regardant avec ce sourire. Je n'arrive pas à imaginer comment c'est là-bas... Sa voix s'éteignit et Gala comprit qu'il espérait qu'elle lui en parlerait.

Elle y réfléchit, essayant de trouver la meilleure manière de l'expliquer.

— C'est très... différent, finit-elle par dire. Je ne sais pas vraiment comment te le décrire. Il n'y avait pas beaucoup de temps entre les visions, et quand je n'avais pas une vision, je ne pouvais pas utiliser les sens humains. C'est comme s'il y avait des flashs de lumière, de son, de goût et d'odeur, mais qu'ils me parvenaient autrement. Je ne pouvais jamais les analyser complètement avant d'être absorbée par une autre vision. Et puis je fus tirée jusqu'ici.

— Tirée jusqu'ici ?

— Oui, c'est l'impression que ça donnait, dit Gala. C'était comme si quelque chose m'avait attiré jusqu'ici, dans cet endroit que tu appelles le Domaine Physique. Elle s'arrêta un instant. Tiré jusqu'à toi.

CHAPITRE QUATRE

❋ BLAISE ❋

Tirée jusqu'à lui. Elle avait été tirée jusqu'à lui.

Blaise comprit que ce devait être ce dernier sort qu'il avait lancé qui avait mené Gala jusqu'à son bureau. Il avait essayé de créer une manifestation physique de l'objet et au lieu de cela il avait fini par faire venir Gala ici, au Domaine Physique.

Elle le regardait avec ses grands yeux bleus, elle l'étudiait avec cet étrange mélange de curiosité et d'intelligence vive. Blaise se demanda ce qu'elle pensait. Avait-elle les mêmes émotions qu'un être humain normal ? Comprenait-elle le concept d'émotion ? Ses réactions semblaient indiquer que oui. Elle avait souri en réponse à son sourire, donc elle connaissait au moins les expressions faciales.

— Je veux le voir, dit-elle soudain en se penchant en avant. Blaise, je veux davantage découvrir ce monde. Je veux apprendre à connaître cet endroit. Tu peux me le montrer, s'il te plaît ?

— Bien sûr, dit Blaise en se levant. Il avait encore un million de questions à lui poser, mais elle avait probablement une plus grande soif de connaissances que lui. Laisse-moi commencer par te montrer ma maison.

Il commença le tour par l'étage, où se trouvaient son bureau et les chambres. Gala le suivait en écoutant attentivement ses explications sur l'usage de chaque pièce. Tout semblait la fasciner, depuis l'armoire pleine de robes d'Augusta jusqu'aux fenêtres de la chambre de Blaise.

En s'approchant de l'une d'elles particulièrement grande, elle grimpa sur le rebord et regarda dehors en collant son nez contre la vitre. Blaise ne put s'empêcher de sourire tant il était charmé par cette image.

— Qu'est-ce qu'il y a dehors ? demanda-t-elle en tournant la tête pour le regarder. Je veux y aller.

— C'est mon jardin, expliqua Blaise en s'approchant pour l'aider à descendre du rebord de la fenêtre. On pourra y aller après.

Il tendit la main et il prit la sienne avant de la guider prudemment jusqu'en bas. Sa main était petite et chaude au creux de la sienne et Blaise s'émerveilla à nouveau de la beauté stupéfiante de sa création... et de la puissance de sa réaction envers elle. Cela faisait longtemps qu'il n'avait pas été à ce point attiré par une femme. Ce n'était pas arrivé depuis Augusta —

Non, ne pense pas à elle, se dit-il en ressentant la douleur familière dans sa poitrine. Le fait que son ex-fiancée obsède toujours ses pensées à ce point le rendait furieux. Après la façon dont elle l'avait trahi, il avait fait de son mieux pour l'effacer de sa mémoire, mais ce n'était pas si facile.

Il connaissait Augusta depuis une décennie, l'ayant rencontrée à l'Académie quand ils étaient tous deux des apprentis au bas de l'échelle. Il avait toujours pensé qu'elle était magnifique avec son apparence sombre et sensuelle, mais ce fut lorsqu'ils commencèrent à travailler ensemble sur la Pierre d'Interprétation qu'il se sentit tomber amoureux d'elle. Jeunes et ambitieux, ils semblaient être parfaitement compatibles, même s'ils n'étaient pas toujours d'accord sur certains sujets. Pendant des années, leur passion — pour leur travail et l'un pour l'autre — avait suffi à faire fi de leurs différences. Ce n'était qu'au moment du procès de Louie que Blaise se rendit compte de la profondeur du fossé qui les séparait.

— Viens, suis-moi, dit-il en se forçant à lâcher la main de Gala. Descendons.

Ils descendirent les escaliers et sortirent dans le grand hall. Gala touchait à tout le long du chemin, passant ses doigts sur chaque nouvelle surface qu'elle rencontrait.

Ils finirent par arriver dehors.

— C'est mon jardin, dit Blaise en montrant une grande étendue verte devant eux. L'herbe a un peu trop poussé maintenant. —

— Il est magnifique, dit Gala lentement en tournant sur elle-même. Son visage affichait presque une expression d'extase. Oh, ton Domaine Physique est si beau, Blaise...

— Oui, murmura-t-il, ensorcelé. Tu as raison. En clignant des yeux, il se força à regarder ailleurs, à observer autre chose que les traits splendides de Gala.

Elle rit joyeusement, attirant de nouveau son regard, et il vit qu'elle essayait d'attraper un papillon aux couleurs vives posé sur une fleur blanche. Elle ressentait des émotions, constata-t-il en voyant son visage rayonner de bonheur et d'enthousiasme.

Il essaya de voir cet environnement familier avec les yeux de Gala et il dut admettre que le jardin avait une certaine beauté sauvage. Sa mère avait excellé avec les plantes. Elle avait judicieusement utilisé des sorts pour aider à la pousse des fleurs et des arbres, et Blaise pouvait encore voir des traces de magie partout.

— Ça te dit de voir quelque chose d'intéressant ? demanda-t-il impulsivement, dans l'attente de voir encore cette joie radieuse sur le visage de Gala.

— Oui, dit-elle immédiatement. S'il te plaît.

— Alors, regarde, dit Blaise avant de commencer un sortilège verbal simple. Il tendit la main et se concentra pour manipuler les particules de lumière. Il les conduisit à se rassembler au-dessus de sa paume tournée vers le ciel. Chaque mot, chaque phrase qu'il prononçait faisaient partie du code complexe qui lui permettait de faire de la magie.

Lorsqu'il jugea que la logique et les instructions du sort étaient correctes, il utilisa le Sort d'Interprétation — une litanie complexe requise à la fin de chaque sort verbal — pour tout transmettre au Domaine des Sortilèges. Puis il attendit.

Quelques secondes plus tard, l'air au-dessus de sa paume tendue se mit à miroiter et une forme brillante apparut. Peu après, une rose entièrement faite de lumière prit forme à quelques centimètres au-dessus de sa main.

— C'est tellement beau, souffla Gala en observant sa petite démonstration d'un regard admiratif sur son visage parfait. Elle tendit la main et toucha la rose. Ses doigts passèrent à travers l'assemblage de lumière.

Blaise sourit, ravi d'avoir pu l'impressionner avec quelque chose d'aussi simple. Étant donné son origine, elle devait sans doute être capable de faire la même chose, et bien plus encore.

Bien, bien plus, pensa-t-il en essayant d'imaginer la puissance que pourrait avoir une personne née dans le Domaine des Sortilèges. C'était un peu trop tôt pour commencer à explorer les capacités de Gala, mais Blaise avait le sentiment qu'elles seraient différentes de tout ce que le monde avait connu jusque là.

* * *

Quand Gala eut assez vu les jardins, Blaise la ramena à l'intérieur de la maison.

— Je veux en apprendre davantage, dit-elle lorsqu'ils furent de retour dans l'entrée. Blaise, je veux tout apprendre. Peux-tu m'aider ?

Il considéra sa demande. Il pouvait lui donner plus de Captures Vitales et lui laisser faire l'expérience de la vie de cette façon, ou bien il pourrait essayer de l'introduire à la lecture. Il était possible qu'elle comprenne le langage écrit en plus du langage parlé, puisque certaines des Captures Vitales qu'il avait envoyées dans le Domaine des Sortilèges pour l'aider à construire sa base de connaissances existante venaient de professeurs de lecture.

Il choisit de commencer par la seconde option, pour qu'elle puisse d'abord apprendre à l'ancienne. Quel que soit l'intérêt de se plonger dans la vie d'autres personnes, cela ne remplaçait pas la structure d'un bon livre.

— Pourquoi n'irions-nous pas dans ma bibliothèque ? suggéra-t-il. Je veux voir si tu es capable de lire.

Gala hocha la tête avec enthousiasme et il la guida dans la pièce renfermée qui abritait ses livres. Il pouvait voir quelques livres d'Augusta coincés entre les gros volumes anciens. Il y avait même une paire de romans d'amour que son ancienne amante lisait pour ses loisirs.

— Tiens, dit-il en prenant un de ces livres et en le passant à Gala. Essaie de lire ça.

Ce qu'elle fit ensuite lui sembla très étrange. Elle regarda lentement la première page. Puis elle jeta un coup d'œil rapide sur la suivante. Elle se mit ensuite à feuilleter les pages avec une vitesse grandissante, jusqu'à ce qu'elle les tourne si vite qu'elle avait l'air de ne lire que quelques mots par page.

Quand elle eut fini, Blaise la regarda, abasourdi.

— Tu viens de lire et de comprendre ce livre en entier ?

— Oui.

Incrédule, Blaise lui prit le livre des mains et l'ouvrit au hasard. Il se pencha sur quelques paragraphes qu'il lut en diagonale.

— Comment s'appelle le héros principal ?

— Ludvig.

— Et que s'est-il passé quand il parla de Lura à sa femme ?

— Jurila cria et frappa son mari avec sa cravache. Ses yeux noirs étincelaient d'une fureur brûlante et ses traits merveilleux étaient tordus de colère. Ludvig essaya de la calmer, craignant ce qu'elle pouvait faire.

— Attends une minute, dit Blaise incrédule en l'entendant réciter le paragraphe qu'il venait de lire. Tu viens de mémoriser le livre en entier ?

Gala haussa les épaules.

— Je crois. C'était intéressant, mais j'en voudrais plus. Beaucoup plus.

En secouant la tête de stupeur, Blaise attrapa un autre livre. Cette fois-ci, il s'agissait d'un gros volume relatant l'histoire des évolutions technologiques depuis la Sorcellerie des Lumières jusqu'à l'époque moderne. Dense et complète, sa lecture était obligatoire pour les étudiants de l'Académie de Sorcellerie. En le passant à Gala il lui dit :

— Essaye celui-ci. Il sera peut-être un peu plus difficile.

Elle prit le livre et elle tourna les pages à toute vitesse. Elle eut fini en deux minutes.

Lorsqu'elle leva la tête vers lui, son visage rayonnait.

— Blaise, c'est tellement intéressant, s'exclama-t-elle. Je n'arrive pas à croire qu'il y ait eu si peu de connaissances avant l'arrivée de Lenard le Grand. Il a découvert toutes ces choses sur la nature et le fonctionnement de l'esprit, sans parler du Domaine des Sortilèges —

Blaise acquiesça. Il souriait malgré le choc.

— Oui, c'était un génie. Et ses étudiants ont continué son travail. C'était ça, le temps des Lumières. Lenard et les sorciers qui lui ont emboîté le pas ont éclairé notre monde, la nature et les mathématiques de notre réalité, la psychologie humaine et les sciences physiques.

— Oh, j'aurais adoré le rencontrer, souffla Gala avec des yeux immenses d'excitation. Il me fait penser à toi...

— À moi ? Blaise ne put s'empêcher de rire. Je suis très flatté, mais je ne pourrai jamais être à la hauteur des réalisations de Lenard.

Gala pencha la tête sur le côté en ayant l'air pensive.

— Je ne sais pas, dit-elle. Tu m'as créée, après tout.

— C'est vrai, dû admettre Blaise. Je suis sûr que Lenard aurait adoré te rencontrer aussi. C'est dommage qu'il ait disparu il y a deux siècles. Ses inventions perdurent cependant dans tous ces livres. Il montra l'ensemble de la pièce.

Elle se tourna pour regarder les étagères et s'avança vers l'une d'entre elles en faisant doucement glisser ses doigts sur les reliures poussiéreuses.

— Si tu as envie d'en lire plus, ma bibliothèque est à toi, proposa Blaise en voyant à quel point elle semblait attirée par les livres. Elle n'est pas aussi complète que ce que tu pourrais trouver dans la Tour, mais même toi, cela devrait t'occuper un peu.

— Je vais commencer, par d'autres romans d'amour, je crois, dit-elle en tournant la tête pour lui faire un sourire éblouissant. Ce premier livre était plus difficile pour moi.

— Tu as trouvé que le roman d'amour était plus difficile ?

— Bien sûr, répondit-elle sérieusement. Le deuxième livre était beaucoup plus sensé et il était très fluide, alors que le roman d'amour était plus compliqué. Je n'ai pas compris tous les aspects des actions de ces gens.

Blaise la dévisagea.

— Je vois. Eh bien, lis ce que tu veux. Ma bibliothèque est à ta disposition.

Gala lui fit un grand sourire d'enthousiasme enfantin et elle se plongea dans un nouveau livre, en tournant ses pages avec la même vitesse surhumaine.

Blaise prit une inspiration profonde et apaisante, puis il décida de la laisser faire et il sortit en silence de la bibliothèque.

Il avait besoin de temps pour lui afin de réfléchir à ce qui venait de se passer et pour décider de ce qu'il allait faire.

* * *

En entrant dans son bureau, Blaise s'assit et se piqua un doigt pour commencer une session de Capture Vitale comme à son habitude. Il s'enregistrait toujours au travail ces derniers jours, au cas où il découvrirait quelque chose d'important qu'il aurait besoin de revivre plus tard.

Bien sûr, il ne s'attendait pas à avoir une quelconque révélation au sujet de Gala maintenant. Ce qui s'était produit aujourd'hui était si incroyable qu'il avait du mal à en prendre conscience.

Il avait créé un Être magique. Un Être magique super-intelligent avec le potentiel pour des pouvoirs inimaginables.

Un être qui était également la plus belle femme que Blaise ait jamais vue.

Après coup, le fait que Gala ait pris une apparence humaine était parfaitement logique. Blaise avait essayé de créer un esprit similaire à celui d'un humain, un esprit qui pouvait comprendre le langage oral normal et le convertir directement en code sorcier sans avoir besoin d'objets magiques ou de sorts. Il aurait dû envisager la possibilité qu'un tel esprit adopte une apparence humaine.

Mais il ne l'avait pas fait. Il s'était concentré uniquement sur l'idée qu'un objet magique créé dans le Domaine des Sortilèges puisse être utilisé par n'importe qui, quelle que soit son aptitude pour la sorcellerie. Un objet comme celui-là, particulièrement s'il était produit en grande quantité, aurait transformé le monde, changeant pour toujours les dynamiques de classes sociales et complétant le processus commencé au temps des Lumières.

Gala n'était pas l'objet qu'il avait eu l'intention de créer, mais cela ne faisait rien. Elle était autre chose, quelque chose d'encore plus merveilleux.

Son frère Louie aurait été fier de lui, pensa Blaise en attrapant son journal.

CHAPITRE CINQ

✻ AUGUSTA ✻

Le soleil commençait à se coucher quand Barson donna l'ordre de s'arrêter pour la nuit. Augusta fut ravie de descendre de cheval. Elle s'étira. Son corps était douloureux à cause de l'effort inhabituel. Il lui faudrait pratiquer un sort de guérison plus tard, sinon elle aurait mal demain.

— Est-ce l'heure du repas de tes hommes ? demanda-t-elle en suivant Barson jusqu'à une tente que les soldats étaient déjà en train d'installer pour lui.

— D'abord l'entraînement, puis le repas, dit-il en soulevant courtoisement le rabat de la tente pour elle. Tu peux te reposer si tu veux. Je devrais être de retour dans une heure environ.

— Me reposer dans une tente pendant que tes hommes jouent à l'épée ! Augusta leva les sourcils.

C'est une blague, non ? Je ne raterai ça pour rien au monde.

Il lui fit un grand sourire.

— Alors, viens regarder.

Ils marchèrent ensemble jusqu'à une petite clairière où la plupart des autres gardes étaient assemblés. Quand ils s'approchèrent, les hommes de Barson s'écartèrent respectueusement pour leur faire de la place.

— Pourquoi ne monterais-tu pas dans ta chaise ? suggéra Barson en se tournant vers elle. Tu y verras bien mieux et tu y seras en sécurité.

Augusta sourit, charmée par l'attention qu'il portait à son bien-être.

— Oui, je vais la faire venir. Bien qu'Augusta soit venue jusqu'ici à cheval, elle avait fait suivre sa chaise à distance, en cas de besoin.

Augusta sortit sa Pierre d'Interprétation, une roche noire luisante faite de charbon poli avec une fente au milieu, et la chargea du sortilège déjà écrit pour invoquer la chaise. Elle attendit. Deux minutes plus tard, la chaise arriva et atterrit doucement dans l'herbe. D'une couleur rouge sombre, elle avait la forme d'une sorte de fauteuil. Cependant, elle était faite d'un matériau cristallin spécial qui ressemblait à du verre, mais qui était chaud et doux au toucher, comme un siège rembourré pelucheux. Augusta avait inventé cet objet magique particulier assez récemment, et il avait tout de suite eu du succès auprès de la communauté des sorciers. Il était incongru ici, au milieu des arbres, et Augusta faillit rire des expressions sur les visages des soldats qui regardaient l'objet.

Augusta grimpa sur la chaise et lança un sort verbal rapide pour la faire planer dans les airs, légèrement sur la droite de la clairière. Puis, passant confortablement ses jambes sous elle, elle s'appuya sur un des côtés et se prépara à regarder le spectacle qui allait se dérouler sous elle.

* * *

L'entraînement au tir à l'arc vint en premier.

Augusta vit avec fascination un homme lâcher une flèche étrange. Elle était grande et recouverte de plumes supplémentaires et elle semblait voler un peu plus lentement que d'habitude, la rendant plus facile à voir en cours de vol.

Avant qu'elle ait pu s'interroger sur son utilisation, elle vit la flèche à plumes se faire frapper par une autre flèche — une flèche ordinaire cette fois. Apparemment, la grande flèche avait été la cible : une cible qu'un soldat avait réussi à atteindre avec une précision incroyable.

En regardant plus bas, elle vit que les hommes étaient divisés en paires ; l'un des gardes envoyait les grandes flèches et son partenaire les visait. Chaque fois que la cible était atteinte, les autres soldats applaudissaient. Si Augusta ne l'avait pas vu de ses propres yeux, elle n'aurait jamais cru qu'il était possible de faire une chose pareille, même une seule fois. Pourtant, chacun des hommes de Barson parvint à le faire. Les mathématiques impliquées dans ces actes étaient stupéfiantes. Augusta s'émerveilla de la capacité de l'esprit humain à faire quelque chose de si compliqué sans aucun calcul conscient.

Finalement, ce fut au tour de Barson. Il lui fit un clin d'œil en levant la tête, puis fit signe à ses soldats. A la grande surprise d'Augusta, pas un, mais deux hommes envoyèrent en l'air les flèches spéciales, et la flèche de son amant les transperça toutes deux en un seul tir. Les soldats l'acclamèrent, mais pas plus que pour les autres. Apparemment, ce n'était pas la première fois que leur Capitaine faisait quelque chose d'aussi improbable.

Après le tir à l'arc, les gardes s'entraînèrent à l'épée. Augusta retint son souffle en regardant l'acier frapper l'acier. Elle sursautait chaque fois que quelqu'un évitait une blessure de justesse. Même si ce n'était qu'un entraînement, les épées utilisées par ces hommes étaient des vraies, donc potentiellement mortelles.

Tous les soldats semblèrent hautement qualifiés toutefois, et personne ne fut blessé, ce qui permit à Augusta de se détendre quelque peu. En observant les combattants, elle ne put s'empêcher de prendre plaisir à la vue de ces corps puissants et en bonne santé qui se tordaient et tournaient en une sorte de danse macabre. La guerre avait une certaine beauté, pensa-t-elle en regardant leurs attaques et leurs parades incroyablement élégantes.

Barson faisait le tour de la clairière en donnant des indications et des instructions à ses soldats. Elle se demanda s'il allait se battre lui aussi, et si oui, s'il serait aussi doué à l'épée qu'il l'était au tir-à-l'arc.

Comme pour répondre à sa question silencieuse, Barson se dirigea vers le milieu de la clairière et interrompit le combat des hommes qui se trouvaient là.

— Vous quatre, dit-il en les pointant du doigt, j'ai besoin de m'échauffer.

S'échauffer ? Augusta ricana en constatant que son amant essayait probablement de l'impressionner.

Les quatre grands hommes s'approchèrent prudemment de Barson. Avaient-ils peur de l'attaquer à quatre contre un ? Augusta savait que le Capitaine de La Garde des Sorciers était doué dans son domaine, mais elle ne l'avait jamais vu en pleine action.

Les quatre soldats prirent position, entourant leur chef. Ce qui se produisit ensuite fut si stupéfiant qu'Augusta ne put retenir une exclamation.

Barson commença à se déplacer lentement en décrivant un motif étrange, parvenant d'une manière ou d'une autre à ne jamais perdre de vue les quatre hommes. Puis il attaqua à la vitesse de l'éclair, ayant apparemment trouvé une ouverture. Augusta vit une gouttelette rouge apparaître sur une éraflure au poignet d'un des soldats.

Premier sang, pensa-t-elle, ensorcelée par ce qui se déroulait au-dessous.

Le sang eut l'air de faire office d'une sorte de signal et les quatre gardes attaquèrent en même temps. Pour l'œil non entraîné d'Augusta, il n'y eut qu'une confusion de mouvements. La lame de Barson semblait être partout à la fois, parant chaque mouvement de ses adversaires avec un talent et une rapidité qui avaient l'air surhumains. Il y avait quelque chose d'hypnotique dans la façon dont Barson bougeait. Chaque geste, chaque coup étaient parfaitement calibrés. Il évitait les attaques en utilisant le même mouvement pour plonger à son tour. Sa compétence mortelle était à couper le souffle.

— Encore, cria-t-il au bout de quelques minutes. Il m'en faut encore.

Quatre combattants de plus se joignirent à eux. Augusta dirigea sa chaise pour se rapprocher, car tout ce qu'elle voyait maintenant c'était une rangée de corps entourant la silhouette puissante de Barson.

Soudain, il y eut un cri.

Le cœur d'Augusta s'arrêta un instant, mais elle vit alors que l'un des soldats — et non Barson — était à terre, se tenant la cuisse. Les autres arrêtèrent le combat et formèrent un cercle autour de l'homme blessé.

Augusta fit atterrir sa chaise et en bondit pour courir vers eux. Barson était agenouillé à côté de l'homme, il avait l'air consterné. Les soldats s'écartèrent pour la laisser passer et elle retint son souffle en voyant le sang jaillir de sa jambe blessée. À son grand étonnement, Augusta vit que l'homme était très jeune, c'était à peine plus qu'un adolescent.

Barson arracha une bande de tissu de sa chemise et l'attacha autour de la cuisse du soldat.

— Cela devrait aider contre le saignement. Je suis désolé, Kiam, dit-il sombrement.

— Ces choses-là arrivent à l'entraînement, dit Kiam en essayant visiblement de ne pas montrer sa douleur.

— Non, c'est de ma faute, dit Barson. Je n'aurais pas dû m'attaquer à autant d'entre vous. Comme un bleu, je ne pouvais plus contrôler l'endroit où je pointais l'épée.

Il parut alors remarquer la présence d'Augusta et elle sut ce que Barson allait lui demander avant qu'il le fasse.

— Est-ce que tu peux l'aider ? demanda-t-il en levant les yeux vers elle.

Augusta acquiesça et retourna à la chaise où elle avait laissé son sac. Normalement, l'utilisation de la sorcellerie sur des non-sorciers était mal vue. Toutefois, il s'agissait de circonstances spéciales. Maintenant qu'elle n'était plus aussi paniquée, Augusta reconnut le garçon. Kiam était le fils de Moriner, un membre du Conseil venant du nord. Elle se souvenait que le Conseiller avait dit que son plus jeune fils n'était pas doué pour la magie, seulement pour le combat. Mais même si Kiam n'avait pas été quelqu'un d'important, elle l'aurait aidé pour rendre service à Barson.

En attrapant sa Pierre d'Interprétation, Augusta choisit soigneusement les cartes dont elle avait besoin. Le garçon avait de la chance que Blaise et elle avaient imaginé cette invention. Si elle avait dû s'en remettre aux anciens sorts oraux, Kiam aurait probablement saigné à mort pendant qu'elle planifiait puis scandait quelque chose d'aussi complexe. Même Moriner, qui était considéré comme le plus grand expert des sorts verbaux, n'aurait pas eu le temps d'aider son fils à temps.

La sorcellerie écrite était beaucoup plus rapide, en particulier parce que certains des éléments étaient déjà tout prêts dans le sac d'Augusta. Tout ce qu'il lui restait à faire c'était d'adapter ces éléments au poids, à la taille et aux particularités de la blessure de Kiam. Quand elle fut prête, elle retourna vers Kiam et posa la Pierre d'Interprétation près de lui. Elle y avait mis les cartes en chemin.

Le flot de sang ralentit jusqu'à n'être plus qu'un filet, puis s'arrêta. En moins d'une minute, il ne resta plus aucune trace de la blessure et le visage de Kiam avait perdu de sa pâleur. Il avait l'air en bonne santé à nouveau. Le jeune homme se leva comme si de rien n'était, et Augusta put voir les regards de respect et d'admiration sur les visages des soldats. Elle sourit, rayonnante de fierté.

Sans dire un mot, Barson serra son épaule d'un geste affectueux et bourru. Elle lui fit un grand sourire en attendant avec impatience la nuit à venir.

L'entraînement était terminé pour la journée.

CHAPITRE SIX

※ BARSON ※

Barson regarda Augusta s'éloigner en se déhanchant avec la grâce séduisante qui la caractérisait autant que ses yeux marron doré. C'était une femme magnifique et il était ravi qu'elle l'ait choisi pour amant. Il savait qu'elle se languissait toujours pour ce sorcier exilé, mais pas quand elle était au lit avec Barson. Il s'assurait que cela n'arrive pas.

— Ce n'était pas particulièrement malin, je dois dire. Une voix traînante interrompit son train de pensée.

En tournant la tête, Barson vit son bras droit qui serait bientôt son beau-frère.

— Ta gueule, Larn, dit-il calmement. Kiam ira bien et la prochaine fois il saura qu'il ne faut pas sauter sous mon épée.

Larn secoua la tête.

— Je ne sais pas, Barson. Ce gosse est une tête brûlée, je t'ai déjà prévenu à son sujet.

— Ouais, ouais, faut voir qui parle. Tu crois que je ne me souviens pas de tous les problèmes dans lesquels tu t'étais fourré à son âge ?

Larn ricana.

— Oh, ça va, venant de toi. Combien de fois Dara a-t-elle dû plaider ta cause ? Sans ta sœur, tu serais toujours puni à ce jour.

Barson fit un grand sourire à son ami en se rappelant tous les incidents dans lesquels ils avaient été impliqués dans leur jeunesse.

— En fait, il me fait assez penser à toi, dit Larn en regardant dans la direction de Kiam qui avait ramassé son épée et qui se préparait à s'entraîner pendant son temps libre. Puis, en baissant la voix, il dit d'un ton plus sérieux :

— *Elle* peut nous entendre ?

— Je ne crois pas, dit Barson bien qu'il n'en soit pas vraiment sûr. On ne savait jamais avec les sorciers, ils étaient sournois et avaient des sorts qui pouvaient améliorer leurs capacités à écouter. Augusta n'avait cependant aucune raison de faire un tel sort maintenant, alors qu'elle se préparait à se coucher dans sa tente. Dans tous les cas, c'est beaucoup plus sûr de parler ici que près de la Tour.

— Tu as probablement raison, acquiesça Larn, toujours à voix basse. Pourquoi est-elle venue, d'ailleurs ?

Barson haussa les épaules.

— Ah, le légendaire Barson a encore frappé. Larn remua les sourcils de façon suggestive.

La main de Larson sauta à la gorge de Larn à la vitesse d'un cobra en attaque et elle se mit à serrer.

— Tu seras respectueux envers elle, ordonna-t-il, soudain furieux.

— Bien sûr, je suis désolé... Larn semblait s'étouffer. Je n'avais pas compris que...

— Eh bien, maintenant tu sais, grommela Barson en relâchant son ami. Et tu ferais mieux d'espérer qu'elle n'a rien entendu de tout ça.

Larn pâlit.

— Tu as dit qu'elle ne pouvait pas —

— Et elle ne peut probablement pas, admit Barson. Le fait que tu sois encore en vie le prouve. Comme tous les membres du Conseil, Augusta pouvait être assez dangereuse si on la provoquait.

Larn fit un pas en arrière en se frottant la gorge.

— Sans parler de ta sorcière, dit-il à voix basse, nous devons parler de certaines affaires.

Barson hocha la tête en se sentant un peu coupable pour son manque de contrôle.

— Raconte-moi, dit-il sèchement. Larn était son meilleur ami et son soldat le plus fiable. Il ferait bientôt également partie de la famille. Barson n'aurait pas dû réagir aussi vivement aux taquineries de son camarade. Ce que les autres pensaient de sa relation avec Augusta n'avait pas d'importance. Il devait se sentir particulièrement violent après le combat d'entraînement, décida-t-il, ne voulant pas analyser ses actions trop en profondeur.

— J'ai fait une liste des candidats les plus probables. Larn sortit un rouleau de parchemin et le tendit à Barson. Avant, j'aurais parié qu'aucun de ces hommes ne pourrait faire ça, mais à présent je ne suis plus aussi sûr de moi.

Barson déroula le parchemin et étudia les onze noms inscrits là. Sa colère augmenta de nouveau. Il leva la tête et fixa Larn d'un regard glacial.

— Ils correspondent tous au schéma comportemental ?

— Oui, tous. Bien sûr, il peut toujours y avoir une autre raison pour expliquer leurs actions — une maîtresse ou quelque chose du genre.

— Oui, convint Barson. Pour dix d'entre eux, c'est probablement quelque chose du genre. Ses mains formèrent des poings et il se força à se détendre. Chacun des onze hommes de cette liste était comme un frère pour lui et l'idée que l'un d'entre eux ait pu le trahir était comme un poison dans les veines de Barson.

Il inspira profondément et relut la liste, passant mentalement en revue chaque nom. Un nom en particulier lui sautait aux yeux.

— Siur est sur cette liste, dit-il lentement.

— Oui, dit Larn. Je l'ai remarqué moi aussi. Il n'est pas venu avec nous cette fois. T'a-t-il dit pourquoi ?

— Non. Il a dit qu'il devait rester à Turingrad. C'est Siur, pas un bleu, alors je n'ai pas insisté pour avoir des explications.

Larn hocha pensivement la tête.

— D'accord. Je vais continuer à travailler sur cette liste et à conserver un œil sur ceux qui y figurent déjà.

— Bien, dit Barson en se détournant pour cacher la fureur sur son visage.

Peu importe ce que cela lui coûterait, il irait au fond de cette affaire et à ce moment-là, l'homme qui l'avait trahi allait payer.

CHAPITRE SEPT

✳ BLAISE ✳

Blaise finit l'enregistrement de la Capture Vitale et retourna à la bibliothèque pour voir Gala. Il fut surpris de la voir couchée à terre, inconsciente, au milieu d'une grosse pile de livres.

Inquiet, il courut vers elle et s'agenouilla pour l'examiner de plus près. Il fut soulagé de voir qu'elle avait l'air paisible : sa respiration était lente et régulière. Elle était simplement en train de dormir.

Sans trop y penser, Blaise la prit dans ses bras et la porta jusqu'à une des chambres d'amis. Elle était légère dans ses bras, son corps était doux et féminin. Il s'aperçut qu'il aimait la porter. En atteignant la chambre, il la posa doucement sur le lit et posa une couverture sur elle. Elle ouvrit alors les yeux.

Elle eut l'air perdue pendant un moment, puis son regard s'éclaircit.

— Je crois que je me suis endormie, dit-elle avec étonnement.

Blaise sourit.

— J'aurais cru que tu ne savais pas ce qu'était le sommeil.

— Je ne le savais pas avant, mais j'ai appris beaucoup de choses dans tes livres.

Il l'observa avec fascination en se demandant si elle avait lu les centaines de livres qui étaient éparpillés sur le sol de la bibliothèque.

— Combien de livres as-tu pu lire ? demanda-t-il.

Elle s'assit dans le lit et balaya de la main quelques mèches de cheveux blonds qui cachaient son visage.

— Trois cent quarante-neuf.

Blaise écarquilla les yeux.

— C'est très précis. Tu es sûre que ce n'était pas plutôt trois cent quarante-huit ?

— Oui, j'en suis sûre, dit-elle avec sérieux avant de sourire. En fait, ça faisait 138 902 pages et 32 453 383 mots.

— Ce sont les données exactes ? Il avait du mal à le croire.

Gala hocha la tête, toujours en souriant. Blaise eut l'intuition qu'elle savait à quel point elle l'avait impressionné. Elle semblait aussi beaucoup s'amuser de sa réaction.

— D'accord, dit Blaise lentement. Comment le sais-tu ?

Elle haussa les épaules.

— Je le sais, c'est tout. Dès que j'ai voulu te le dire, les nombres sont venus à moi. J'imagine que j'ai compté pendant que je lisais, mais je ne me souviens pas de l'avoir fait.

— Je vois, dit Blaise en la regardant de près. Un pressentiment lui fit demander : combien font 2 682 multipliés par 5 ?

— 13 410, dit Gala sans hésiter.

Blaise se concentra pendant quelques secondes pour faire les calculs dans sa tête. Elle avait raison. Il était l'une des seules personnes qu'il connaissait à savoir résoudre rapidement ce genre de multiplications, mais Gala avait su la réponse presque instantanément.

— Comment est-ce que tu as fait ça aussi vite ? demanda-t-il, curieux de savoir comment fonctionnait son esprit.

— J'ai pris 2 682, je l'ai divisé par deux pour obtenir 1 341, puis multiplié par 10.

Blaise y réfléchit une seconde et constata que sa méthode était effectivement la plus rapide pour résoudre le problème. Il était surpris de ne pas y avoir pensé lui-même. Il utiliserait ce raccourci la prochaine fois qu'il lui faudra faire des calculs rapides pour un sort.

Étant donné le but de sa création, les capacités mathématiques et analytiques de Gala n'auraient pas dû le surprendre. Pourtant, il était quand même stupéfait. Il ne pouvait pas attendre plus longtemps pour savoir de quoi elle était capable.

— Gala, peux-tu essayer de faire de la magie pour moi ? demanda-t-il en observant son beau visage.

Elle sembla surprise par sa demande.

— Comme ce que tu as fait un peu plus tôt, dans le jardin, tu veux dire ?

— Oui, comme ça, confirma Blaise.

— Mais, je ne sais pas comment tu as fait. Elle eut l'air un peu confuse. Je ne connais pas tous ces sorts que tu as utilisés.

— Tu n'as pas besoin de les connaître, expliqua Blaise. Tu devrais pouvoir faire de la magie directement, sans avoir à apprendre nos méthodes. La magie devrait être aussi facile et naturelle pour toi que la respiration l'est pour moi.

Elle sembla considérer la chose un instant.

— Moi aussi je respire, dit-elle comme si elle parvenait à cette conclusion après s'être examinée.

— Bien sûr. Blaise, amusé, lui sourit. Je ne voulais pas sous-entendre que tu ne respires pas.

Ses lèvres douces se courbèrent en un sourire de réponse.

— D'accord, murmura-t-elle, je vais essayer de faire de la magie. Elle ferma les yeux et Blaise put voir la concentration intense sur son visage.

Il retint sa respiration en attendant, mais rien ne se produisit. Au bout d'une minute, elle ouvrit les yeux et regarda Blaise avec espoir.

Il secoua la tête à regret.

— Je crois que ça n'a pas marché. Qu'as-tu essayé de faire ?

— Je voulais faire ma propre version de cette belle fleur que tu as créée dans le jardin.

— Je vois. Et comment t'y es-tu prise ?

Elle haussa gracieusement les épaules.

— Je ne sais pas. Je me suis repassé le souvenir de ce que tu avais fait et j'ai essayé de m'imaginer à ta place, mais je ne crois pas que cela fonctionne comme ça.

— Non, tu as raison. Ce n'est probablement pas comme ça que ça marchera pour toi. Frustré, Blaise passa la main dans ses cheveux. Le problème, c'est que je ne sais pas exactement comment ça devrait marcher pour toi. J'espérais que tu étais tout simplement capable de le faire, comme pour le problème de mathématiques tout à l'heure.

Gala ferma de nouveau les yeux et le même air de concentration apparut sur son visage.

Rien ne se produisit.

— J'ai échoué, dit-elle en ouvrant les yeux. Elle n'avait pas l'air très ennuyée.

— Qu'as-tu essayé de faire ?

— Je voulais augmenter la température de la pièce de quelques degrés, mais j'ai senti que ça ne marchait pas.

Blaise fronça les sourcils. Outre sa sensibilité inhabituelle à la température, Gala semblait avoir une bonne intuition pour la sorcellerie. Changer la température d'un objet était un sort basique, quelque chose que Blaise pouvait faire simplement en disant quelques phrases dans le vieux langage magique.

Pendant qu'il méditait cela, Gala sauta du lit et s'approcha d'une des fenêtres.

— Je veux aller là-bas, dit-elle en tournant la tête pour le regarder. Je veux davantage explorer ce monde.

Blaise essaya de cacher sa déception.

— Tu ne veux plus essayer de faire de la magie ?

— Non, dit Gala obstinément. Je veux sortir et explorer.

Blaise inspira profondément.

— Peut-être un dernier essai ?

Son visage s'assombrit et un plissement apparut sur son front lisse.

— Blaise, dit-elle doucement, tu me fais me sentir mal, maintenant.

— Quoi ? Blaise ne put déguiser son ton scandalisé. Pourquoi ?

— Parce que je me sens utilisée, comme cet objet que tu avais l'intention de créer, dit-elle en paraissant vexée. Qu'est-ce que tu attends de moi ? Je suis une sorte d'outil que les gens peuvent utiliser pour faire de la magie ? C'est mon but dans la vie ?

— Non, bien sûr que non ! protesta Blaise en écartant une pointe de culpabilité malvenue. D'une certaine façon, c'était exactement ce qu'il avait prévu pour Gala au départ, mais elle n'était pas censée être une personne avec les sentiments et les émotions d'un être humain. Oui, il avait essayé de créer une intelligence, mais elle n'était pas censée devenir comme ça. C'était un moyen de parvenir à une fin, de contrer les pires inégalités de leur société. Tout ce qu'il voulait faire, c'était de faire comprendre le langage humain à l'objet, et il n'avait pas pensé que quelque chose avec ce niveau d'intelligence pourrait avoir ses propres pensées et opinions.

Et maintenant, il était victime de son propre succès. Gala comprenait très bien le langage, peut-être même mieux que Blaise, si l'on considérait ses prouesses en lecture. Cependant, elle n'était pas plus que lui un objet que l'on pouvait utiliser. Son plan originel de créer suffisamment d'objets magiques intelligents pour tout le monde avait été pure folie. S'il avait fonctionné, il aurait simplement transféré le fardeau de l'inégalité d'un groupe d'êtres pensants à un autre. Si tant est que Gala ou d'autres de son genre acceptent de participer à une telle organisation.

En outre, ce n'était pas comme si elle pouvait faire de la magie pour l'instant. Ou peut-être n'en avait-elle pas envie, pensa Blaise avec ironie. Dans sa situation, il hésiterait lui aussi à démontrer des talents pour la magie.

Elle avait toujours l'air troublée, donc Blaise essaya de la rassurer :

— Gala, écoute-moi. Je ne voulais pas que tu te sentes comme un objet. Ce que je t'ai dit au sujet de mes intentions du début est évidemment hors de question maintenant. Je sais que tu n'es pas un objet que l'on peut utiliser. Je suis désolé. C'était bête de ma part de ne pas penser à ce que tu devais ressentir. Il espérait qu'elle verrait la sincérité de ses paroles, car la dernière chose qu'il voulait, c'était que Gala ait peur de lui ou lui en veuille.

Elle détourna le regard pendant un instant, puis se retourna pour le regarder dans les yeux.

— Eh bien maintenant, tu sais, dit-elle doucement. Tout ce que je veux c'est en apprendre plus sur ce monde. Je veux faire l'expérience de tout ce qu'il contient. Je veux voir de mes yeux ce que je viens de lire dans les livres et je veux être témoin des injustices que tu essaies de régler. Je veux vivre comme un être humain, Blaise. Est-ce que tu peux le comprendre ?

CHAPITRE HUIT

❋ GALA ❋

Gala observa le jeu des émotions sur le visage expressif de son créateur. Elle vit qu'il était déçu, et cela lui faisait de la peine, mais il fallait qu'il comprenne qu'elle était une personne avec ses propres besoins et désirs. Elle n'était pas quelque chose que l'on pouvait utiliser pour améliorer la vie de gens qu'elle ne connaissait pas et dont elle se moquait.

Elle pouvait le voir lutter intérieurement, puis il sembla parvenir à une sorte de conclusion.

— Gala, dit-il doucement en la regardant, je comprends ce que tu dis, mais tu ne sais pas ce que tu demandes. Si quelqu'un apprenait pour toi, apprenait ce que tu es, je ne sais pas ce qu'ils pourraient te faire. Les gens ont peur de ce qu'ils ne comprennent pas et même moi je ne comprends pas tout à fait ce que tu es ni de quoi tu es capable. Je ne peux pas te laisser sortir, pas avant qu'on en sache plus sur toi.

Pendant qu'il parlait, Gala sentit le début de quelque chose dont elle n'avait jamais fait l'expérience. C'était une drôle de sensation de remous qui commençait en bas du ventre et qui s'étalait vers le haut, donnant l'impression désagréable que sa poitrine était trop serrée. Elle sentit le sang accélérer dans ses veines et chauffer son visage. Elle avait envie de crier, de frapper. Elle comprit que c'était la colère. Elle détestait ne pas pouvoir faire exactement ce qu'elle voulait.

Blaise, parvint-elle à dire entre ses dents fermement serrées. Je. Veux. Sortir. De. Là. Sa voix semblait monter à chaque mot.

Il eut l'air étonné de sa colère.

— Gala, c'est trop dangereux, ne comprends-tu pas ?

— Trop dangereux ? Pourquoi ? demanda-t-elle furieusement. J'ai l'air humaine, non ? Comment pourrait-on deviner que ce n'est pas le cas ?

Elle le vit considérer son argument.

— Tu as raison, dit-il au bout d'un moment. Tu as l'air entièrement humaine. Mais si nous sortons tous les deux ensemble, nous allons beaucoup attirer l'attention — principalement à cause de moi, pas de toi.

— Toi ? Pourquoi ? Gala sentit sa colère s'apaiser maintenant que Blaise n'était plus aussi déraisonnable.

— Parce que j'ai quitté le Conseil des Sorciers il y a deux ans, expliqua-t-il, et que je suis un paria depuis.

— Un paria ? Pourquoi ? Gala venait tout juste de finir un livre sur le Conseil des Sorciers et sur le pouvoir détenu par ceux qui avaient des aptitudes pour la magie. Blaise semblait être un sorcier particulièrement doué — forcément, puisqu'il avait pu créer quelque chose comme elle — et cela ne lui semblait pas logique qu'il soit un paria dans un monde qui accordait autant d'importance à ce genre de capacités.

— C'est une longue histoire, dit Blaise, et elle entendit l'amertume dans sa voix. Disons que je ne partage pas les idées de la majorité du Conseil — et mon frère ne les partageait pas non plus.

— Ton frère ? Elle avait aussi lu des textes sur les frères et sœurs et elle était fascinée à l'idée que Blaise ait un frère.

Il soupira.

— Tu es sûre que tu veux que je t'en parle ?

— Certaine. Gala voulait tout apprendre sur Blaise. Il l'intéressait plus que tout ce qu'elle avait rencontré au cours de sa courte existence.

— D'accord, dit-il lentement. Tu te souviens de ce que je t'ai dit au sujet des Captures Vitales ?

Gala acquiesça. Bien sûr qu'elle s'en souvenait. Pour autant qu'elle sache, elle était dotée d'une mémoire parfaite. Les Captures Vitales étaient la façon dont elle avait appris l'existence du monde de Blaise.

— Bien, comme je te l'ai dit plus tôt, les Captures Vitales ont été inventées il y a quelques années par un sorcier puissant nommé Ganir. Au début, tout le monde était très enthousiaste à leur sujet. Une seule goutte de Capture Vitale permettait à quelqu'un d'être entièrement immergé dans la vie d'une autre personne, lui faisant ressentir ce qu'elle ressentait, apprendre ce qu'elle apprenait. C'était aussi le premier objet magique qui ne nécessitait pas de connaissance du code sorcier. Pour enregistrer sa vie, il suffit de donner une petite goutte de sang à la Sphère de Capture Vitale. Une autre goutte de sang stoppe l'enregistrement, permettant à la gouttelette de Capture Vitale de se former dans un endroit spécial en haut de la Sphère. Ces gouttelettes peuvent alors être utilisées par n'importe qui, sans nécessiter d'équipement spécial. Pour faire l'expérience de la Capture Vitale, il suffit de placer la gouttelette dans sa bouche.

Gala hocha à nouveau la tête. Elle l'écoutait attentivement. Elle voulait essayer ces Captures Vitales à nouveau, en faire l'expérience dans le Domaine Physique pour la première fois.

— Mon frère, qui était l'assistant de Ganir en ce temps-là, continua Blaise, était l'un des sorciers qui savaient à peu près comment fonctionnait la magie de Capture Vitale. Il comprit de quelle manière elle pourrait être utilisée pour l'apprentissage, pour apprendre la magie à ceux qui n'auraient jamais les moyens d'accéder à l'Académie de Sorcellerie. Il pensa également que c'était une bonne manière d'échapper à la réalité quotidienne pour les plus démunis. Une personne normale pourrait savoir ce que cela faisait d'être un sorcier, et inversement. Il fit une pause pour reprendre son souffle. Mon frère était clairement un idéaliste. Il n'avait pas anticipé les conséquences de ses actes — pour lui comme pour les gens qu'il désirait aider.

— Que s'est-il passé ? demanda Gala dont le cœur battait plus vite en sentant que cette histoire n'avait pas forcément une fin heureuse.

— Louie a réussi à créer en secret un grand nombre de Sphères de Capture Vitale et il les a fait sortir clandestinement de Turingrad pour les distribuer dans l'ensemble des territoires. Il pensait que cela aiderait à partager le savoir et à améliorer notre société, mais ce n'est pas ce qui se produisit. La voix de Blaise devint plus dure, vide d'émotions. Dès que le Conseil a appris ce que Louie avait fait, ils ont interdit la possession et la distribution des Captures Vitales aux non-sorciers, créant ainsi un marché noir et une classe de criminels spécialisés dans la vente de ce type d'objets. Leur fonction d'origine fut ainsi complètement pervertie.

— Qu'est-il arrivé à Louie ?

— Il fut puni, répondit-il et Gala sentit que la colère de Blaise montait. Il fut jugé et déclaré coupable. Il a donné des Captures Vitales aux gens ordinaires et il l'a payé de sa vie.

— Ils l'ont tué ? s'exclama Gala, horrifiée à l'idée que quelqu'un puisse perdre la vie aussi facilement. Elle aimait tellement vivre qu'elle n'arrivait pas à imaginer la mort. Comment pouvaient-ils faire ça ? Comment pouvaient-ils retirer à quelqu'un l'expérience merveilleuse qu'était la vie ?

— Oui. Ils l'ont exécuté. J'ai quitté le Conseil peu de temps après sa mort. Je ne pouvais plus supporter d'en faire partie.

Gala avala sa salive en sentant une sensation douloureuse dans sa poitrine. Elle avait mal, comme si la douleur de Blaise était la sienne. En essayant d'identifier ce sentiment inconnu, elle constata qu'elle devait ressentir de l'empathie.

— Est-ce que je pourrais essayer plus de Captures Vitales, Blaise ? demanda-t-elle prudemment, en espérant qu'elle ne lui causait pas plus de peine en restant sur le sujet. J'aimerais vraiment en faire l'expérience ici, dans le Domaine Physique.

Elle fut surprise de voir son visage s'éclaircir, comme si elle avait dit quelque chose qui le rendait heureux.

— C'est une très bonne idée, dit-il en lui faisant un sourire chaleureux. C'est un excellent moyen pour toi d'explorer le monde.

— Oui, convint Gala, je pense.

Elle avait également l'intention d'explorer le monde en personne, mais pour l'instant les Captures Vitales suffiraient.

CHAPITRE NEUF

✳ AUGUSTA ✳

Augusta regarda son amant se préparer pour le combat à venir. Sa tunique en cuir souple moulait son torse carré et l'armure qu'il passa par-dessus avait l'air assez lourde pour abattre un homme plus petit. Pour Barson, elle était légère comme une plume. Pas à cause de sa force, qui était impressionnante, il est vrai, mais parce que l'armure de la Garde des Sorciers était spéciale. Elle était ensorcelée de façon à sembler légère pour celui qui la portait et pour être presque impénétrable. C'était l'un des avantages quand on était un soldat en Koldun moderne : on avait accès à des armes et à des armures améliorées par la magie.

En voyant que Barson était presque prêt, Augusta se leva et prit son sac qu'elle balança par-dessus son épaule. Sa chaise rouge l'attendait déjà dehors. Elle avait l'intention de survoler la bataille afin de pouvoir tout observer depuis un lieu sûr.

— Nous allons les affronter sur cette colline là-bas, lui dit Barson quand ils sortirent de la tente. C'est un bon endroit. Nos archers auront une vue dégagée sur quiconque essaiera de s'approcher et il n'y a qu'une seule route qui passe par là, donc personne ne pourra nous prendre par surprise.

Augusta lui sourit.

— Ça me paraît bien. Son amant était aussi obsédé de stratégie militaire qu'Augusta l'était de magie. Il dévorait des livres de guerres anciennes pendant son temps libre.

— Je te verrai dans quelques heures. En se penchant, il lui fit un baiser rude et bref puis il partit en se dirigeant vers les soldats.

Augusta observa sa silhouette puissante pendant quelques minutes avant de grimper sur sa chaise. Elle sortit la Pierre d'Interprétation et y chargea un sort d'invisibilité déjà prêt, afin que personne sur le champ de bataille ne puisse la voir sur sa chaise. Une fois que ce fut fait, elle sortit un autre sort, plus compliqué cette fois. Il améliorait temporairement ses sens, lui permettant de tout voir et de tout entendre aussi clairement que possible. Elle l'avait utilisé plusieurs fois auparavant : dans la Tour de Sorcellerie, il valait mieux entendre tous les chuchotements.

Un sort verbal rapide plus tard et elle s'envolait dans une chaise beaucoup plus confortable que les tapis et les dragons des vieux contes de fées. En s'élevant au-dessus de la colline, elle vit les hommes de Barson se diriger vers le champ de bataille qu'ils avaient choisi et elle aperçut la route étroite qui serpentait dans le lointain. Grâce à sa vision améliorée, Augusta pouvait y voir beaucoup mieux que d'habitude et elle s'émerveilla de la beauté de la partie nord de ce territoire, avec ses grands arbres solides et le sol riche et noir. Même les dégâts de la sécheresse n'avaient pas diminué la beauté des forêts locales.

Augusta n'avait jamais visité cet endroit avant, car elle partageait généralement son temps entre Turingrad et son propre territoire dans la région sud. Turingrad était la plus grande ville de Koldun et c'était l'épicentre de l'art, de la culture et du commerce. Au contraire des territoires alentour habités par les paysans, la majorité de Turingrad était peuplée de sorciers, de membres de La Garde et de quelques marchands particulièrement prospères.

Augusta dirigea sa chaise vers le nord et regarda attentivement une masse sombre au loin. C'était si loin que même sa vision accrue ne lui permettait pas de voir ce que c'était. Curieuse, elle s'en approcha en volant.

Lorsqu'elle fut assez proche pour bien y voir, elle eut du mal à en croire ses yeux.

Au lieu de trois cents hommes, comme les espions de Ganir l'avaient annoncé, il y en avait au moins deux mille.

Deux mille paysans... contre cinquante soldats de Barson.

* * *

Le cœur battant, Augusta regardait la horde qui approchait. Elle n'avait jamais vu un si grand rassemblement de gens communs de sa vie.

Ils marchaient le long du chemin poussiéreux, leurs visages maigres étaient durcis par la colère et leurs corps sales étaient couverts de guenilles en laine. Outre les fourches habituelles, beaucoup d'entre eux portaient des armes : elle vit des massues, des gourdins et même quelques épées. Ils étaient encore loin de Turingrad, mais le seul fait qu'ils osent se diriger vers la capitale en étant aussi nombreux était très troublant. Ayant grandi avec les histoires de la Révolution, Augusta savait très bien ce qui pouvait se produire lorsque les paysans pensaient qu'ils méritaient mieux, qu'ils avaient le droit de prendre ce qui ne leur avait pas été donné.

Elle devait prévenir Barson.

Augusta retourna vers la colline, elle bondit de la chaise dès qu'elle atterrit et courut vers Barson en lui racontant vite ce qu'elle avait vu. Pendant qu'elle parlait, il serra la mâchoire et ses yeux brillèrent de colère.

— Tu fais demi-tour, n'est-ce pas ? demanda-t-elle, bien que la question ait été purement rhétorique.

— Non, bien sûr que non. Il la regarda comme s'il venait de lui pousser deux têtes. Ça ne change rien.

Nous devons enrayer cette rébellion, et nous devons le faire ici, avant qu'ils n'approchent de Turingrad.

— Mais ils vous surpassent énormément en nombre.

Son amant hocha la tête d'un air grave.

— Oui, c'est vrai. L'expression de son visage était sombre comme un ciel avant l'orage et elle se demandait ce qu'il pensait. Était-il vraiment suicidaire au point d'affronter tous ces paysans ? Elle admirait son sens du devoir, mais là c'était vraiment autre chose.

Essayant de garder son calme, Augusta chercha une solution qui pourrait retenir les rebelles et empêcher Barson de se faire tuer.

— Bon, finit-elle par répondre, frustrée, si tu es déterminé à le faire, alors peut-être que je peux t'aider d'une manière ou d'une autre.

Barson l'examina de son regard sombre et indéchiffrable.

— Nous aider ? Comment ? Avec de la sorcellerie ?

— Oui. Les sorciers faisaient rarement ce genre de choses, mais elle ne pouvait pas laisser Barson et ses soldats périr au combat contre de simples paysans.

À son grand soulagement, il eut l'air intrigué.

— Eh bien, dit-il pensivement, il y a peut-être quelque chose que tu peux faire... Crois-tu que tu pourrais tous nous téléporter vers eux, puis nous ramener ici à une heure convenue ?

Augusta considéra sa demande. La téléportation n'était pas un sort facile. Il nécessitait des calculs très précis, car la moindre erreur pouvait être mortelle. Téléporter plusieurs personnes en même temps était encore plus compliqué. Mais elle devait pouvoir le faire, puisque ce n'était que sur une courte distance et qu'elle pourrait voir leur destination pour confirmer que le champ était libre.

— Oui, je peux le faire, dit-elle résolument. Comment est-ce que ça t'aiderait ?

Barson sourit.

— Voici ce que j'ai en tête. Et il commença à lui raconter son plan insensé.

CHAPITRE DIX

※ GALA ※

De retour dans le bureau de Blaise, Gala examina la Sphère de Capture Vitale. Elle ressemblait à un gros diamant rond. Le reste de la pièce s'y reflétait comme dans un miroir. Gala était hypnotisée par les mathématiques élégantes qui déformaient l'image du laboratoire, avec ses bouteilles et ses instruments étranges. Il n'y avait qu'un seul défaut dans la forme sphérique : une ouverture avec quelques billes claires au centre.

— Ce sont les gouttelettes de Capture Vitale, expliqua Blaise en s'approchant. Les Captures Vitales prennent cette forme-là quand elles entrent dans ce monde.

Il prit une des billes et la mit dans la main de Gala. Lorsque leurs mains se touchèrent légèrement, elle ressentit une sensation chaude et agréable dans son corps. Le même sentiment étrange qu'elle ressentait chaque fois qu'elle était avec Blaise. Il faudrait qu'elle le touche davantage à un moment opportun, décida Gala, qui aimait la façon dont son corps réagissait en présence de son créateur.

— Elles apparaissent quand le cycle d'enregistrement est complet, dit-il. Pour commencer le cycle, j'ai touché la Sphère avec le sang de mon doigt et pour l'arrêter, j'ai refait la même chose. Vois-tu cette aiguille ? C'est ce que j'ai utilisé pour me piquer le doigt. Des gouttelettes surgissent peu après.

Gala se piqua le doigt. La sensation qu'elle ressentit alors fut très désagréable. Elle constata que c'était de la douleur. La substance rouge — le sang — se mit lentement à couler du petit trou de son doigt. Elle savait que les humains évitaient la douleur et maintenant elle comprenait pourquoi.

Elle tendit son doigt ensanglanté et toucha la Sphère, puis elle attendit que quelque chose se produise. Il ne se passa rien alors elle la toucha à nouveau en se demandant en quoi elle se trompait.

— Ça ne marche pas pour toi, c'est ça ? demanda Blaise en regardant ses efforts. Ce n'est pas surprenant.

— Parce que je ne suis pas humaine ?

Il hocha la tête.

— Oui, avec le temps, je pense que tu seras capable de créer tes propres gouttelettes ou de faire tout ce que tu voudras sans l'utilisation de la Sphère.

Gala s'examina et ne vit aucune preuve pour confirmer ce qu'il disait. Si elle pouvait créer ces gouttelettes de Capture Vitale, elle ne savait pas comment. Pendant ce temps, son doigt piqué avait déjà guéri.

— Pourquoi Ganir a-t-il lié leur fonctionnement à la douleur ? demanda-t-elle.

— Je crois qu'il voulait qu'il y ait un petit prix à payer pour cette partie-là. De plus, cela aide au fonctionnement du sort. Je pense que quelque chose de petit entre par la blessure, va jusqu'au cerveau et y capture quelque chose d'important. Lorsqu'on touche à nouveau la Sphère, cela quitte le corps. Ganir reste très secret au sujet du processus, mais c'est comme ça que mon frère me l'a expliqué. Il émettait des hypothèses, bien sûr, car seul Ganir comprend entièrement son invention.

Gala se concentra sur son corps, car elle voulait réessayer. Elle piqua son autre doigt. La douleur était beaucoup moins désagréable cette fois, car elle savait à quoi s'attendre. Lorsqu'elle toucha la Sphère en sachant ce qu'il fallait y chercher, elle sentit quelque chose de petit entrer par son sang. Elle sentit également que son corps attaqua immédiatement les minuscules envahisseurs et les empêcha d'aller plus loin dans son système sanguin. Et son doigt guérit à nouveau, aussi rapidement que la fois précédente.

— Pourquoi n'essaies-tu pas simplement de prendre une des gouttelettes ? suggéra Blaise. Mets-la sous ta langue et vois ce qui se passe.

Gala fit ce qu'il dit et elle eut l'impression d'être envahie à nouveau. C'était comme si quelque chose voulait prendre le contrôle de son cerveau. Cette fois, elle essaya de forcer son corps à accepter l'invasion, mais sans y parvenir. Elle regarda Blaise en soupirant et secoua la tête.

— Je n'ai pas réussi, mais j'aimerais réessayer, dit-elle en s'excusant. Je suis désolée si je gaspille tes précieuses gouttelettes —

— Ce n'est pas grave. J'ai fait celles-là moi-même pour noter le résultat de mon sort. Ça ne fait rien si tu les utilises toutes, je me souviens encore très bien de ce moment et je pourrai le noter dans mon journal si nécessaire. Il lui sourit de manière rassurante.

Gala lui rendit le sourire. Le fait de savoir que ces Captures Vitales étaient celles de Blaise — qu'elles lui permettraient de voir le monde à travers ses yeux — constituait une motivation puissante. En fermant les yeux, elle essaya de contraindre son corps à ne pas combattre l'invasion et elle se concentra sur le voyage de la substance des gouttelettes dans ses veines. Soudain, quelque chose en elle céda et elle sentit la matière monter jusqu'à sa tête puis son cerveau. Cependant, elle fut ennuyée de voir que ce qui fonctionnait sur l'esprit humain ne semblait pas fonctionner chez elle. Elle ressentit des bribes d'émotions étrangères, mais n'eut aucune vision.

Frustrée, elle rouvrit les yeux.

— Ça a encore échoué, mais je crois que je me rapproche, dit-elle à Blaise. As-tu des Captures Vitales avec moins de valeur ?

— Bien sûr, j'en ai entreposé, dit-il en sortant de son bureau. Gala le suivit et ils entrèrent dans une des pièces qu'elle se souvenait avoir vues pendant la visite de la maison. Chaque mur de cette pièce semblait recouvert de meubles en bois, des meubles qui semblaient constitués de dizaines de petites portes. Des placards, comprit Gala. C'étaient des placards : des placards miniatures utilisés pour le rangement.

Blaise se pencha et ouvrit l'une des portes. Il en sortit une jarre contenant quelques gouttelettes.

— Ce sont des Captures Vitales de mes travaux moins importants, expliqua-t-il en lui donnant une des billes transparentes. Tu peux en utiliser autant que tu veux. Je note tout ce qui est particulièrement important à l'écrit. Il montra un autre jeu de portes pour indiquer l'endroit où il conservait sa contribution écrite.

Gala prit une gouttelette de sa main et la mit sous sa langue. Elle essaya de tout son être de voir ce que contenait cette Capture Vitale. Elle repensa au temps qu'elle avait passé dans le Domaine des Sorts et la manière dont elle avait pu avoir des visions. Puis elle exploita la partie de son esprit qui avait été capable de le faire. Après ce qui lui sembla être des heures de concentration, elle sentit enfin quelque chose céder et une vision apparut…

* * *

Blaise était assis dans son bureau et il écrivait du code. À des moments comme celui-ci, Blaise ne regrettait pas la solitude qu'il s'était imposée. La préparation des sorts demandait de la concentration et toute distraction pouvait causer des revers considérables. Heureusement, Maya et Esther savaient qu'il ne fallait pas s'approcher de son bureau quand il travaillait. S'il était occupé, elles se contentaient de passer, de déposer les Captures Vitales dont il avait besoin puis de repartir en silence.

Il aimait le codage, car c'était un travail exact, précis. Le code arcane faisait ce qu'on lui demandait de faire. Tant que l'on écrivait correctement la logique du sort, cela fonctionnait simplement de la façon suivante : si la variable A possédait telle ou telle valeur, alors l'action B se produisait. Cela avait quelque chose de rassurant. Une certitude dans un monde incertain. Son esprit en appréciait le côté prévisible. Il réutilisait souvent certains schémas et ils produisaient le même résultat chaque fois.

Le sort sur lequel il travaillait maintenant était différent, il était beaucoup plus difficile que d'habitude. Il était basé sur le travail de Lenard le Grand en personne et Blaise ne maîtrisait pas tous les éléments — et il ne pouvait donc pas en prédire le résultat. Tout ce qu'il savait, c'était qu'il s'agissait d'un passage dans le Domaine des Sorts et que cela devrait lui permettre d'y envoyer ses Captures Vitales pour former l'objet intelligent qu'il était en train de créer.

Blaise s'arrêta une seconde pour prendre quelques notes dans son journal.

* * *

Gala prit soudain conscience qu'elle était Gala, et non pas Blaise. Un moment plus tôt, elle avait été lui. Elle avait pensé à envoyer des Captures Vitales dans le Domaine des Sorts pour nourrir l'objet — l'objet qu'elle était. C'était si étrange d'avoir des pensées au sujet d'elle-même avant même son existence. En ouvrant les yeux, Gala regarda Blaise.

— Tu es déjà sortie ? Il eut l'air surpris.

— Je l'ai arrêté, expliqua-t-elle. Je n'ai pas aimé. Je n'étais pas moi-même. C'était comme quand j'étais dans le Domaine des Sorts avant d'avoir conscience de moi. Je me sentais perdue dans ton esprit et je n'aimais pas ce sentiment — même si j'ai beaucoup aimé ton esprit.

Blaise lui fit un sourire content.

— Merci. Mais juste pour que tu saches, je n'ai jamais entendu parler de quelqu'un qui pouvait quitter une Capture Vitale avant qu'elle soit terminée. Je suppose que ça ne sert à rien d'être surpris avec toi.

— C'est vrai que je *suis* différente, admit Gala.

— Les Captures Vitales ont tendance à nous accaparer, dit Blaise. C'est ce que la plupart des gens aiment à leur sujet. Il y en a même qui sont dépendants de l'expérience. Quand il te manque quelque chose dans la vie, être quelqu'un d'autre est un moyen puissant de s'évader. Comme toi, je n'aime pas la sensation de me perdre à moi-même, mais j'apprécie l'opportunité d'en apprendre plus au sujet des gens en voyant le monde de leur point de vue.

— Oui, je comprends. Je dois admettre que j'ai eu l'occasion d'apprendre que tu avais un très bel esprit, lui dit-elle sincèrement. Si différent et pourtant similaire au mien. Cela avait été instructif d'être témoin de ses fonctionnements de pensée et Gala eut l'impression de mieux comprendre son créateur à présent.

Il lui fit un sourire chaleureux et ses yeux se plissèrent dans les coins.

— Merci.

Elle ressentit une envie soudaine de toucher ses lèvres souriantes, mais elle lutta contre cette impulsion, ayant vu dans les livres que les contacts auxquels on n'avait pas été invité n'étaient pas socialement acceptables.

— J'aimerais voir une autre Capture Vitale, dit-elle à la place. De quelqu'un d'autre que toi. Malgré l'étrangeté de l'expérience, Blaise avait raison : cela lui donnait l'occasion d'apprendre.

Blaise la regarda d'un air approbateur.

— Il m'en reste parmi celles que j'avais l'intention de t'envoyer pour ton apprentissage dans le Domaine des Sorts. Il prit une gouttelette dans un placard différent et la tendit à Gala.

Elle la mit sous sa langue et essaya d'amener son corps à l'utiliser, comme la dernière fois. Mais cette fois, elle se concentra sur le fait de ne pas se laisser entièrement absorber par la vision.

* * *

Elle était une fille du village qui travaillait dans un jardin près d'un grand champ d'herbe. La journée était ensoleillée et le champ était magnifique, rempli de fleurs sauvages qui commençaient tout juste à fleurir. Toute cette herbe serait partie bientôt pour laisser la place au blé et à d'autres graminées.

En baissant les yeux, elle fléchit les bras et remarqua le mouvement du muscle sous sa peau lisse. Elle était forte pour une fille : son corps était musclé à force d'avoir travaillé toute sa vie à la ferme. Elle aimait cette partie de sa vie, le cycle sans fin de plantations et de récoltes. Maintenant que le printemps était là, sa famille serait bientôt très occupée.

* * *

Gala interrompit la vision. C'était difficile de rester détachée. Pendant un court instant, elle *avait été* cette fille, et l'expérience la désorientait tout autant que la première fois.

— Cette personne me semble familière, dit-elle à Blaise. Je crois que j'ai déjà été dans son esprit, dans le Domaine des Sorts.

Il lui sourit, sans être surpris cette fois par sa sortie rapide.

— Oui, je ne suis pas étonné que tu la reconnaisses. J'ai obtenu la plupart de mes gouttelettes par Maya et Esther, mes amies au village. Elles ont de nombreux talents, et font office également de guérisseuses et de sages-femmes. En échange de leurs services, elles demandent des Captures Vitales aux femmes qu'elles aident. Une sorte de paiement qu'elles m'ont fait passer… Sa voix baissa et il avait maintenant un air pensif.

— Qu'est-ce qu'il y a ? demanda Gala, intriguée.

— Je viens de comprendre pourquoi tu as pris cette apparence, dit-il en l'examinant comme s'il la voyait pour la première fois.

— Quelle apparence ? Gala l'interrogea du regard.

— Celle d'une jeune fille.

— Tu n'aimes pas ? demanda-t-elle, se sentant inexplicablement déçue.

— Oh si, la rassura-t-il. J'aime. Crois-moi, j'aime même un peu trop. Ses yeux s'assombrirent et ses joues se colorèrent. Gala sourit, ravie qu'il aime son apparence. Le physique était important pour les gens, elle l'avait également appris dans les livres.

Il s'éclaircit la gorge en ayant toujours l'air un peu gêné.

— Ce que je voulais dire tout à l'heure, c'est que tu ressembles à une fille parce que beaucoup des Captures Vitales que je t'ai envoyées venaient des femmes du village. Presque toutes, en fait.

Gala acquiesça. C'était logique pour elle. Son subconscient avait probablement choisi une forme féminine à partir des visions dont elle avait fait l'expérience à travers les Captures Vitales. Et comme la plupart des Captures Vitales venaient de femmes, c'était logique que son esprit eût pris cette forme.

— Aimerais-tu voir une Capture Vitale de plus ? demanda Blaise. Celle-ci vient clandestinement de la Tour de Sorcellerie.

— Oui, j'adorerais, lui dit Gala.

* * *

La jeune sorcière était assise dans l'un des bureaux de la Tour de Sorcellerie. Pour la toute première fois, elle écrivait le code arcane pour son propre sort. C'était un événement majeur dans son éducation et elle voulait que Maître Kelvin soit fier de sa réussite.

Ce sort relevait de la variété verbale difficile, car tous les étudiants devaient d'abord apprendre l'ancienne manière avant de pouvoir accéder au langage simplifié et à la Pierre d'Interprétation. Pour réduire la probabilité de faire des erreurs, elle vérifia la logique de son sort et s'assura que tout lui semblait correct. Évidemment, elle savait que la seule façon d'en être sûre était de dire le sort à voix haute.

Elle rassembla son courage et prononça les phrases qu'elle avait préparées puis les mots arcanes du Sort d'Interprétation. Elle observa alors la sphère de feu qui apparut devant elle, exactement comme elle l'avait codé. Elle rit d'excitation et d'euphorie, se sentant comme si elle venait de conquérir le monde.

Tout à coup, il y eut un éclair lumineux dans la pièce et la sphère explosa, faisant pleuvoir des éclats de verre et du bois enflammé tout autour d'elle.

L'explosion jeta la jeune femme à terre, mais elle parvint à rester consciente. La pièce en revanche, était presque détruite.

Son sort avait échoué.

* * *

Gala arrêta la Capture Vitale et décida de ne plus en faire pendant un moment. C'était trop déstabilisant pour elle. L'esprit de la dernière jeune fille avait été empli de tant d'émotions négatives de déception et de peur que Gala en ressentait encore les effets.

— Tu en es déjà sortie ? demanda Blaise dès qu'elle ouvrit les yeux.

— Je crois que je ne veux pas apprendre à connaître le monde de cette façon-là, lui dit-elle. Je veux tout vivre par moi-même et non pas au travers du regard de quelqu'un d'autre.

— Gala... Blaise semblait triste à nouveau et il plissa le front. Ce n'est pas une bonne idée. Je te l'ai déjà expliqué. Si nous sortons, tout le monde sera curieux à ton sujet. La seule chose que tu vivras sera le regard des autres. Ils voudront savoir d'où tu viens et qui tu es.

— À cause de toi, dit Gala en se rappelant ce qu'il lui avait dit plus tôt. Parce que tu t'es exilé.

— Oui, exactement.

— D'accord, dit Gala en parvenant à une décision. Alors j'irais par moi-même. Je n'ai pas envie que tout le monde m'observe juste parce que je suis avec toi. Je veux m'intégrer, je veux vivre comme les gens normaux. Ce dernier élément était très important à ses yeux. Elle était différente, mais elle n'avait pas envie de *sentir* qu'elle était différente.

— Tu veux faire semblant d'être une paysanne ? Blaise la regarda d'un air incrédule.

— Oui, répondit-elle fermement. C'est ça que je veux.

— Ce n'est pas une bonne idée — recommença Blaise, mais Gala leva la main pour l'interrompre.

— Suis-je ta prisonnière ? demanda-t-elle doucement, tout en sentant qu'elle était encore en train de se fâcher.

— Bien sûr que non !

— Suis-je ta propriété, suis-je un objet magique qui t'appartient ?

Blaise secoua la tête, l'air frustré.

— Non Gala, bien sûr que non. Tu es un être pensant.

— Exactement. Gala était ravie qu'il l'admette. Et je sais ce que je veux, Blaise. Je veux sortir et découvrir le monde, vivre comme une personne normale.

Il soupira et passa une main dans ses cheveux foncés.

— Gala...

Elle se contenta de le fixer sans rien dire. Elle avait expliqué ce qu'elle voulait. Elle n'était pas un objet ou un animal domestique qu'il pouvait garder chez lui ; il y avait tant de choses à voir et à vivre dans le Domaine Physique.

— D'accord, finit-il par dire. Te souviens-tu de Maya et d'Esther, les amies dont je t'ai parlé ? Elles vivent dans le village où j'ai grandi. Esther était ma nounou et je les considère, elle et son amie Maya, comme des tantes même si nous ne sommes pas apparentés. J'aimerais qu'elles veillent sur toi, si tu le permets, pour qu'elles te guident jusqu'à ce que tu connaisses un peu notre monde.

— Bonne idée, dit Gala dont toutes les émotions négatives s'évanouirent en un instant. J'adorerais faire leur connaissance. Elle avait envie de rencontrer d'autres gens en général, et elle aimait l'idée d'apprendre à connaître les personnes importantes aux yeux de Blaise.

— Il y a juste une petite chose, dit Blaise en la regardant avec intensité. Tu ne dois parler à personne de tes origines. Cela pourrait nous attirer beaucoup d'ennuis.

Gala acquiesça.

— Je comprends. Elle ferait ce que Blaise lui demandait, d'autant plus qu'elle voulait que les autres la considèrent comme un être humain, et non comme une curiosité de la nature.

Son créateur eut l'air quelque peu rassuré.

— Bien. Alors je t'accompagnerai jusqu'au village.

— Est-ce un village qui fait partie de tes propriétés ? demanda Gala qui se rappelait avoir lu que la majorité du pays autour de Turingrad était divisé en territoires, et que chaque territoire appartenait à un sorcier.

— Oui. Blaise eut l'air mal à l'aise à ce sujet. Cela fait partie de mon territoire.

— Et les gens qui y vivent t'appartiennent, c'est bien ça ?

Blaise fronça les sourcils.

— Seulement au sens légal le plus strict. C'est une coutume archaïque malheureusement héritée de l'époque féodale. La Révolution de la Sorcellerie était censée l'éradiquer, mais cela fut un échec, comme dans beaucoup de domaines. Malgré la Sorcellerie des Lumières, nous vivons toujours à l'âge des Ténèbres par certains côtés. J'aimerais vraiment modifier cet aspect de notre société.

Gala acquiesça de nouveau. Elle l'avait compris parce qu'il faisait tout ce qu'il pouvait pour aider les gens ordinaires.

— Je comprends, dit-elle. Quand est-ce que je peux y aller, alors ? Dans ton village ?

— Que dirais-tu de demain ? suggéra Blaise en ayant toujours l'air contrarié par l'idée.

— Demain, c'est parfait. Gala lui fit un grand sourire. Puis, incapable de retenir son excitation, elle fit quelque chose qu'elle n'avait vu que dans les livres.

Elle s'approcha de lui, passa ses bras autour de son cou et baissa sa tête vers elle pour l'embrasser.

CHAPITRE ONZE

✳ AUGUSTA ✳

Dans sa chaise volante, loin au-dessus de la route, Augusta vit les regards ébahis des paysans lorsque cinquante soldats se matérialisèrent soudain devant eux. Peu de gens du peuple connaissaient l'existence de sorts de téléportation et ils étaient encore moins nombreux à en avoir été témoins.

Les paysans à l'avant s'arrêtèrent brutalement et ceux qui les suivaient entrèrent en collision avec eux. Quelques-uns tombèrent au sol. Ceux qui étaient tombés se relevèrent immédiatement en tenant leurs massues et leurs fourches de manière défensive, mais c'était trop tard. Ils avaient montré qu'ils n'étaient que des gringalets maladroits.

Augusta sourit en sachant ce qui allait se produire. Ils allaient être encore plus surpris dans quelques instants.

— Qui est votre chef ? La voix de Barson retentit aux environs et perturba un instant l'ouïe améliorée d'Augusta. Elle avait utilisé la magie pour augmenter le volume de la voix de son amant et elle pouvait voir que ce sort avait eu l'effet escompté. Certains des rebelles avaient maintenant l'air absolument terrifiés.

À ce moment-là, un homme gigantesque portant un tablier en cuir sortit de la foule. Il tenait une grande épée qui avait l'air très lourde. Un forgeron, devina Augusta. Sa présence expliquait certaines des armes portées par les rebelles.

— Il n'y a pas de chef, cria le géant en retour. Il essayait d'atteindre le niveau des tons graves de Barson. Nous sommes tous égaux ici.

Barson leva les sourcils.

— Eh bien, vous pouvez dire à tous vos 'égaux' que nous avons une armée qui vous attend en haut de cette colline. Sa voix avait presque un volume normal à présent : le sort d'Augusta ne fonctionnait que pendant un court moment.

Le paysan se moqua ouvertement.

— Et nous avons une armée prête à marcher sur cette colline.

— Un groupe de paysans affamés, plutôt, interrompit Barson d'un ton dédaigneux.

L'homme retroussa ses lèvres et grogna.

— Qu'est-ce que vous voulez ?

— C'est ce que je ne veux pas qui compte, dit calmement le Capitaine de la garde. Je ne veux pas de massacre inutile.

Le forgeron rit en jetant la tête en arrière.

— Ça ne nous dérange pas de vous tuer tous, et c'est très utile.

Barson ne répondit pas. Il se contenta de lever les sourcils et continua à regarder le paysan.

— Vous avez peur de nous, ricana l'homme. Vous croyez qu'un peu de sorcellerie et des menaces suffisent à nous faire reculer ?

L'amant d'Augusta le toisa d'un air indifférent.

— Je préfèrerais ne pas faire de vous des martyrs. Je comprends que la sécheresse rend la vie de tout le monde plus difficile, mais vous marchez sur Turingrad. Même si on ne vous tuait pas — et on le fera, si vous nous y forcez — un seul sorcier là-bas suffirait à vous détruire en un instant.

L'homme lui jeta un regard mauvais.

— On verra.

— Non, dit Barson, on ne verra pas. Je vais vous donner une occasion de voir à quel point votre rébellion est futile. Vos dix meilleurs guerriers contre l'un d'entre nous — n'importe lequel d'entre nous.

— Allons bon, renifla l'homme. Et si on gagne ?

— Vous ne gagnerez pas, dit Barson avec tant de confiance en lui qu'Augusta vit pour la première fois une trace de doute s'inscrire sur le visage du forgeron.

Cependant, un moment plus tard, le paysan avait retrouvé son sang-froid.

— Tout ça ne sert à rien, dit-il en cherchant à faire demi-tour.

— Vous avez peur de nous ! Une voix railleuse — curieusement aiguë et jeune — sembla surgir de nulle part. Le paysan s'arrêta net. L'immense homme du peuple observa en se retournant le jeune soldat qui se faufilait vers lui.

C'était Kiam, le garçon qu'Augusta avait soigné pendant l'entraînement.

Avant que le paysan ait le temps de répondre, Kiam cria : Dix contre un n'est pas suffisant pour vous autres les trouillards. Vous avez toujours peur ! Pourquoi pas quinze contre un, alors ? Ou vingt contre un ?

Le forgeron gonfla littéralement de rage et son visage barbu vira au rouge foncé.

— Ferme ta gueule, jeunot ! tonna-t-il. Il dégaina son épée et chargea sur Kiam.

Angoissée, Augusta agrippa le côté de sa chaise tandis que le jeune garçon dégaina son épée et se prépara à affronter le paysan qui fonçait sur lui comme un taureau enragé.

Le forgeron se fendit en direction de Kiam et celui-ci évita élégamment le coup en sautant sur le côté. Ses mouvements étaient gracieux et entraînés. L'homme chargea à nouveau en hurlant et Kiam leva son épée. Avant qu'Augusta puisse comprendre ce qu'il se passait, le paysan se figea et une ligne rouge apparut sur son cou. Il s'affala, son grand corps frappant le sol avec force. La tête, séparée du corps, roula au sol et s'arrêta un peu plus loin.

L'épée aiguisée de Kiam avait tranché le cou épais de cet homme comme s'il avait coupé dans du beurre.

Pendant un instant, on n'entendit qu'un silence étonné. Puis Barson se mit à rire.

— J'ai dit, dix, le garçon a dit quinze, mais vous n'envoyez qu'un seul homme, cria-t-il aux paysans choqués.

En réponse, cinq nouveaux hommes fendirent la foule des paysans. Même si aucun d'entre eux n'était aussi grand que le paysan mort, ils semblaient tous plus larges et plus forts que Kiam. Ils étaient aussi beaucoup plus prudents que le forgeron et ils s'approchèrent silencieusement du garçon, leurs visages durs affichant un air déterminé.

Lorsqu'ils arrivèrent à sa hauteur, le premier homme se fendit en direction du garçon et Kiam l'évita, comme avant. Cette fois, cependant, il visa la taille de son adversaire. Deux autres paysans attaquèrent au même moment, mais Kiam, comme un danseur, éloigna son corps des coups et balança son épée. Trois hommes de plus furent à terre en quelques instants. Le dernier homme debout hésita un moment, mais pour lui aussi, c'était trop tard. Sans lui laisser le temps de se décider, le jeune soldat sauta et frappa.

Le dernier attaquant n'était plus.

Augusta entendit le murmure de la foule. C'était le moment critique, celui que Barson comptait obtenir avec sa démonstration. Un garçon plutôt petit contre plusieurs grands hommes : il n'existait pas d'affirmation plus claire du niveau des soldats au combat. Si les paysans avaient un minimum de jugeote, ils feraient demi-tour maintenant.

En tout cas, c'est ce que Barson espérait. Augusta n'avait pas été sûre de l'efficacité de cette partie du plan et elle voyait à présent qu'elle avait eu raison de douter. Les paysans étaient arrivés trop loin pour abandonner maintenant et au lieu de battre en retraite, ils se mirent à avancer en sortant leurs armes. En s'approchant des soldats, ils s'écartèrent et commencèrent à encercler les hommes de Barson.

C'était le moment où Augusta devait téléporter les soldats jusqu'à leur camp. Les mains tremblantes, elle attrapa le sort pré-écrit, mais la carte lui glissa entre les doigts et tomba de la chaise. Le souffle coupé, elle essaya frénétiquement de la rattraper, mais sans succès. Tandis que la carte tombait au sol, Augusta fut prise d'une panique terrible.

Si son sort échouait, elle serait responsable de la mort de Barson et de ses hommes.

CHAPITRE DOUZE

✳ BLAISE ✳

Choqué, Blaise fit un pas en arrière en regardant Gala. Se rendait-elle compte de ce qu'elle venait de faire en l'embrassant de cette façon ?

Malgré sa beauté saisissante, il avait fait de son mieux pour ne pas la voir ainsi. Elle venait d'arriver dans ce monde et pour lui elle était aussi innocente qu'une enfant. Ses actes contredisaient toutefois cette idée.

Cela devenait compliqué. Très compliqué, très vite.

En avalant sa salive, Blaise réfléchit à ce qu'il devait dire. Il sentait encore ses lèvres douces pressées contre les siennes, ses bras fins autour de lui, le serrant contre elle. Il n'avait pas réalisé qu'il réagirait aussi vivement à son contact, qu'il lui faudrait toute sa force de volonté pour s'éloigner de ce baiser.

Elle fit un pas vers lui.

— Euh, Blaise ?

— Gala, est-ce que tu comprends ce que signifie un baiser ? lui demanda-t-il prudemment en essayant de contrôler la réaction instinctive qu'il avait près d'elle.

— Bien sûr. Ses yeux bleus étaient grands et candides en le regardant.

— Et qu'est-ce que cela signifie pour toi ? Était-elle simplement en train de faire des expériences, d'essayer d'apprendre cet aspect de la vie comme elle essayait d'apprendre tout le reste ?

— La même chose que pour tout le monde, j'imagine, dit-elle. J'ai lu des livres à ce sujet. Il y a beaucoup d'histoires d'hommes et de femmes qui s'embrassent s'ils se trouvent attirants. Et tu me trouves attirante, non ? Son visage délicat était interrogateur.

Blaise savait qu'il devait faire preuve de délicatesse. Malgré ses aptitudes pour la sorcellerie, il était loin d'être un expert quand il s'agissait de comprendre les femmes. Ces créatures charmantes le laissaient toujours perplexe et il était en présence d'une femme qui n'était même pas humaine. Il l'avait peut-être créée, mais son esprit était aussi mystérieux pour lui que les profondeurs de l'océan.

— Gala, dit-il doucement. Je t'ai déjà dit que je te trouve irrésistible.

Elle le regarda comme si elle faisait la moue.

— Mais tu viens juste de me résister.

— Il le fallait, dit Blaise patiemment. Tu es tellement nouvelle dans ce monde. Je suis le premier homme, le premier humain, que tu as rencontré en personne. Comment pourrais-tu savoir ce que tu ressens pour moi ?

— Mais les sentiments, n'est-ce pas précisément ce que l'on ressent ? Elle fronça les sourcils. Est-ce que tu es en train de me dire que parce que je ne connais pas bien le monde, mes sentiments sont moins réels ?

— Non, bien sûr que non. Blaise eut l'impression de s'enfoncer. Je ne dis pas que ce que tu ressens n'est pas réel. C'est juste que tu pourrais changer d'avis plus tard, quand tu sortiras, que tu découvriras le monde... quand tu rencontreras d'autres hommes. En ajoutant ce dernier petit bout, il sentit une pique de jalousie et il l'ignora en faisant de gros efforts, car il était déterminé à agir noblement.

Gala fronça les sourcils.

— D'accord. Si c'est ça ton souci, ce n'est pas un problème. Je sors demain et je rencontrerai d'autres hommes. Après ça, je vais revenir et t'embrasser autant que je veux.

Le pouls de Blaise s'accéléra.

— Pourquoi je ne t'accompagnerais pas tout de suite au village, alors ? dit-il en ne plaisantant qu'à moitié.

Ses yeux s'illuminèrent et elle bondit presque de joie.

— Oui, allons-y !

CHAPITRE TREIZE

❋ AUGUSTA ❋

Augusta vit les paysans lancer leur attaque au-dessous d'elle.

Barson et ses soldats s'attendaient à être téléportés, mais lorsque cela ne se produisit pas, ils commencèrent à se battre avec une détermination féroce. Ils furent bientôt entourés de corps. L'amant d'Augusta semblait particulièrement inhumain dans la frénésie du combat. Comprenant son importance stratégique, les rebelles se jetaient sur lui les uns après les autres et il les expédiait avec des coups d'épée brutaux.

En voyant que les gardes parvenaient à faire face, Augusta essaya de se concentrer. Elle ne pouvait pas descendre pour aller chercher sa carte du sort — pas tant que le combat sanglant faisait rage au-dessous —, alors elle devait en écrire une nouvelle.

Rassemblant ses esprits, elle sortit une carte vierge et les morceaux de sort restants. Il lui suffisait de recréer de mémoire le petit morceau complexe de code arcane qu'elle avait écrit plus tôt. Heureusement, la mémoire d'Augusta était excellente et il lui fallut seulement quelques minutes pour se souvenir de ce qu'elle avait fait juste avant.

Lorsque le sort fut terminé, elle chargea les cartes dans la Pierre et regarda en contrebas en retenant sa respiration.

Une minute plus tard, Barson et ses soldats disparurent du champ de bataille, laissant derrière eux des dizaines de cadavres et de rebelles abasourdis.

* * *

— Je suis vraiment désolée, dit-elle quand elle rejoignit Barson et ses hommes sur la colline.

Heureusement, personne n'était blessé. Au contraire, le combat semblait avoir mis tout le monde de bonne humeur. Les soldats riaient et se donnaient des tapes dans le dos, comme s'ils sortaient d'un tournoi et non pas d'une bataille sanglante.

— Nous avons fait face, lui dit Barson triomphalement. Il la prit dans ses bras solides et la fit tourner en rond.

Augusta lui demanda de la reposer en riant, à bout de souffle.

— Vous avez de la chance que j'ai pu remplacer cette carte aussi vite, lui dit-elle. Si j'avais perdu une autre carte, cela aurait demandé plus d'efforts pour la remplacer, et vous auriez dû combattre plus longtemps.

— Il y a peut-être quelque chose que tu peux faire pour te faire pardonner, suggéra Barson en la regardant avec un sourire diabolique.

— Quoi donc ? s'enquit Augusta avec méfiance.

— Les rebelles seront bientôt là, dit-il, les yeux brillants. Tu crois que tu peux réduire un peu leur nombre ?

Augusta avala sa salive.

— Tu veux que je lance un sort directement contre eux ?

— C'est interdit par le règlement du Conseil ?

Ce n'était pas exactement interdit, mais c'était très mal vu. En général, le Conseil préférait limiter les démonstrations de magie en présence des gens ordinaires. Il était considéré comme de mauvais goût pour les sorciers de montrer ouvertement leurs capacités — et cela pouvait être potentiellement dangereux si cela encourageait les paysans à essayer d'apprendre la magie tout seuls. Les sorts offensifs étaient particulièrement découragés : utiliser de la sorcellerie contre un non-initié revenait à massacrer une poule avec une épée.

— Disons que ce n'est pas strictement illégal, dit Augusta lentement, mais il ne faudrait pas que l'on voie ce que je suis en train de faire.

Barson sembla réfléchir au problème pendant un moment.

— Et si les causes semblent naturelles ? suggéra-t-il.

— Ça peut marcher. Augusta pensa à quelques sorts qu'elle pourrait assembler rapidement. Elle ne s'était pas préparée à ces choses-là, mais elle disposait des bons éléments pour les sorts. Elle les avait pris pour servir d'autres buts, mais ils l'aideraient maintenant aussi.

En fouillant dans son sac, elle sortit quelques cartes et écrivit rapidement quelques lignes de code. Lorsqu'elle eut fini, elle dit à Barson de faire assoir ou allonger ses hommes au sol pendant quelques minutes.

— Cela pourrait secouer un peu... expliqua-t-elle.

Les paysans étaient toujours assez loin quand elle commença à mettre les cartes dans la Pierre d'Interprétation.

Pendant un moment, tout resta silencieux. Augusta retint sa respiration en attendant de voir si son sort fonctionnait. Elle avait combiné une simple attaque de force du genre qui aurait fait exploser une maison avec une idée de téléportation maligne. Au lieu de frapper directement les paysans, le sort serait téléporté dans le sol sous les pieds de l'armée attaquante. Là, sous terre, la force ferait voler les rochers en éclats pour créer la réaction en chaîne sur laquelle Augusta comptait. Du moins l'espérait-elle.

Pendant quelques secondes d'angoisse, rien ne sembla se produire. Puis elle l'entendit : un bruit d'explosion profond et sonore, suivi d'une forte vibration sous leurs pieds. La terre trembla si violemment qu'Augusta dut s'assoir pour ne pas être jetée à terre. Elle entendait au loin les cris des paysans quand la terre s'ouvrit sous leurs pieds, une longue entaille apparaissant en plein milieu de leur armée. Des dizaines d'hommes tombèrent dans la faille, faisant des chutes mortelles en hurlant de peur.

La première étape du plan était faite.

Augusta chargea le sort suivant. C'était un des sorts les plus dangereux qu'elle connaissait : un sort qui cherchait les tissus organiques qui palpitaient afin d'y envoyer un puissant courant électrique. Il était censé arrêter le cœur, ou plusieurs cœurs, étant donné le rayon d'action qu'Augusta avait encodé.

Le sort explosa et Augusta put voir tomber les paysans qui étaient toujours debout. Sa vision améliorée lui permit de voir le choc et la douleur sur leurs visages tandis qu'ils se tenaient la poitrine. Elle déglutit avec effort, essayant de garder dans son estomac la bile qui remontait. Elle n'avait jamais fait cela auparavant, elle n'avait jamais tué autant de monde avec la sorcellerie et elle ne put empêcher sa réaction instinctive.

Quand le sort fut terminé, la route et les champs herbeux près de là étaient couverts de corps humains. Moins de la moitié de l'armée de paysans avait survécu.

Augusta regarda les effets de son travail en se sentant toujours mal. Maintenant, ils allaient fuir, pensa-t-elle en souhaitant désespérément que cette bataille se termine.

Mais à sa grande surprise, les survivants coururent vers la colline en serrant leurs armes restantes au lieu de faire demi-tour. Ils n'avaient pas peur — ou, plus probablement, ils étaient désespérés, se dit-elle. Ces hommes savaient depuis le début que leur mission était dangereuse, mais ils avaient choisi de continuer malgré tout. Elle ne put s'empêcher d'admirer leur détermination, même si cela lui faisait très peur. Elle imagina que les rebelles à l'origine de la Révolution de la Sorcellerie — ceux qui avaient si brutalement renversé les vieux nobles — avaient été tout aussi déterminés à leur manière.

Tout autour d'elle, les soldats de Barson se préparaient à livrer bataille, prenant position et sortant leurs flèches.

Quand les paysans s'approchèrent de la colline, une pluie de flèches s'abattit sur eux, perçant leurs corps sans protection. Les soldats touchaient leurs cibles avec la même précision terrifiante qu'Augusta avait vue lors de l'entraînement. Chaque paysan qui s'aventurait à portée de flèche mourait en l'espace de quelques secondes. Les rebelles persistaient malgré tout et ils continuaient leur marche en se frayant un chemin entre leurs camarades tombés. Sans aucune sorte de structure ou d'organisation, ils avançaient, les visages défigurés de rage et les yeux brillants de haine. La futilité de toutes ces morts submergea Augusta. Quand les hommes de Barson n'eurent plus de flèches, il restait moins d'un tiers des agresseurs du départ.

Les gardes jetèrent de côté leurs arcs inutiles et dégainèrent leurs épées comme un seul homme. Puis ils attendirent, leurs visages durs et impénétrables.

Lorsque la première vague d'attaquants atteignit la colline, ils furent expédiés en quelques secondes, les armes améliorées par la sorcellerie des soldats étant plus aiguisées et plus mortelles que ce que les paysans avaient jamais vu. Augusta resta sur un côté pour observer les vagues d'attaquants qui arrivaient et qui tombaient de tous les côtés de la colline.

Son amant était une incarnation de la mort, il était aussi imparable qu'une force de la nature. La moitié du temps, il s'attaquait seul aux vagues de rebelles, prenant aisément vingt ou trente hommes à la fois. Les autres soldats étaient presque aussi brutaux et Augusta pouvait voir les paysans se diviser en groupes de plus en plus petits, leurs rangs diminuant à chaque minute qui passait.

Au bout d'une heure, la bataille était arrivée à sa conclusion morbide. En regardant les restes sanglants dans le champ, Augusta sut que c'était une bataille qu'elle n'oublierait jamais.

Non, s'autocorrigea-t-elle. Ce n'était pas une bataille, c'était un massacre.

CHAPITRE QUATORZE

✳ GALA ✳

— C'est spectaculaire, dit Gala à Blaise en regardant la ville au-dessous. Ils étaient assis dans sa chaise, un objet magique qu'elle trouvait impressionnant. D'une couleur bleu clair, il évoquait pour elle une sorte de canapé étroit et allongé, sauf qu'il était fait d'un drôle de matériau ressemblant un peu à un diamant. Cela avait l'air dur, mais c'était en fait assez doux et agréable au toucher. Blaise le dirigeait en se servant de sorts verbaux.

Gala appréciait particulièrement le fait de pouvoir être assise aussi près de Blaise. Elle aimait sa proximité, cela lui rappelait les sensations douces qu'elle avait ressenties en l'embrassant. En repensant à ce baiser, elle arracha son regard à la vue au-dessous d'elle et elle jeta un coup d'œil à Blaise pour étudier son profil viril.

Cela l'ennuyait qu'il doute de ses sentiments. Elle manquait évidemment d'expérience, mais elle avait lu suffisamment de livres pour comprendre la mécanique de l'attirance et pour savoir ce que cela signifiait lorsque l'on ressentait ces choses-là pour quelqu'un. Elle était certaine que le fait de rencontrer d'autres personnes n'altèrerait pas sa façon de voir Blaise. Ce voyage jusqu'au village servirait à beaucoup de choses, pensa-t-elle en portant de nouveau son attention sur la ville en dessous. Il lui ferait voir le monde et il rassurerait Blaise en lui montrant qu'elle savait ce qu'elle voulait. Elle n'avait pas envie de paraître ignorante ou naïve aux yeux de son créateur.

— Là, c'est la Place Publique, dit Blaise en interrompant ses pensées. Il montrait un grand espace vide au-dessous. Tu peux voir tous les étalages des marchands qui l'entourent. Et vois-tu cette fontaine au milieu ?

— Oui, dit Gala en sentant monter son excitation. Elle aimait apprendre et c'était fabuleux de voir les choses de ses propres yeux, plutôt qu'avec une Capture Vitale ou dans les pages d'un livre.

— Tous les gens qui visitent Turingrad viennent jusqu'à cette fontaine pour jeter une pièce dans l'eau, dit Blaise. Qu'ils soient riches ou pauvres, paysans ou sorciers, ils viennent tous ici pour faire un souhait.

— Pourquoi ? C'est une forme de sorcellerie ?

— Non, gloussa Blaise. C'est simplement une vieille tradition. Elle existait déjà longtemps avant

Lenard le Grand et la découverte du Domaine des Sorts. C'est une superstition, si tu préfères.

— Je vois, dit Gala, bien que l'idée ne lui sembla pas claire. Pourquoi les humains jetaient-ils des pièces dans la fontaine comme ça ? Si la fontaine n'avait aucun rapport avec la sorcellerie, alors elle ne pouvait pas réaliser les souhaits.

— Et là-bas, c'est la Tour de Sorcellerie, dit Blaise en montrant une structure imposante perchée en haut d'une grande colline. C'est là que les sorciers les plus puissants vivent et travaillent. Le Conseil y tient aussi ses réunions. Les étages du bas sont occupés par l'Académie de Sorcellerie, une institution d'apprentissage pour les jeunes. La Garde des Sorciers y est également en poste.

Gala hocha la tête en examinant la Tour avec curiosité. C'était un grand château majestueux, rendu encore plus impressionnant par sa situation en haut de la montagne. La personne qui l'avait construit avait clairement voulu dire quelque chose. Le bâtiment était une célébration du pouvoir.

En l'observant de plus près, Gala se rendit compte que quelque chose la dérangeait au sujet de la montagne. Sa forme, la falaise escarpée d'un côté... Tout ça était trop différent du paysage environnant.

— La montagne est réelle ? demanda-t-elle à Blaise en tournant la tête pour le regarder.

— Non. Il lui sourit. Elle a été construite par les premières familles de sorciers il y a plus de deux cents ans. Ils voulaient que la Tour soit insaisissable, donc ils ont créé un sort pour élever la terre, ce qui créa cette colline. Le bâtiment lui-même est également fortifié par de nombreux sortilèges.

— Pourquoi ont-ils fait cela ? Parce qu'ils avaient peur des gens ordinaires ?

— Oui, répondit Blaise. Et c'est toujours le cas. C'est malheureux, mais le souvenir de la Révolution de la Sorcellerie est encore frais dans les esprits.

Gala hocha à nouveau la tête en se souvenant de ce qu'elle avait lu dans un des livres de Blaise. Deux cent cinquante ans plus tôt, tout le tissu social de Koldun avait été déchiré par une révolution sanglante. La vieille noblesse était devenue grasse et paresseuse, déconnectée du mécontentement grandissant de ses sujets. Le roi avait été l'un des pires : il était entièrement inconscient des changements qui se produisaient suite aux Lumières et à la découverte de quelque chose appelé le Domaine des Sorts.

Lenard — ou Lenard le Grand comme il viendrait à être connu — avait été un inventeur génial qui, entre autres succès réussit à exploiter un espace étrange qui avait le pouvoir de modifier la réalité d'une façon qui ressemblait étrangement à la magie des contes de fées. On n'était pas dans un conte, bien sûr, et ce que l'ère moderne nomma magie n'était rien d'autre que l'interaction complexe et encore mal comprise entre le Domaine des Sorts et le Domaine Physique. Mais sa découverte changea tout et créa l'ascension d'une nouvelle élite : les sorciers.

Cela commença par de petits sorts sans conséquence : des incantations orales dans une langue complexe et obscure que seules les personnes les plus intelligentes et les plus douées en mathématiques pouvaient maîtriser. Quelques-uns des premiers sorciers venaient de la noblesse, mais ce n'était pas la majorité. Quiconque, quelle que soit son origine, pouvait exploiter le Domaine des Sorts et Lenard encourageait tout le monde à apprendre les mathématiques et le langage de la magie, et à comprendre les lois naturelles. Il alla même jusqu'à ouvrir une école : un endroit qui finit plus tard par s'appeler Académie de Sorcellerie. C'est là qu'un grand nombre des découvertes magiques et scientifiques qui suivirent eurent lieu.

En l'espace de dix ans, la sorcellerie et les connaissances engendrées par les Lumières commencèrent à s'insinuer tous les aspects de la vie à Koldun. Les sorciers découvrirent une façon de se sustenter sans nourriture, de se déplacer d'un endroit à l'autre en un clin d'œil par la téléportation, et même de combattre à l'aide de sorts. Le système féodal basé sur l'hérédité de la noblesse et vieux de plusieurs siècles sembla rapidement démodé aux yeux de ceux qui pouvaient altérer la réalité grâce à quelques phrases bien choisies. Les notions d'égalité et de progrès, de droits de l'homme et de méritocratie se répandirent comme une traînée de poudre, surprenant les nobles.

Quand le roi comprit la menace que représentait la nouvelle classe de sorciers, il était déjà trop tard. Les paysans, quand ils constatèrent que leurs seigneurs n'étaient plus aussi tout-puissants qu'avant, devinrent plus exigeants et des soulèvements de paysans cherchant à améliorer leurs conditions de vie se produisirent partout sur Koldun. La plupart des sorciers — mais pas tous — soutenaient les paysans et ceux des classes inférieures qui n'avaient pas les aptitudes nécessaires à la magie se regroupèrent et recherchèrent la protection des sorciers contre les nobles qui avaient toujours l'armée royale de leur côté.

Cela se finit par une révolution — un conflit civil sanglant qui dura six ans. Chaque côté devint progressivement plus brutal et vindicatif et les atrocités perpétuées par les paysans contre leurs anciens maîtres finirent par être aussi terribles que ce que les barbares faisaient à l'âge des Ténèbres. La révolution ne prit fin que lorsque presque toutes les familles de la noblesse furent massacrées et que le roi perdit sa tête. Les survivants n'eurent alors plus qu'à essayer de reprendre le cours de leurs vies brisées.

Ce n'était pas étonnant que les sorciers craignent les paysans, pensa Gala en regardant la Tour. Après tout, les sorciers représentaient la classe dirigeante à présent.

* * *

Après plusieurs heures de vol, ils approchèrent finalement de leur destination. Gala reconnut le champ au-dessous d'après l'une des Captures Vitales qu'elle avait consommées plus tôt : il était encore plus beau vu d'en haut. Le travail du printemps avait été accompli et de longues tiges de blé peuplaient le paysage.

Sur un côté, il y avait un groupe de bâtiments : ce devait être le village, pensa Gala. Contrairement aux grandes structures complexes de Turingrad, les maisons étaient ici beaucoup plus petites. Plus simples, se dit Gala. Elle se souvint avoir lu que de nombreuses maisons de paysans étaient faites de terre, et cela semblait être le cas ici aussi.

Il y avait une petite clairière entre deux des plus grandes maisons, et c'est là qu'ils atterrirent.

Dès que leur chaise toucha terre, la porte d'une de ces maisons s'ouvrit et deux femmes âgées en sortirent.

Gala les fixa du regard, intriguée. Elle avait lu comment les humains changeaient physiquement au cours de leur vie et elle se demandait quel âge pouvait avoir ces femmes. Elles lui parurent ressemblantes, avec leurs cheveux gris et leurs yeux marron, bien que Gala en trouve une plus agréable à regarder que l'autre.

En voyant Blaise, elles lui firent un grand sourire et coururent vers la chaise.

— Blaise, mon enfant, comment vas-tu ? s'exclama la plus jolie des deux.

— Et qui est cette belle jeune femme ? ajouta la seconde.

Avant que Blaise puisse répondre et que Gala enregistre le fait qu'on venait de la qualifier de 'belle', la femme qui avait parlé en premier se tourna vers Gala et annonça :

— Je m'appelle Maya. Qui es-tu, mon enfant ?

— Et moi je m'appelle Esther, dit l'autre sans laisser à Gala le temps de répondre. Son visage était plissé par un sourire qui plut beaucoup à Gala. Malgré son apparence ordinaire, Gala décida qu'elle avait quelque chose de très attrayant. Les deux femmes étaient chaleureuses d'une façon qui plaisait à Gala.

— Maya, Esther, dit Blaise en descendant de la chaise, laissez-moi vous présenter Gala.

— Gala ? Quel joli prénom, dit Esther en s'avançant et en prenant Gala dans ses bras. Maya suivit son exemple et Gala sourit, ravie d'être au centre de l'attention. Leurs câlins étaient agréables, mais ils n'avaient rien à voir avec ce qu'elle ressentait quand elle touchait Blaise.

— Blaise, ta grand-mère ne s'appelait-elle pas Gala, elle aussi ? demanda Maya.

Blaise hocha la tête et fit un sourire complice à Gala.

— Oui. C'est une jolie coïncidence, non ?

— Bien, entrez, mes enfants, dit Esther. Je viens juste de faire un délicieux ragoût —

— Délicieux, je ne sais pas, mais c'est un ragoût, j'en suis sûre, dit Maya avec un sourire malicieux. Gala comprit qu'elle était en train de taquiner l'autre femme.

Blaise secoua la tête.

— J'adorerais, mais je ne peux pas, dit-il gentiment à Esther. Je dois malheureusement partir.

Mais si ça ne vous dérange pas, Gala restera avec vous pendant quelques jours.

Les deux femmes eurent l'air surprises, mais Maya retrouva vite ses esprits.

— Bien sûr que ça ne nous dérange pas, dit-elle. Tout ce que tu voudras, pour toi et ta jolie jeune amie.

Esther hocha la tête avec enthousiasme.

— Oui, tout ce que tu voudras, Blaise. Comment vous vous êtes connus, tous les deux ? demanda-t-elle avec curiosité.

— C'est une longue histoire, dit Blaise. Et son ton n'invitait pas à poser davantage de questions sur le sujet. Maya, pourrais-tu faire faire le tour du village à Gala pendant que je discute avec Esther ?

Esther fronça les sourcils.

— Es-tu sûr de ne pas vouloir rester ? On adorerait t'avoir pendant quelques jours. Tu as besoin de prendre le soleil et tu devrais manger quelque chose. Je parie que tu as vécu de magie depuis notre dernière visite, dit-elle avec désapprobation.

— Blaise a du travail important à faire, dit Gala en venant à la rescousse de Blaise. Elle voyait qu'il avait l'air tendu et qu'il n'avait pas envie d'être là, loin de la précision réconfortante du code sur lequel il comptait tellement. D'après le rapide aperçu de son esprit dans la Capture Vitale — et après ce qu'elle avait appris au sujet de son frère —, elle savait que son créateur souffrait toujours et qu'il n'était pas encore prêt à affronter le monde extérieur.

— Eh bien, ça ne me plaît pas du tout, annonça Esther en serrant les lèvres. Promets-nous que tu reviendras bientôt.

— Oh, ne t'inquiète pas. Je ne laisserai pas Gala seule très longtemps, tu peux en être sûre, dit Blaise. Gala sentit la chaleur de son regard quand il la contempla.

Gala sourit et fit un pas vers Blaise. Elle se mit sur la pointe des pieds, passa ses bras autour de son cou et tira sa tête vers elle pour l'embrasser. Ses lèvres étaient chaudes et douces et Gala savoura avidement cette sensation. Elle fut soulagée qu'il ne s'écarte pas d'elle cette fois. Au lieu de cela, il l'attira plus fort contre lui et l'embrassa passionnément, faisant naître des frissons brûlants qui lui parcoururent le dos.

Lorsqu'il la relâcha, son cœur battait plus vite et elle put voir les regards ravis de Maya et d'Esther. Elle avait réussi à renforcer l'impression qu'elles avaient déjà : qu'elle et Blaise étaient amants. C'était un souhait que Gala espérait réaliser un jour, et en attendant, cela fournissait une explication quant à sa relation avec Blaise. Même si personne ne croirait jamais qu'elle avait été créée par Blaise, pensa-t-elle avec ironie. D'après ce qu'elle savait, personne ne pouvait imaginer qu'il fut possible de créer une personne comme Gala l'avait été.

Maintenant qu'il était temps pour elle de quitter Blaise, Gala ressentit des doutes pour la première fois. Tout à coup, le monde ne lui semblait plus aussi attrayant, puisqu'elle allait devoir être séparée de Blaise pendant les prochains jours. Il n'était même pas encore parti et il lui manquait déjà — elle voulait davantage de ces baisers. D'après toutes ses lectures, elle savait que les gens avaient rarement des sentiments aussi intenses les uns pour les autres après si peu de temps, mais il y avait toujours des exceptions. Il était également possible que les règles de la normalité ne s'appliquent pas à elle, puisqu'elle n'était pas humaine.

— Au revoir, Gala, dit Blaise en lui souriant. Elle lui rendit son sourire en ignorant son bref moment de faiblesse. Le village l'invitait à la découverte. C'était sa chance de découvrir comment on vivait ici, parmi les gens ordinaires. Elle avait l'impression que si elle changeait d'avis maintenant, elle ne pourrait pas convaincre Blaise à nouveau.

— Au revoir, Blaise, dit-elle en ayant décidé qu'elle allait être forte. Elle se retourna et se mit à marcher vers le magnifique champ qu'elle voyait près de là. Maya la suivit, faisant au revoir à Blaise d'un signe de la main.

En approchant du champ, Gala se mit à marcher de plus en plus vite jusqu'à ce qu'elle coure aussi vite que possible. Elle sentait le vent dans ses cheveux et la chaleur du soleil sur son visage et elle leva la tête en riant de pur bonheur.

Elle était vivante et elle aimait chaque instant de cette vie.

CHAPITRE QUINZE

✳ AUGUSTA ✳

— Tu es sûre que ça va aller ? demanda Barson en regardant Augusta d'un air inquiet. Il venait de la raccompagner jusqu'à ses quartiers et ils se tenaient devant son bureau.

— Bien sûr. Ça ira. Augusta sourit à son amant. Elle ne pouvait pas nier qu'elle se sentait encore un peu vacillante après la bataille, mais le meilleur remède était de retourner tout de suite à sa routine quotidienne — et cela impliquait de se remettre au travail sur ses projets en cours.

— Dans ce cas, je te laisse retourner à tes sorts, dit Barson en se penchant pour l'embrasser.

Du coin de l'œil, Augusta vit une jeune sorcière s'approcher et attendre humblement à quelques pas de là.

— Euh, excusez-moi, ma Dame... La jeune femme avait l'air mal à l'aise, elle se triturait les mains avec nervosité.

Barson ricana, amusé par la déférence de la jeune fille. Augusta tourna la tête vers lui et le regarda en plissant les yeux.

— Qu'est-ce qu'il y a ? demanda-t-elle, irritée par cette interruption.

— Maître Ganir m'envoie vous chercher, expliqua rapidement la sorcière. Il demande votre présence dans son bureau.

Augusta fronça les sourcils, mécontente d'être convoquée comme une simple disciple. Ganir avait-il appris pour la bataille et pour son implication ? Si c'était le cas, c'était rapide, même pour lui.

— Peut-être qu'il voudra expliquer comment trois cents paysans en sont devenus trois milles, murmura Barson en baissant la tête pour que la fille ne puisse pas l'entendre.

Surprise, Augusta leva les yeux vers lui et rencontra son regard froid et moqueur. Barson sous-entendait-il que Ganir l'avait mal informé avec dessein ?

Elle écarta cette pensée qu'elle envisagerait à un autre moment et elle dit à son amant qu'elle le verrait plus tard. Puis elle partit d'un pas décidé le long du hall, obligeant la jeune fille à sauter hors de son chemin.

Il valait mieux se débarrasser au plus vite de cette corvée.

CHAPITRE SEIZE

✳ BARSON ✳

Dès qu'Augusta fut hors de vue, Barson quitta les quartiers des sorciers et se dirigea vers la caserne de La Garde dans l'aile ouest de la Tour. Augusta et lui étaient partis avant ses soldats et il avait moins d'une heure pour faire ce qui devait être fait.

En entrant, il vit le couloir familier avec la rangée de chambres où il vivait avec ses hommes quand ils étaient de service. Ses propres quartiers étaient presque aussi luxueux que ceux des sorciers, mais même les soldats du bas de l'échelle étaient confortablement logés. Il s'en était assuré lorsqu'il était devenu Capitaine de La Garde.

Normalement, après un voyage difficile comme celui-ci, il se serait directement rendu dans sa chambre pour prendre un long bain, mais il n'avait pas de temps à perdre. Il devait confronter le traître — et il fallait qu'il le fasse maintenant, tant qu'il pouvait encore le prendre par surprise.

En s'arrêtant devant la chambre de Siur, il attendit pour écouter les bruits à l'intérieur. Son lieutenant de confiance semblait occupé à s'amuser au lit.

Encore mieux, pensa Barson en laissant apparaître un sourire. Il n'y avait rien de mieux que de surprendre son ennemi avec le pantalon baissé.

Sans plus attendre, il ouvrit la porte et pénétra dans la chambre de Siur.

Comme il s'y était attendu, il y avait deux corps nus dans le lit. D'après les gémissements et les cheveux roux aperçus occasionnellement sous la masse de Siur, il devait s'agir de l'une des prostituées locales qui rendaient souvent visite aux gardes. Ils étaient tous deux tellement occupés qu'ils ne réagirent même pas lorsque Barson entra.

Barson commença à s'énerver et il frappa le mur de son poing ganté. Siur et sa compagne de lit sursautèrent en jurant et Barson observa avec un amusement cruel comment la femme rampa du lit en tirant un drap pour recouvrir son corps potelé.

— Capitaine ! s'exclama Siur en sautant du lit et en mettant vite son pantalon. Je ne vous avais pas vu... Ses yeux écarquillés par la stupeur étaient presque comiques.

— Surpris de me voir ? demanda Barson d'une voix mielleuse en regardant la prostituée sortir de la pièce en courant. Ou surpris de me voir vivant ?

— Quoi ? Non, Capitaine ! Si, je veux dire — Siur était manifestement pris au dépourvu. Ses yeux regardaient dans tous les sens, évoquant un animal piégé.

— Pourquoi n'as-tu pas pu prendre part à cette mission ? demanda Barson sans lui laisser le temps de reprendre ses esprits. Pourquoi es-tu resté ici ?

— Eh bien, je — Siur ne s'attendait clairement pas à être interrogé et Barson vit comment il essayait frénétiquement de trouver une réponse plausible. Son hésitation l'accusait.

— Raconte-moi tout, ordonna Barson en regardant l'homme qu'il avait considéré comme un frère. Pourquoi as-tu fait ça ?

Siur cligna des yeux en reculant.

— Je ne sais pas de quoi vous parlez.

— Ne me mens pas. Fais-moi au moins cet honneur.

— Capitaine, Barson, je — le soldat continuait à reculer et Barson vit ce qu'il cherchait à la seconde où sa main se referma sur son épée.

Barson dégaina sa propre épée.

— Dis-moi la vérité, dit-il froidement, et tu mourras vite et sans douleur. Il était rassuré que le traître se soit révélé ainsi : jusque là, Barson n'avait pas été certain de sa culpabilité.

Siur attaqua avec un cri de rage. Son élan lui fit traverser la pièce en faisant tournoyer son épée.

Barson contra son attaque féroce et il para chaque coup en l'observant attentivement à la recherche d'une ouverture pour désarmer son adversaire. Normalement, Siur serait déjà mort, mais Barson ne voulait pas le tuer tout de suite. Il avait besoin d'informations et le traître était le seul à pouvoir les lui fournir.

Siur se battit comme un fou furieux. Confronté à la perspective d'un interrogatoire, il essayait apparemment d'obtenir une mort rapide et glorieuse — ce que Barson n'avait pas l'intention de lui donner. Ils se battirent pour ce qui sembla être une éternité. Si Barson n'avait pas été si fatigué de son autre épreuve, cela aurait été plus facile. De fait, il dut se retenir de tuer Siur toutes les deux minutes, tout en empêchant simultanément les coups mortels du soldat de l'atteindre.

Son moment vint enfin lorsque Siur porta un coup violent vers l'épaule de Barson. D'un geste de son épée, Barson érafla le flanc gauche de son adversaire, faisant couler le premier sang. Siur bondit en arrière avec un sifflement de douleur et attaqua Barson avec encore plus de désespoir. Le soldat savait qu'il s'affaiblirait de minute en minute et Barson avait de plus en plus de mal à ne pas asséner le coup fatal à ce traître.

— Tu ne pourras pas me faire parler, peu importe ce que tu feras, haleta Siur en exécutant une attaque de triple feinte. Barson se défendit facilement : il avait personnellement appris cette manœuvre à Siur, qui n'avait jamais excellé en la matière. Le fait que Siur l'utilise maintenant montrait qu'il n'arrivait plus à réfléchir.

Prenant silencieusement l'avantage de cette ouverture, Barson porta un coup à l'épaule droite de son adversaire et trancha aisément dans la chair nue.

Heureusement que le soldat ne portait pas d'armure, sinon la tâche de Barson aurait été encore plus difficile. Siur trébucha en poussant un grand cri, mais il persista, ses yeux brillant de rage et de désespoir.

Quelques gouttes de sueur coulèrent le long du dos de Barson, ce qui augmenta son envie de prendre un bain. Décidant de mener ce combat jusqu'à sa conclusion inévitable, il feignit de favoriser son côté droit, exposant sa gauche pendant un court instant. Siur mordit immédiatement à l'hameçon, tentant de porter un coup fatal au cœur.

Au dernier moment, Barson tordit son corps en laissant l'épée aiguisée de Siur racler le côté de son armure, la trancher et laisser une éraflure peu profonde dans la peau. En même temps, le poing ganté de Barson s'abattit avec force sur le bras droit de Siur, faisant voler l'épée du traître à l'autre bout de la pièce.

— Maintenant, on va parler, marmonna Barson en donnant un coup de poing au visage de Siur pour l'assommer.

CHAPITRE DIX-SEPT

✳ AUGUSTA ✳

Le vieil homme ratatiné travaillait lorsque Augusta pénétra dans son bureau luxueux. Son espace de travail faisait presque la taille du logement d'Augusta à la Tour. Être à la tête du Conseil offrait des avantages.

— Augusta. Il leva la tête et la regarda de ses yeux bleus pale. Bien que le visage de Ganir soit ridé et marqué par le temps, sa chevelure blanche était toujours épaisse et ondoyait jusqu'à ses épaules dans un style qui avait été populaire sept décennies plus tôt.

— Maître Ganir, répondit-elle en baissant légèrement la tête. Malgré son aversion pour lui, elle ne pouvait s'empêcher de ressentir un certain respect réticent envers le Chef du Conseil. Ganir était l'un des plus vieux et des plus puissants sorciers qui existent, il était en outre l'inventeur des Sphères de Capture Vitale.

— Aucun besoin d'être si formelle avec moi, mon enfant, dit-il en la surprenant par son ton chaleureux.

— Comme vous le souhaitez, Ganir, dit Augusta avec méfiance. Pourquoi était-il sympathique avec elle ? Cela ne lui ressemblait pas du tout. Elle avait toujours eu l'impression que le vieux sorcier ne l'aimait pas. Blaise avait un jour laissé échapper que Ganir pensait qu'ils n'allaient pas bien ensemble — une insulte évidente pour Augusta, puisque le vieil homme avait traité Blaise et son frère presque comme ses fils.

En réponse à la question qu'elle n'avait pas posée, Ganir se pencha en arrière dans son fauteuil et la regarda de manière indéchiffrable.

— Je dois te parler d'une affaire délicate, dit-il en tapotant légèrement le bureau avec ses doigts.

Augusta leva les sourcils et attendit qu'il continue. Elle ne pensait pas que son ingérence contre les rebelles fut une affaire particulièrement délicate, et elle ne savait pas pourquoi il n'évoquait pas simplement ses actions à la prochaine réunion du Conseil. Bien sûr, il était possible qu'il veuille qu'elle fasse quelque chose pour lui et cette possibilité la mettait mal à l'aise.

— Comme tu le sais, je n'ai pas toujours approuvé le fait que tu sois avec Blaise, commença Ganir. Elle fut choquée d'entendre cet écho à ses propres pensées. Depuis, j'ai été amené à regretter cette attitude. Il fit une pause et lui laissa le temps de digérer ses mots.

Entièrement prise au dépourvu, Augusta ne put que le regarder fixement. Elle ne savait absolument pas pourquoi il parlait de cette vieille histoire maintenant, mais cela ne lui sembla pas être de bon augure.

— Je regrette de ne pas t'avoir soutenue alors, quand Blaise et toi étiez ensemble, poursuivit le Chef du Conseil. La tristesse dans sa voix était aussi inhabituelle que surprenante. Il était l'une de nos étoiles les plus brillantes...

— Oui, c'est ce qu'il était, dit Augusta en fronçant les sourcils. Ils savaient tous deux ce qui avait poussé Blaise à s'exiler. C'était l'invention de Ganir qui avait conduit à la situation désastreuse avec Louie — et qui avait fait perdre à Augusta l'homme qu'elle aimait.

Puis, avec une intuition soudaine, elle comprit. Sa convocation par Ganir n'avait rien à voir avec la bataille qu'elle venait de mener... et tout à voir avec l'homme qu'elle essayait d'oublier depuis deux ans.

— Qu'est-ce qui est arrivé à Blaise ? demanda-t-elle brusquement, sentant un froid glacial s'étendre dans ses veines. Même maintenant, malgré ses sentiments grandissants pour Barson, la simple idée que Blaise soit en danger suffisait à la faire paniquer.

Le regard pâle de Ganir était triste.

— Je crains que sa dépression ne l'ait poussé encore plus bas, dit-il doucement. Augusta, je pense que Blaise est devenu drogué aux Captures Vitales.

— Quoi ? Ce n'était pas du tout ce à quoi elle s'attendait. Elle ne savait pas à quoi elle s'était attendue, mais ce n'était certainement pas ça. Un drogué aux Captures Vitales ? Elle fixa Ganir d'un regard incrédule. Cela ne ressemble pas du tout à Blaise. Il considère que c'est une faiblesse de se noyer dans les souvenirs de quelqu'un d'autre. Dans son travail, oui, mais pas dans les esprits des autres.

— Au début, j'ai eu du mal à le croire, moi aussi. La seule raison que je puisse trouver c'est que son isolement lui a peut-être fait perdre la tête... Il haussa tristement les épaules.

— Non, je ne vois pas comment cela aurait pu arriver, dit Augusta avec fermeté. Il n'abandonnerait jamais ses recherches. Qu'est-ce qui vous fait penser que c'est un drogué ?

— Quelqu'un de son village m'informe, expliqua Ganir. D'après ma source, Blaise a obtenu une quantité énorme de gouttelettes de Capture Vitale. Suffisamment pour se maintenir dans le monde des songes pendant toutes les heures de la journée.

Augusta plissa les yeux.

— Vous l'espionnez ? demanda-t-elle sans parvenir à cacher le ton accusateur de sa voix. Elle détestait la façon dont le vieil homme semblait mettre ses tentacules partout ces temps-ci.

— Je n'espionne pas ce garçon, la contredit le Chef du Conseil en fronçant ses sourcils blancs. Je veux juste m'assurer qu'il est en bonne santé et qu'il va bien. Tu sais qu'il ne me parle pas non plus, n'est-ce pas ?

Augusta hocha la tête. Elle le savait. Elle n'aimait pas Ganir, mais elle voyait qu'il souffrait lui aussi. Il avait été proche des fils de Dasbraw et la froideur de Blaise était aussi pénible pour lui que pour Augusta.

— D'accord, dit-elle d'un ton plus conciliant. Votre source vous a-t-elle dit que Blaise avait obtenu beaucoup de Captures Vitales ?

— Beaucoup, c'est un euphémisme. Ce qu'il a vaut une petite fortune au marché noir.

Ganir avait raison : ce n'était pas bon signe. Pourquoi Blaise aurait-il besoin d'autant de ces choses s'il n'y était pas dépendant ? Augusta avait toujours considéré que les Captures Vitales étaient dangereuses et elle faisait très attention à la façon dont elle les utilisait. Elle avait même signalé les risques que présentait l'invention de Ganir au début. Elle soupçonnait que cela avait un lien avec le fait que le vieux sorcier ne l'aime pas.

— Qu'est-ce qui vous fait dire qu'il les a obtenus pour son propre usage ? se demanda-t-elle à voix haute.

— Ce n'est pas définitif, bien sûr, admit Ganir. Cependant, personne ne l'a vu depuis des mois. Il ne s'est même pas montré au village.

Augusta ne pensait pas que ce soit inhabituel, mais si l'on ajoutait ça à une grande quantité de gouttelettes, cela n'était pas beau à imaginer.

— Pourquoi me dites-vous tout ça ? demanda-t-elle, bien qu'elle commençât à deviner les intentions du Chef du Conseil.

— Je veux que tu parles avec Blaise, dit Ganir. Il t'écoutera jusqu'au bout. Je ne serais pas surpris qu'il soit encore amoureux de toi. Peut-être est-ce la raison pour laquelle il souffre encore à ce point.

— C'est Blaise qui m'a quittée, et non pas l'inverse, dit Augusta sèchement. Comment osait-il sous-entendre que leur séparation soit à l'origine de l'état actuel de Blaise ? Tout le monde savait que c'était la perte de son frère qui lui avait fait quitter le Conseil — une tragédie de laquelle tout le monde était responsable à des degrés différents.

Pourquoi n'avait-elle pas voté différemment ? se demanda Augusta avec amertume pour la millième fois. Pourquoi aucun autre membre du Conseil n'avait-il voté différemment ? Chaque fois qu'elle repensait à cet événement désastreux, elle se sentait pleine de regrets. Si elle avait su que son vote n'aurait pas d'importance, que le Conseil dans son ensemble, excepté Blaise, voterait pour la punition de Louie, elle serait allée à l'encontre de ses convictions et elle aurait voté pour qu'on épargne le frère de Blaise. Mais elle ne l'avait pas fait. Ce que Louie avait fait — donner un objet magique à des gens ordinaires — était l'un des pires crimes qu'Augusta pouvait imaginer, et elle avait voté d'après ce que lui dictait sa conscience.

C'était ce vote qui lui avait coûté l'homme qu'elle aimait. D'une manière ou d'une autre, Blaise avait appris la répartition des votes et il avait su qu'Augusta avait été l'un des membres du Conseil à voter pour l'exécution de Blaise. Il n'y avait eu qu'un seul vote contre cette punition : celui de Blaise lui-même.

C'était en tout cas ce que Blaise lui avait dit en lui hurlant de quitter sa maison et de ne plus jamais y revenir. De toute sa vie, elle n'oublierait jamais ce jour-là : la douleur et la rage l'avaient transformé en quelqu'un qu'elle ne reconnaissait même plus. Son amant au tempérament habituellement modéré avait été très effrayant, et elle avait su que c'était terminé entre eux, que les huit années passées ensemble n'avaient pas eu la même signification pour lui que pour elle.

Ce n'était pas la première fois qu'Augusta essayait de comprendre comment Blaise avait appris le décompte des voix. Le processus de vote était conçu pour être entièrement juste et anonyme. Chaque Conseiller possédait une pierre de vote qu'il ou elle pouvait téléporter dans une des boîtes : la boîte rouge pour *Oui*, la boîte bleue pour *Non*. Les boîtes étaient posées sur la Balance de la Justice au milieu de la Chambre du Conseil. Personne n'était censé savoir combien il y avait de pierres dans chaque boîte : la balance penchait simplement du côté de la majorité. Il n'aurait dû y avoir aucun moyen pour Blaise de découvrir combien il y avait de pierres dans la boîte rouge en ce jour néfaste.

— Je suis désolé, dit Ganir en interrompant ses sombres pensées. Je ne voulais pas dire que tu étais responsable. Je pense simplement que Blaise souffre encore. Je serais bien allé lui parler en personne, mais comme tu le sais sans doute, il a dit qu'il me tuerait sur le champ si je l'approchais.

— Vous ne pensez pas qu'il me ferait la même chose ? demanda Augusta en se souvenant de la fureur noire de Blaise lorsqu'il l'avait chassée de chez lui.

— Non, répondit Ganir avec conviction. Il ne te ferait aucun mal, à cause des sentiments qu'il a eus pour toi dans le passé. Parle-lui, fais-le revenir à la raison. Peut-être aimerait-il nous rejoindre à nouveau — il est resté assez longtemps loin de la Tour.

Augusta leva les sourcils.

— Vous voulez qu'il revienne au Conseil ?

— Pourquoi pas ? Le Chef du Conseil la regarda. Comme toi, c'est un de nos meilleurs sorciers, un des plus brillants. C'est dommage que ses talents soient gâchés.

— Et Gina alors ? Elle a pris sa place, alors que lui arrivera-t-il s'il revient ?

— Nous aurons quatorze Conseillers, dit Ganir. Je ne voudrais pas remplacer Gina. Elle est un atout.

Augusta le dévisagea.

— Il y en a treize depuis que le Conseil a été créé, vous le savez.

Ganir n'eut pas l'air très préoccupé.

— Oui, mais cela ne veut pas dire que les choses ne peuvent pas changer. Pour l'instant, ne nous inquiétons pas pour ça. Nous verrons cela le moment venu.

— Vous croyez vraiment que les autres l'accueilleraient s'il revenait ? demanda Augusta, dubitative.

— On ne l'a jamais forcé à partir. Blaise est parti de lui-même. En outre, si toi et moi nous nous associons, tout le monde devra suivre.

Augusta lui lança un regard incrédule. Elle et Ganir, s'associer ? C'était une idée à laquelle il lui faudrait du temps pour s'habituer.

— Tout ce que je peux vous promettre c'est de lui parler, dit-elle, puis elle quitta le bureau du vieux sorcier.

CHAPITRE DIX-HUIT

❋ BLAISE ❋

— Bon, qui est cette fille ? demanda Esther dès qu'elle fut seule avec Blaise. Comment vous êtes-vous rencontrés ? Depuis quand vous connaissez-vous ?

Encore étourdi par le baiser de Gala, Blaise secoua la tête devant l'avalanche de questions.

— Ce n'est pas de ça que je voulais te parler, Esther, dit-il. J'ai un service à te demander.

— Bien sûr, tout ce que tu veux, répondit immédiatement son ancienne nounou. Blaise savait qu'elle avait espéré en apprendre plus au sujet de Gala et qu'elle était déçue du peu de commérages qu'elle obtenait.

— Je voudrais que tu veilles sur Gala, dit-il en regardant Esther avec sérieux. Je ne veux pas attirer inutilement l'attention sur elle, et il vaut mieux que son lien avec moi reste secret.

— Pourquoi ? La vieille dame eut l'air étonnée. C'est une fugitive ?

Blaise secoua la tête.

— Non. Elle est juste... différente.

Esther fronça les sourcils.

— Elle a l'air jeune et innocente. Tu l'as impliquée dans quelque chose que tu n'aurais pas dû faire ?

— D'une certaine façon, dit Blaise vaguement. Il ne savait pas vraiment comment Maya et Esther réagiraient si elles apprenaient l'origine de Gala. Même les autres sorciers seraient choqués de savoir ce qu'il avait fait : comment quelqu'un avec des connaissances en magie plus rudimentaires pourrait-il le prendre ? Même en cette époque éclairée, la plupart des paysans étaient toujours superstitieux, et beaucoup croyaient encore aux vieilles histoires de monstres morts-vivants et de fantômes. S'ils apprenaient que Gala n'était pas vraiment humaine, elle ne pourrait jamais découvrir le monde comme une personne normale.

Esther continua à le regarder et il soupira, ne voulant pas mentir à la femme qui l'avait élevé après la mort de sa mère.

— Esther, dit-il avec précaution, Gala a un pouvoir que le Conseil pourrait trouver... menaçant.

Son ancienne nounou le fixa du regard et son expression se durcit lentement. Elle détestait le Conseil encore plus que lui, car elle les rendait directement responsables de la mort de Louie. Elle avait aussi élevé son frère depuis l'enfance, et sa mort l'avait profondément affectée.

— Je veillerai sur elle, promit-elle d'un air grave.

— Bien, dit Blaise, soulagé. Ah, et elle a été assez surprotégée jusque là. Il se décida pour une demi-vérité.

Esther sembla perplexe maintenant.

— Une jeune fille surprotégée qui est une menace pour le Conseil ? Comment l'as-tu trouvée ? Puis elle leva les bras au ciel. Peu importe. Je sais que tu ne me le diras pas.

Blaise lui fit un grand sourire.

— Tu es la meilleure, nounou Esther.

— Hum, répondit-elle en le regardant avec méfiance. Tu n'as pas intérêt à l'oublier.

— Ça ne risque pas, dit Blaise en se penchant pour lui faire un bisou affectueux sur la joue. Il se redressa et chercha dans sa poche. Il en sortit une bourse pleine de pièces, qu'il posa dans les mains d'Esther.

— Voici un peu de dédommagement pour que Gala soit nourrie et logée —

— Blaise, c'est une petite fortune ! Elle le regarda d'un air choqué. Tu pourrais acheter une maison avec cet argent. C'est trop pour nourrir une seule fille maigrichonne.

Blaise était sur le point de taquiner Esther parce qu'elle voulait toujours nourrir tout le monde, quand il se rendit compte d'une chose : il n'avait jamais demandé à Gala si elle voulait manger. En fait, il ne savait même pas si elle avait besoin de manger comme une personne normale, ou si, comme lui, elle pouvait maintenir l'énergie de son corps grâce à la sorcellerie. Il s'en voulut d'avoir été aussi peu prévenant. Évidemment, pensa-t-il avec soulagement, si elle devait réellement manger, il était sûr qu'elle ne mourrait pas de faim maintenant, pas avec Esther et Maya dans les parages.

Le fait de penser à la nourriture lui rappela les difficultés auxquelles les paysans devaient faire face.

— Comment se passent les cultures ? demanda Blaise en changeant de sujet. La sécheresse qui avait commencé quelques années plus tôt était la pire depuis une génération. Elle affectait le pays de Koldun tout entier, d'un bout de l'océan à l'autre, et elle avait décimé les cultures dans la plupart des territoires.

Esther lui fit un sourire.

— Ton travail a fait une vraie différence, mon enfant. On s'en sort beaucoup mieux qu'ailleurs.

Blaise hocha la tête, satisfait. Lorsque la sécheresse avait commencé, il avait eu l'idée folle de faire un sort pour renforcer les semences, améliorant ainsi leur résistance contre certaines maladies et réduisant leurs besoins en eau. Ces améliorations étaient héréditaires, comme il l'avait prévu, et permettaient à ses sujets de faire pousser et de récolter des cultures saines malgré des conditions difficiles.

— Tant mieux, dit-il. Les autres habitants du village ne le savent pas, si ?

— Non. Esther secoua la tête. Ils savent qu'on s'en sort beaucoup mieux que dans les autres régions, et que tu es un bon maître, mais je ne crois pas qu'ils se rendent compte de l'importance de ton aide.

Blaise soupira. Il avait souvent l'impression de ne pas en faire assez pour aider son peuple — et certainement pas assez pour les autres gens ordinaires de Koldun. C'était une des raisons pour lesquelles il avait créé Gala, bien que cela n'ait pas vraiment fonctionné comme prévu.

— Je reviendrai la voir bientôt, dit-il en se préparant à partir. Je suis sûr que tout se passera bien, mais s'il te plaît, garde un œil sur elle.

La vieille femme ricana.

— Si j'arrivais à vous éviter des ennuis quand vous étiez petits, toi et ton frère, je suis sûre que j'arriverai à gérer ta jeune compagne.

Blaise gloussa. C'était vrai : sans Esther, il savait que l'un d'entre eux aurait perdu un bras ou un œil longtemps avant d'atteindre l'âge adulte. Louie et lui avaient été des enfants aventureux.

— Au revoir, Esther, lui dit-il.

Et il se dirigea vers sa chaise avec un dernier regard en direction du champ où courait Gala.

CHAPITRE DIX-NEUF

❊ GALA ❊

Le blé arrivait à la hauteur de la poitrine de Gala quand elle courait dans le champ. Elle sentait les tiges chatouiller la peau aux endroits où elle était exposée et elle adorait cette sensation. Elle adorait *toutes* les sensations.

Elle continua à courir jusqu'à ce qu'elle sente les muscles de ses jambes se fatiguer, puis elle s'allongea par terre en se protégeant les yeux de la main pour regarder le ciel bleu clair. Le soleil était vif et les nuages prenaient toutes sortes de formes... Gala avait l'impression qu'elle pourrait les regarder pour toujours.

Elle adorait vraiment le Domaine Physique, constata-t-elle, et elle était sincèrement reconnaissante envers Blaise pour son existence. L'existence était évidemment de loin supérieure à l'oubli. Ayant lu tous ces livres, elle savait que les humains ne disposaient que d'un temps court pendant lequel ils existaient. Cela lui paraissait minable et triste, mais les choses étaient ainsi. Elle se demanda si les mêmes règles s'appliquaient à elle. D'une certaine manière, elle en doutait : sans savoir d'où lui venait cette conviction, elle avait l'impression qu'elle maîtrisait entièrement la durée de son existence. Et si cette impression était correcte, elle avait l'intention de ne jamais s'arrêter d'exister.

Au bout d'un moment, elle se lassa de rester allongée là et elle se leva pour retourner à l'endroit où elle avait laissé Maya.

La vieille dame se tenait là, une expression horrifiée sur le visage.

— Quelque chose ne va pas ? demanda Gala en devinant que c'était la réaction appropriée. Elle était déterminée à se mêler à la société humaine aussi bien qu'elle le pourrait. Les livres et les Captures Vitales lui avaient donné des bases théoriques du comportement normal, mais rien ne remplaçait l'expérience réelle.

— Oh, ma Dame, vous êtes en train de ruiner votre magnifique robe, dit Maya en se tordant les mains.

Gala écarquilla les yeux. Apparemment, cela inquiétait Maya. En analysant rapidement la situation, elle en conclut que la réaction de Maya et sa manière de s'adresser à elle faisaient sens. La robe que Blaise lui avait donnée devait être exceptionnellement belle et coûteuse. D'après ses connaissances, les humains étaient divisés en classes sociales, une hiérarchie inutilement complexe qui n'avait aucune logique selon Gala. À cause de cette robe — et parce que Maya et Esther avaient vu Gala en compagnie de Blaise — elles supposaient probablement que c'était elle aussi une sorcière et donc qu'elle était de la haute.

Ce n'était pas ce que Gala voulait.

— Est-ce que tout le monde au village s'adressera à moi comme ça ? demanda-t-elle à Maya en fronçant les sourcils.

La vieille dame la regarda d'un air désapprobateur.

— Pour l'instant, dans cette robe, oui. Si vous vous roulez encore un peu dans l'herbe, ils penseront peut-être que vous êtes une orpheline sans domicile. Elle eut l'air mécontente au sujet de cette dernière possibilité.

— Ça me va, dit Gala. Je veux qu'on me considère comme une des femmes du village. D'après ce qu'il y avait dans les livres, elle ne pensait pas que les gens ordinaires se comporteraient normalement en présence d'une sorcière. Elle voulait s'intégrer, pas se faire remarquer.

Maya sembla étonnée, mais elle reprit vite ses esprits.

— Dans ce cas, dit-elle, allons parler à Esther pour voir ce que nous pouvons faire.

Elles marchèrent ensemble vers l'autre femme, qui avait déjà terminé sa conversation avec Blaise.

— Elle veut jouer à être une fille ordinaire, dit Maya à Esther en montrant Gala.

— Comment sais-tu qu'elle n'en est pas une ? demanda Esther en regardant la robe de Gala.

Maya renifla.

— Maître Blaise ne se contenterait pas d'autre chose qu'une sorcière. Tu sais comme il est intelligent. Il ne saurait pas de quoi parler avec une fille ordinaire.

Esther la regarda d'une façon qui déconcerta Gala.

— Ce qui s'est passé entre son père et toi n'est pas le sort réservé à toutes les histoires d'amour entre sorciers et gens ordinaires, marmonna-t-elle doucement à Maya.

— Vous êtes la mère de Blaise ? demanda Gala à Maya, intriguée par cette conversation. Bien que la femme plus âgée ne ressemblait pas à Blaise, son visage avait une symétrie agréable que le créateur de Gala possédait aussi.

— Non, mon enfant, dit Esther en gloussant. Elle était la pouffiasse de son père après la mort de sa mère.

— J'étais sa maîtresse ! Maya se redressa de tout son long et ses yeux brillaient de colère.

— Est-ce qu'une pouffiasse c'est la même chose qu'une prostituée ? demanda Gala avec curiosité. Et si oui, quelle est la différence entre une pouffiasse et une maîtresse ? Dans ses lectures, elle avait seulement croisé le mot 'prostituée'. Apparemment, c'était une profession dans laquelle une femme vendait des services sexuels à des hommes. Ce n'était pas bien vu à Koldun, mais Gala ne comprenait pas très bien pourquoi. D'après ce qu'elle avait appris sur le sexe, il lui semblait que la prostitution devait être une façon plaisante — et amusante — de gagner sa vie.

L'intimité physique en général intéressait profondément Gala. Elle savait que la façon dont son corps et celui de Blaise réagissaient l'un à l'autre quand ils s'embrassaient était de nature sexuelle. Ce sentiment faisait partie des sensations les plus fascinantes dont elle avait fait l'expérience jusque là, et elle voulait en apprendre le plus possible à ce sujet.

En réponse à la question franche de Gala, Esther rit et Maya devint écarlate avant de partir en trombe.

— Oh non... Qu'est-ce que j'ai dit ? demanda Gala à Esther, gênée par son faux pas manifeste. Je ne voulais pas l'offenser... Il fallait vraiment qu'elle apprenne à interagir avec les gens de façon appropriée.

— Ne t'en fais pas, mon enfant, dit Esther. Maya est beaucoup trop susceptible sur le sujet. Je la taquinais un peu et tu n'as rien fait de mal. Tu étais simplement curieuse.

— Alors le père de Blaise a-t-il eu des relations sexuelles avec Maya ? Persista Gala qui voulait comprendre. Et l'a-t-il payée pour ça ?

Esther haussa les épaules en souriant.

— Eh bien oui, mon enfant, c'est ce qu'il a fait. Mais je crois que le vieux Dasbraw aimait réellement Maya vers la fin. Au début, il n'avait besoin d'elle que pour le distraire de la mort de sa femme. Il prenait soin de Maya, oui, mais elle ne couchait pas avec lui pour son argent ni même pour ses cadeaux. Malgré tout, ils ne se sont évidemment jamais mariés, et elle n'a pas confiance en elle à cause de ça. J'aime la taquiner de temps en temps, pour l'embêter. Un de ces jours, elle m'étranglera probablement dans mon sommeil. La vieille dame fit un grand sourire, apparemment ravie à l'idée d'un sort aussi terrible, ce qui laissa Gala perplexe.

— Vous pouvez m'en apprendre plus sur les parents de Blaise ? demanda Gala. Vous avez dit que sa mère était morte ?

— Oui, confirma Esther. Elle a été tuée dans un accident de sorcellerie quand Blaise était un petit garçon. Son père est décédé beaucoup plus tard. Blaise tient sa beauté de sa mère, mais il a hérité de l'intelligence de ses deux parents. Dasbraw et Samantha étaient tous deux au Conseil des Sorciers. Il y avait une touche de fierté dans sa voix et Gala constata qu'Esther parlait comme si les accomplissements des parents de Blaise étaient aussi les siens. Cela avait sans doute un rapport avec la structure sociale en place, où chaque sorcier avait 'son' peuple décida, Gala.

— Son frère Louie est né juste avant la mort de Samantha. Je me suis occupée du petit toute seule, continua Esther, les yeux embués.

Gala l'observa et comprit que le sujet de conversation avait troublé la femme sur le plan émotionnel. Elle avait d'une façon ou d'une autre réussi à bouleverser les deux seules femmes humaines qu'elle ait rencontrées.

— Je suis désolée, mon enfant, dit la vieille dame en s'essuyant les yeux. J'étais très attachée à ces garçons. Quand Louie est mort, c'était comme si une partie de moi était morte avec lui.

Gala hocha la tête, elle ne savait pas quoi répondre à cela. Elle se sentait mal que cette femme souffre.

Esther lui fit un sourire tremblotant, comme si elle avait senti le malaise de Gala, et elle essaya de changer de sujet de conversation.

— Pourquoi Blaise ne t'a-t-il rien dit de tout cela lui-même ?

Blaise et moi nous nous sommes rencontrés il y a peu, expliqua Gala, en espérant qu'elle ne poserait pas d'autres questions du genre.

Esther ne le fit pas. Au lieu de cela, elle regarda Gala avec tendresse.

— J'ai vu que tu es importante à ses yeux, dit-elle gentiment, et je suis sûre que vous apprendrez bientôt à mieux vous connaître.

Gala sourit. Ce qu'Esther lui disait lui faisait du bien. Même s'il était peu probable qu'elle compte beaucoup aux yeux de Blaise, c'était néanmoins un fantasme agréable. D'après ce qu'elle savait des émotions humaines, il fallait qu'il y ait une période de séduction, durant laquelle les humains avaient généralement des relations sexuelles — chose qui n'avait pas encore eu lieu entre Blaise et elle, à son grand regret. Évidemment, elle n'était pas humaine, alors elle ne savait pas si Blaise pourrait finir par l'apprécier. Elle savait que la forme qu'elle avait prise lui plaisait, mais elle n'était pas sûre que ses sentiments pouvaient aller au-delà de la simple attraction physique.

— Si nous rentrions dans la maison, pour que tu puisses te changer ? proposa Esther en faisant émerger Gala de ses rêveries.

Dès qu'elles entrèrent, Maya les accueillit avec une robe dans les bras.

— Je suis vraiment désolée, dit Gala, toujours inquiète de sa gaffe. Je n'avais pas l'intention de vous insulter.

— Ça va, ça va, dit Maya en regardant Esther avec méchanceté. Contrairement à celle-ci, vous n'aviez pas l'intention de m'offenser, donc il n'y a pas lieu de vous excuser. Vous arrivez juste à l'âge adulte et vous ne savez probablement pas grand-chose sur le monde. Quel âge avez-vous, d'ailleurs ? Dix-huit ans ? Dix-neuf ?

Gala considéra la question pendant une seconde.

— J'ai vingt-trois ans, dit-elle en inventant un nombre. Elle ne pensait pas que ce serait prudent de leur dire depuis combien de temps elle existait en réalité.

— Oh, bien sûr. Maya n'eut pas l'air surprise. Les sorciers ont toujours l'air plus jeunes que leur âge. Notre Blaise n'a pas l'air de faire plus de vingt-cinq ans, et pourtant il a déjà la trentaine.

Gala sourit, heureuse d'apprendre un nouveau détail sur la vie de son créateur. Elle prit ensuite la robe que Maya lui tendait et l'étudia d'un œil critique.

— Vous pensez qu'elle me donnera un air quelconque ? demanda-t-elle en espérant que ce vêtement lui permettrait de se promener sans qu'on la remarque.

Esther gloussa.

— Pour te donner l'air quelconque, il faudrait un sort compliqué, mon enfant.

— Cela ne vous donnera pas l'air quelconque, ajouta Maya, mais cela vous donnera moins l'air d'une dame, en particulier parce que vous serez en compagnie de deux vieilles biques comme nous.

— Si quelqu'un te le demande, tu es notre apprentie, lui dit Esther. Nous sommes des guérisseuses, alors on fait aussi un peu sages-femmes, on soigne les blessures mineures et on s'occupe de temps en temps des petits.

Gala hocha la tête, pensive. Elle se souvint que Blaise avait parlé des Captures Vitales qu'il avait reçues de Maya et d'Esther. Leur profession expliquait comment elles avaient pu obtenir autant de gouttelettes et pourquoi celles-ci provenaient essentiellement de femmes.

Le fait de penser aux Captures Vitales lui rappela pourquoi elle était venue ici.

— J'aimerais explorer le village, leur dit-elle. Elle avait hâte de commencer à découvrir le monde.

Esther fronça les sourcils.

— Pas si vite. Quand est-ce que tu as mangé pour la dernière fois ? On dirait une brindille, dit-elle d'un ton désapprobateur.

Gala se sentit insultée. Une brindille ? Elle avait vu des brindilles, elles ne lui posaient pas de problème, mais elle ne pensait pas que c'était un compliment d'appeler un humain ainsi.

— Je n'ai pas faim, dit-elle en essayant de ne pas laisser paraître qu'elle était blessée.

— Ah, c'est donc une sorcière, dit Maya d'un air entendu. Les sorciers vivent grâce au soleil, comme les arbres.

Esther ricana.

— Oh, ils peuvent manger malgré tout. Même Blaise mange de temps en temps. Peut-être qu'un peu de vraie nourriture enroberait un peu ses os. Et sans attendre une réponse de Gala, elle partit d'un pas déterminé vers la cuisine.

— Est-ce que je ressemble vraiment à une petite branche sèche ? demanda Gala à Maya en pensant toujours au commentaire sur la 'brindille'.

— Quoi ? Maya eut l'air choquée. Non, bien sûr que non, ma dame ! Vous êtes très belle. Esther veut toujours nourrir tout le monde, elle pense même que moi je suis trop maigre !

Gala se sentit immédiatement mieux. Maya était beaucoup plus ronde que Gala, même si elle n'avait pas non plus les courbes voluptueuses d'Esther.

— Mangez quelque chose, ma dame, la pressa Maya. Cela fera plaisir à la vieille.

— Bien sûr, j'aimerais beaucoup manger quelque chose, dit Gala sincèrement. C'était une nouvelle expérience intéressante pour elle.

Quelques minutes plus tard, elles s'assirent toutes les trois à la table de la cuisine.

Gala découvrit rapidement que la sensation de manger était très agréable. Elle n'avait eu aucune Capture Vitale de cette expérience et elle ne savait donc pas du tout à quoi s'attendre. Le fait de manger était sans doute la seconde chose la plus agréable dont elle ait fait l'expérience, décida Gala. La première étant d'embrasser Blaise.

— Regarde-la dévorer ce ragoût, dit Esther avec satisfaction. Pas faim, mon œil. La magie ce n'est pas comme la nourriture, je vous dis.

— Tu devrais apprendre à cuisiner à notre jeune apprentie, comme ça elle pourra faire ce ragoût pour Blaise, dit Maya à Esther en ayant du mal à se retenir de rire. Elle fit un clin d'œil à Gala.

— Je vais peut-être bien le faire, dit Esther sérieusement en fronçant les sourcils en direction de Maya. Et je lui montrerai comment faire du pain. Sa mère cuisinait parfois pour Blaise, et je l'ai vu manger.

Gala remarqua que les deux femmes semblaient à la fois s'aimer et se détester. C'était très étrange.

— Si tu apprends à la dame comment cuisiner, apprends-lui quelque chose de plus intéressant que cette bouillie, dit Maya avec dérision en poursuivant leurs chamailleries.

— Oh, ça ne me dérange pas d'apprendre à faire ce ragoût merveilleux, protesta Gala. Elle adorait la saveur riche de la nourriture sur sa langue.

Les deux femmes se mirent à rire.

— Je crois qu'elle le pense vraiment, dit Maya entre deux éclats de rire.

Gala fut tout à fait perplexe.

— J'aimerais vraiment apprendre à la faire, insista-t-elle.

Maya lui fit un grand sourire.

— Il suffit de prendre des oignons, de l'ail, du chou, des patates et du poulet et de tout mettre dans une marmite pendant quelques heures. Oh ! et il faut s'assurer de ne pas oublier de saler suffisamment et de ne pas être trop occupée pour touiller comme il faut —

— Hé, au moins je cuisine mieux que toi, vieille bique, dit Esther, et les deux femmes se remirent à rire, confirmant aux yeux de Gala l'étrangeté de leur relation.

CHAPITRE VINGT

✳ BARSON ✳

Barson versa une cruche d'eau sur le visage de Siur et l'observa calmement pendant que le traître revenait à lui en toussant et en crachant.

— Heureux de te revoir, dit-il en regardant avec amusement l'homme qui était en train de se rendre compte qu'il était dans la chambre de Barson, fermement attaché à la colonne en bois qui soutenait le haut plafond vouté.

— Vous allez me torturer maintenant ? dit Siur avec amertume. C'est ça votre plan ?

Barson secoua lentement la tête.

— Non, je n'ai pas besoin de me livrer à des actes aussi barbares, dit-il en agitant la main vers la grande sphère qui ressemblait à du diamant posé au milieu de la pièce.

Siur écarquilla les yeux.

— Où avez-vous eu ça ?

— Je vois que tu sais ce que c'est. C'est bien, dit Barson en lui faisant un sourire glacial. Il se releva, prit la Sphère de Capture Vitale et la frotta contre l'épaule de Siur qui saignait encore, puis il la reposa. Maintenant, je connaîtrai chaque pensée, chaque souvenir qui te vient à l'esprit.

Siur le fixa du regard, le visage drainé de son sang.

— Les gens disent n'importe quoi sous la torture, expliqua Barson calmement. Je trouve que ceci marche beaucoup mieux pour obtenir de vraies réponses. Tu peux tout aussi bien parler, tu sais. Si je dois aller retirer l'information de ton esprit, je m'assurerai que tout le monde sache quelle sorte de rat déloyal tu es.

— Alors si je parle — ? Il y eut une mince lueur d'espoir sur le grand visage de Siur.

— Alors je dirais que tu es mort au combat, comme cela devrait arriver à tout soldat honorable.

Siur déglutit, l'air légèrement soulagé. Il savait manifestement que c'était ce qu'il pouvait attendre de mieux dans sa situation. Lorsqu'on mourait au combat, la famille était prise en charge et le nom était respecté.

— Qu'est-ce que vous voulez savoir ? demanda-t-il en levant les yeux pour voir le regard de Barson.

Barson étouffa un sourire satisfait. Il avait assidûment étudié la guerre psychologique dans ce but précis : maintenant, le calvaire serait vite terminé.

— Qui t'a acheté l'information ? demanda-t-il en observant attentivement Siur. Il connaissait déjà la réponse, mais il voulait l'entendre de vive voix.

— Ganir, répondit Siur sans hésitation.

— Bien. Barson avait soupçonné le vieux sorcier d'être lié aux disparitions. L'ironie d'utiliser l'invention de Ganir contre son espion n'échappa pas à Barson. Et depuis combien de temps le renseignes-tu ?

— Pas longtemps, répondit Siur. Seulement depuis quelques mois.

Barson fronça les sourcils.

— Et qui le renseignait avant toi ?

— Jule.

Ça semblait logique. Barson se souvint du jeune garde qui avait été tué au combat moins de six mois plus tôt. C'était compréhensible que Jule ait été tenté par l'argent de Ganir : pour un soldat du bas de l'échelle, cela avait dû être très tentant. La traîtrise de Siur était bien pire : il faisait partie du cercle proche de Barson et avait donc pu causer de vrais dégâts en l'espionnant.

— Qu'est-ce que tu as dit à Ganir ?

Siur haussa les épaules.

— Je lui ai dit ce que je savais. Que tu avais rencontré ces deux sorciers.

Deux ? Barson expira en essayant de cacher son soulagement. Quand deux des cinq sorciers avec lesquels il s'était entretenu avaient disparu, il avait été profondément alarmé et s'était attendu au pire. Il avait alors constaté qu'il devait y avoir un espion parmi eux, quelqu'un de proche qui aurait pu voir ou savoir quelque chose.

Le fait que Siur ne soit pas au courant pour les autres visiteurs était un véritable coup de chance, tout comme le fait qu'aucun de ces sorciers ne sache grand-chose d'important. Ils n'avaient eu que des conversations préliminaires et Barson avait pris soin de ne pas révéler toutes les cartes de sa main. Si Ganir était parvenu à les interroger, il n'avait pas pu trouver quelque chose de particulièrement condamnable. En fait, la perte de deux alliés potentiels était un faible prix à payer pour la découverte de la traîtrise de Siur.

— Ganir les a tués ? demanda Barson doucement.

— Je ne sais pas, admit Siur. Je sais seulement qu'ils ont disparu.

Barson eut un petit rire.

— Oui, j'ai remarqué. Partis explorer les tempêtes marines, a dit Ganir. Alors, dis-moi, Siur, pourquoi es-tu resté ici pour cette mission ?

— Ganir m'a dit de rester.

— Alors tu savais pour les trois mille hommes au lieu de trois cents ?

— Quoi ? Siur eut l'air sincèrement étonné. Non, je ne savais pas. Il y avait trois mille paysans ?

— Oui, dit Barson sans savoir s'il devait le croire.

— Je ne le savais pas, dit Siur. Capitaine, je ne le savais pas, je le jure ! Je vous aurais prévenu si je l'avais su !

Barson le regarda. Peut-être l'aurait-il fait : il y avait une grande différence entre vendre des informations et envoyer tous ses camarades à leur mort.

Siur soutint son regard. Son visage était pâle et en sueur.

— Vous allez me tuer maintenant ? J'ai dit tout ce que je savais.

Barson ne répondit pas. Il marcha vers la Sphère et la ramena puis l'appuya sur la blessure de Siur pour conclure l'enregistrement. Il devait le regarder maintenant pour s'assurer que les pensées de Siur correspondaient à ce qu'il avait dit. Il attrapa la gouttelette qui s'était formée dans le creux de la Sphère et la mit avec précaution sous sa langue. Elle prit le contrôle de son esprit.

Lorsque Barson revint à lui, il regarda Siur d'un air grave.

— Tu as dit la vérité. Parce que je tiens parole, ta réputation est sauve.

— Merci. Siur serra ses paupières fermées en tremblant visiblement.

Après un sifflement de l'épée de Barson, le traître n'était plus.

* * *

Essuyant le sang de son épée, Barson se dirigea vers le logement d'Augusta. Il avait trouvé suspect que Ganir veuille lui parler. Il ne pensait pas que le vieux sorcier ait pu apprendre si vite qu'Augusta avait été impliquée dans la bataille, ce qui ne laissait que deux possibilités.

Soit Ganir se servait également d'elle pour l'espionner, soit il la soupçonnait, tout comme il l'avait fait pour les deux sorciers qui étaient partis 'explorer les tempêtes'.

Comme il y avait déjà pensé, Barson envisagea la première possibilité. Mais d'une manière ou d'une autre, il n'arrivait pas à l'imaginer en espionne. Elle était assez loquace sur son aversion pour Ganir et elle avait trop de fierté pour se laisser utiliser de cette façon. À vrai dire, ce serait plutôt elle qui comploterait quelque chose au lieu d'être le pion de quelqu'un d'autre.

Cela laissait l'autre option : que Ganir ait appris qu'Augusta avait une relation avec Barson et qu'il agissait contre elle. Même cela semblait improbable. Elle était membre du Conseil et assez puissante. La faire disparaître serait un défi difficile à réussir. En fait, si Ganir essayait de combattre Augusta, il y avait de grandes chances pour que ce soit elle qui le fasse disparaître.

Alors que lui voulait Ganir ? Barson était frustré, il n'avait pas avancé dans sa résolution de l'énigme.

En entrant dans la chambre d'Augusta, il fut soulagé de la trouver en train de se changer. Et à sa grande surprise, il se rendit compte qu'une petite part de lui-même *avait été* inquiète pour sa sécurité. Sa raison lui disait qu'elle était tout à fait capable de se défendre, mais son côté instinctif ne parvenait pas à penser à elle autrement qu'à une femme délicate qui avait besoin de sa protection.

— Tu vas quelque part ? demanda-t-il en remarquant qu'elle mettait une des robes qu'elle réservait pour les occasions spéciales. Elle était faite de soie rouge foncé et faisait briller sa peau dorée.

— Je dois juste aller faire une course, dit-elle de façon quelque peu évasive selon lui.

Barson retint une explosion de rage. Il n'était pas stupide : la dernière fois qu'il l'avait vue porter une robe pareille, c'était pour les fêtes du printemps. S'habillait-elle pour quelque chose ou pour quelqu'un ? Et cela avait-il un rapport avec sa conversation précédente ?

Il n'y avait qu'un seul moyen de le savoir.

Barson s'approcha d'elle et mit ses bras autour de sa fine taille. Il pencha la tête pour lui caresser la joue avec son nez.

— Que te voulait Ganir ? murmura-t-il en embrassant son oreille.

— Je n'ai pas le temps d'en parler maintenant, dit-elle en se glissant de ses bras et en le repoussant d'un geste contraire à ses habitudes. Je te verrai à mon retour.

Et elle sortit de la chambre dans un tourbillon de soie et de parfum au jasmin, laissant Barson désorienté et en colère.

CHAPITRE VINGT-ET-UN

※ AUGUSTA ※

En sortant de la Tour, Augusta monta sur sa chaise et se dirigea vers la maison de Blaise en se préparant mentalement à leur rencontre. Elle sentait son cœur s'accélérer et les paumes de ses mains transpirer à l'idée de revoir Blaise : c'était l'homme qui l'avait rejetée, l'homme qu'elle n'arrivait toujours pas à oublier. Même maintenant qu'elle avait trouvé un peu de bonheur auprès de Barson, les souvenirs de ce qu'elle avait vécu avec Blaise étaient comme une blessure mal guérie, douloureuse à la moindre provocation.

Elle ferma les yeux et laissa le vent souffler dans ses longs cheveux noirs. Elle adorait la sensation de voler, d'être en hauteur dans les airs, au-dessus des problèmes ordinaires et des petites vies des gens à terre. De tous les objets magiques, la chaise était sa préférée parce qu'aucune personne ordinaire ne pourrait jamais la conduire. Pour voler, il fallait connaître la magie verbale de base et les non-sorciers ne pourraient rien faire de plus que flotter lentement jusqu'à leur mort.

En passant près de la Grand-place, elle décida impulsivement d'atterrir devant l'un des magasins. Ici, au milieu du bruit et de l'agitation de la place du marché, en ce beau jour de la fin du printemps, il était difficile de rester pessimiste. Il y avait peut-être une bonne explication à l'obsession de Blaise pour les gouttelettes de Capture Vitale, pensa-t-elle avec espoir. Il était peut-être en train de faire une expérience. Après tout, elle savait qu'il avait toujours été intéressé par ce qui se rapportait à l'esprit humain.

Elle marcha vers un des étals de plein air et acheta des dates dodues. C'était l'en-cas préféré de Blaise, lorsqu'il daignait stimuler ses papilles gustatives avec des sucreries. Elles serviraient de gage de paix, en supposant que Blaise accepte de la voir. Satisfaite de son achat, et pleinement consciente de sa futilité, elle retourna dans les airs.

La maison de son ex-fiancé n'était pas loin. En fait, elle était à distance de marche de la Grand-place. Blaise était l'un des rares sorciers à avoir toujours conservé un logement séparé dans Turingrad, au lieu de passer tout son temps dans la Tour. Il avait hérité la maison de ses parents et trouvait que c'était apaisant d'y retourner le soir au lieu de rester dans la Tour et de fréquenter les autres. Quand Blaise et elle étaient ensemble, elle y avait passé beaucoup de temps elle aussi. Tellement, en fait, qu'elle y avait même eu une chambre à elle.

Le fait de repenser à cette maison lui rappela tous ces souvenirs doux-amers. Ils avaient parfois marché de la maison jusqu'à cette Grand-place et elle se souvenait comment ils avaient toujours parlé de leurs projets récents dont ils débattaient ensemble en détail. C'était une des choses qui lui manquaient le plus ces jours-ci : ces conversations intellectuelles, l'échange d'idées. Même si Barson était intéressant, il ne pourrait jamais lui offrir ça. Seul un autre sorcier du niveau de Blaise le pourrait — et il n'y en avait pas, d'après Augusta.

Elle arriva enfin devant la maison de Blaise. Malgré sa situation au centre de Turingrad, elle ressemblait à une maison de campagne : une belle demeure imposante en pierres blanches entourée d'un magnifique jardin.

Augusta s'approcha prudemment, monta les marches et frappa poliment à la porte. Puis elle retint sa respiration en attendant une réponse.

Il n'y en eut aucune.

Elle frappa plus fort.

Toujours rien.

Avec une anxiété croissante, Augusta attendit encore quelques minutes en espérant que Blaise était simplement à l'étage et ne pouvait pas l'entendre frapper.

Pas de réponse. Il était temps d'utiliser des mesures plus radicales.

Augusta se souvint d'un sort verbal qu'elle avait sous la main et elle commença à réciter les mots en remplaçant quelques variables pour éviter d'effrayer la ville entière. Ce sort en particulier était conçu pour produire un son extrêmement fort, mais avec les changements qu'elle y avait introduits, il ne serait entendu qu'à l'intérieur de la maison de Blaise. Heureusement, le sort permettant de faire vibrer l'air aléatoirement à la bonne amplitude était relativement simple. En suivant les enchaînements logiques avec sa litanie d'Interprétation, elle mit les mains sur ses oreilles pour bloquer le bruit qui se produirait à l'intérieur de la maison.

Le bruit fut si puissant qu'elle put pratiquement sentir vibrer les murs de la maison. Blaise ne pourrait pas ignorer ça. En fait, s'il était dans la maison, il serait probablement à moitié sourd et furieux. Ce n'était sans doute pas la meilleure façon d'entamer la conversation, mais c'était la seule chose à laquelle elle put penser pour attirer son attention. Elle préférait gérer un Blaise furieux plutôt que le drogué qu'elle commençait à craindre de trouver.

Le fait qu'il ne réagisse pas au bruit en disait long. Seul quelqu'un d'absorbé dans une Capture Vitale aurait pu être immunisé contre le sort qu'elle venait de lancer. L'alternative — qu'il avait finalement quitté la maison après avoir joué à l'ermite pendant des mois — était très improbable, même si Augusta ne put s'empêcher de se raccrocher à ce petit espoir.

Ce qui était effrayant avec les Captures Vitales, c'était que les personnes qui en étaient dépendantes mouraient parfois. Ils étaient tellement absorbés par les vies des autres qu'ils négligeaient leur propre santé, oubliant de manger, de dormir et même de boire. Même si les sorciers pouvaient nourrir leur corps grâce à la magie, il leur fallait néanmoins jeter des sorts pour maintenir leur niveau d'énergie. Un sorcier dépendant aux Captures Vitales pouvait être presque aussi vulnérable qu'une personne normale s'il oubliait de faire le sort approprié.

Debout devant la porte, Augusta constata qu'elle devait prendre une décision. Soit elle partait dire à Ganir qu'il ne répondait pas, soit elle prenait le risque d'entrer.

Si cela avait été la maison d'une personne ordinaire, cela aurait été facile. Mais la plupart des sorciers mettaient en place des sorts contre les intrusions. Dans la Tour, elle jetait régulièrement des sorts pour empêcher que l'on touche à ses serrures. D'après ses souvenirs, toutefois, Blaise prenait rarement la peine de le faire. Essayer d'ouvrir la porte à l'aide de la sorcellerie était probablement la meilleure chose à faire.

Un peu plus tard, elle entrait dans le hall et elle revit les meubles et les peintures familières.

Cherchant soit Blaise, soit des signes de son addiction, Augusta traversa lentement la maison vide, le cœur serré par le flot de souvenirs. Comment est-ce que cela avait pu leur arriver ? Elle aurait dû se battre pour garder Blaise : elle aurait dû essayer de lui expliquer, de lui faire comprendre. Peut-être aurait-elle même dû mettre de côté sa fierté pour le supplier : une idée qui lui avait semblé impensable à l'époque.

En commençant par le rez-de-chaussée, Augusta entra dans le cellier où il gardait ses fournitures magiques importantes. Elle ouvrit les vitrines et trouva plusieurs jarres de gouttelettes de Capture Vitale, mais cela n'avait rien d'extraordinaire. La plupart des sorciers — y compris Augusta, dans une certaine mesure — utilisaient des Captures Vitales pour enregistrer les événements importants de leur vie ou de leur travail.

Un placard attira son attention. Elle vit davantage de jarres qui n'étaient pas liées à la sorcellerie. Blaise étiquetait toujours tout, donc elle s'approcha pour voir ce qui était écrit.

Elle fut surprise de voir que toutes les jarres portaient un nom : Louie. Elle comprit que c'étaient probablement les souvenirs que Blaise avait de son frère. Le fait qu'il les avait toujours — qu'il ne les avait pas consommées comme l'aurait fait un drogué invétéré — lui donna un peu d'espoir. Une de ces jarres sembla particulièrement intrigante : elle portait une tête de mort, comme le symbole que les guérisseurs apposaient parfois sur les poisons mortels. Elle n'avait aucune idée de ce que cela pouvait être.

Dans un coin de la chambre, elle vit des jarres brisées sur le sol. Parmi les débris de verre, il y avait d'autres gouttelettes, posées là comme si elles étaient à jeter. Curieuse, Augusta s'approcha.

Elle fut choquée de voir que certaines de ces jarres portaient son nom. Les souvenirs de Blaise la concernant... Il avait dû les jeter dans un accès de fureur. Elle ferma les yeux et inspira profondément en tremblant, essayant de retenir les larmes qui étaient sur le point de s'échapper de ses yeux brûlants. Elle ne s'était pas attendue à ce que cette visite soit aussi douloureuse, à ce que les souvenirs soient aussi vivace.

Elle se baissa et mit une des gouttelettes dans sa poche en faisant de son mieux pour éviter de se couper la main sur les morceaux de verre éparpillés tout autour. Puis, en essayant de retrouver son équilibre, elle sortit de la pièce et monta à l'étage.

Elle vit tout autour d'elle les appuis de fenêtres poussiéreux et le mobilier moisissant. Quel que soit l'état mental de Blaise, il ne prenait clairement pas soin de sa maison. Ce n'était pas bon signe, selon elle.

En allant de pièce en pièce, elle constata que Blaise n'était pas là finalement. Soulagée, Augusta se dit qu'il avait dû quitter la maison après tout. Ça c'était bon signe, étant donné que les personnes dépendantes sortaient rarement si ce n'était pas nécessaire. Sauf s'ils n'avaient plus de Captures Vitales — ce qui n'était pas le cas de Blaise, d'après les jarres au-dessous. Était-ce possible que Ganir ait à nouveau tort ? Après tout, ses espions l'avaient apparemment mal informé de la taille de l'armée de paysans que les hommes de Barson allaient devoir affronter. Pourquoi pas ça aussi ? Mais s'ils avaient raison, alors que faisait Blaise avec toutes les Captures Vitales qu'il s'était procurées ?

Brûlante de curiosité, elle pénétra à nouveau dans le bureau de Blaise, le cœur serré par cet environnement familier. Ils avaient passé tant de temps ensemble ici, explorant de nouveaux sorts et inventant de nouvelles méthodologies de codage. C'est ici qu'ils avaient inventé la Pierre d'Interprétation et le langage arcane simplifié qui l'accompagnait — une découverte qui avait transformé tout le domaine de la sorcellerie.

Peut-être devait-elle partir maintenant. Il était évident que Blaise n'était pas chez lui et Augusta ne se sentait pas à l'aise d'envahir sa vie privée de cette façon.

Elle se retourna et commença à sortir de la pièce quand un jeu de parchemins ouverts attira son attention. Ils étaient anciens et complexes, lui rappelant le type d'écritures qu'elle avait vues dans la bibliothèque de Dania, une autre membre du Conseil. Augusta se retrouva près des parchemins, comme si ses pieds avaient pris les décisions à sa place. Elle ramassa un parchemin.

Elle fut choquée de voir qu'ils avaient été écrits par Lenard le Grand lui-même — sauf qu'elle n'avait jamais vu ces notes auparavant. Blaise et elle avaient étudié tout ce que le grand sorcier avait fait : sans la base des connaissances établies par Lenard et ses étudiants, ils n'auraient jamais pu créer la Pierre d'Interprétation et le langage magique qui l'accompagnait. Elle aurait dû côtoyer ces parchemins plus tôt, et le fait qu'elle ne les voie pour la première fois que maintenant était incroyable.

Augusta les lut en diagonale sans croire ce qu'elle voyait : elle comprit l'étendue de connaissances que Blaise avait cachées au monde. Ces vieux parchemins contenaient les théories sur lesquelles Lenard le Grand avait basé ses sorts oraux — des théories qui donnaient un aperçu de la nature du Domaine des Sorts lui-même.

Pourquoi Blaise n'en avait-il parlé à personne ? Encore plus curieuse à présent, elle se pencha sur un autre ensemble de notes posé sur le bureau.

Elle vit tout de suite qu'il s'agissait d'un journal relatant le travail de Blaise.

Fascinée, elle feuilleta les papiers et se mit à lire.

Pendant qu'elle lisait, elle sentit le duvet de son cou se dresser. Ce qui était contenu dans ces notes était si terrifiant qu'elle eut du mal à en croire ses yeux.

En posant le journal, elle regarda vivement autour d'elle, voulant se convaincre que ça ne pouvait pas être réel — que ce n'étaient que les élucubrations d'un esprit dérangé. Son regard se posa sur la Sphère de Capture Vitale et elle vit briller une seule gouttelette à l'intérieur.

Elle l'attrapa d'une main tremblante et la mit dans sa bouche, laissant l'expérience la consumer.

∗ ∗ ∗

Assis ici dans son bureau, Blaise ne pouvait s'empêcher de penser à Gala — à sa merveilleuse et magnifique création. En fermant les yeux, il l'imagina dans son esprit : les traits parfaits de son visage, la profonde intelligence qui brillait dans ses yeux bleus mystérieux. Il se demanda ce qu'elle allait devenir. Pour l'instant, elle était comme une enfant, tout était nouveau pour elle, mais il voyait déjà le potentiel de son intellect et de ses capacités qui pouvaient surpasser tout ce que le monde avait jamais vu.

Son attirance pour elle était surprenante autant qu'inquiétante. Elle était sa création. Comment pouvait-il ressentir cela à son sujet ? Même avec Augusta il n'avait jamais ressenti ce genre de connexion intime.

Essayant de refouler ces pensées, il porta son attention sur la question fascinante de son origine. La façon dont elle avait décrit le Domaine des Sorts était intrigante : il aurait donné n'importe quoi pour avoir été lui-même témoin de ces merveilles.

Il y avait peut-être un moyen. Après tout, l'esprit de Gala était assez proche de l'esprit humain, et elle avait survécu là-bas...

* * *

Augusta revint à elle en haletant. Elle regarda le bureau autour d'elle, toujours sous le choc de ce qu'elle venait de voir. Qu'avait fait Blaise ? Quel genre de monstruosité avait-il créé ?

C'était un désastre aux proportions épiques. Si Augusta avait bien compris, Blaise avait créé une intelligence inhumaine. Un esprit non naturel que personne — même pas Blaise lui-même — ne pouvait comprendre. Qu'allait vouloir cette créature ? De quoi serait-elle capable ?

Un vieux mythe sur un sorcier qui avait essayé de créer la vie lui vint spontanément à l'esprit et lui remua l'estomac. C'était le genre d'histoire à laquelle croyaient les paysans et les enfants, mais Augusta savait qu'elle n'était pas vraie. Mais elle ne pouvait pas s'empêcher d'y penser, se souvenant de la première fois qu'elle avait lu l'histoire d'horreur quand elle était enfant. Elle avait eu tellement peur : elle s'était réveillée en criant à cause d'un cauchemar dans lequel une créature macabre avait tué son créateur et le village tout entier. Plus tard, Augusta avait appris la vérité : le sorcier en question avait en fait des expériences sur l'hybridation de différentes espèces animales et une de ses créatures (un hybride ours-loup) s'était échappée et avait semé la panique dans la ville voisine. Cependant, il était déjà trop tard. L'histoire avait laissé une trace indélébile dans l'esprit influençable de la jeune Augusta et même une fois adulte, l'idée de la vie non naturelle la terrifiait.

La création de Blaise, cependant, n'était pas un mythe. Elle — la *chose* — était un monstre créé artificiellement avec des pouvoirs potentiellement illimités. Ça pourrait même détruire le monde et tous ses habitants humains, ils n'en savaient rien.

Et Blaise était attiré par ça. L'idée rendait Augusta tellement malade qu'elle se demanda si elle n'allait pas vomir.

Non. Elle ne pouvait pas laisser faire ça. Il fallait qu'elle fasse quelque chose. Augusta prit les parchemins de Lenard et les mit dans son sac. Puis, consumée par la rage et par la peur, elle concentra ses émotions sur un sort de feu purificateur — et elle lui laissa libre cours dans la pièce.

CHAPITRE VINGT-DEUX

✳ BLAISE ✳

Pendant son vol retour, Blaise essaya de se convaincre qu'il avait fait ce qu'il fallait — que Gala avait besoin de voir le monde par elle-même pour vivre tout ce qu'elle voulait. Le fait qu'elle lui manquait déjà n'était pas une raison suffisante pour restreindre sa liberté.

Son voyage retour fut beaucoup plus rapide que son vol vers le village. Il avait fait exprès de voler lentement la première fois, afin de permettre à Gala de voir Turingrad, mais il n'avait plus de raison de s'attarder. Il connaissait la ville comme sa poche, et la vue lui rappelait beaucoup trop de mauvais souvenirs — la silhouette sombre de la Tour en particulier.

En passant par la Grand-place, il se souvint comment Esther lui criait dessus lorsqu'il allait nager dans la fontaine quand il était petit. Enfant, il avait aimé plonger pour attraper les pièces et elle l'avait toujours grondé en disant que ce n'était pas approprié pour le fils d'un sorcier de nager dans l'eau sale de la fontaine.

En pensant à Esther et en regardant les gens au-dessous, il réfléchit à ce qu'il avait essayé de faire pour eux. Il avait voulu leur donner le pouvoir de faire de la magie, d'améliorer leurs vies. Et au lieu de cela, il avait fini par créer quelque chose de miraculeux — une magnifique femme intelligente qui était aussi différente d'un objet inanimé que tout ce qu'il pouvait imaginer. Il avait peut-être failli dans sa tâche originelle, mais il ne pouvait pas regretter que Gala existe. Le fait de la connaître avait déjà considérablement amélioré sa vie. Pour la première fois depuis la mort de Louie, Blaise sentit un peu d'excitation — de bonheur, même.

Rester sans elle pendant les quelques prochains jours allait être un défi. Il devait trouver quelque chose pour occuper son esprit, décida Blaise.

Il pensa au mystère qui faisait que Gala ne pouvait pas faire de magie. A priori, étant une intelligence née dans le Domaine des Sorts, elle devait avoir la capacité de faire de la magie directement, sans s'appuyer sur tous les sorts et les conventions utilisés par les sorciers. Cela aurait dû être aussi naturel pour elle que de respirer. Et pourtant ça ne semblait pas l'être, en tout cas pour l'instant.

Que se passerait-il si un esprit humain normal atterrissait dans le Domaine des Sorts ? Cette idée folle surprit Blaise par sa simplicité. Cet esprit mourrait-il immédiatement — ou serait-il capable de retourner dans le Domaine Physique, peut-être avec de nouveaux pouvoirs et capacités ?

Plus il y pensait, plus l'idée lui semblait passionnante. La façon dont Gala avait décrit le Domaine des Sorts était merveilleuse et cela aurait été fabuleux si quelqu'un — si lui-même — pouvait le voir (ou en être témoin grâce au sens qui remplace peut-être la vue dans cet endroit).

Est-ce qu'il serait fou d'essayer de s'y rendre ? D'entrer dans le Domaine des Sorts ? La plupart des gens penseraient que oui, mais la plupart des gens n'avaient pas de vraie vision, ils prenaient rarement les risques qui menaient à la véritable grandeur.

Que se passerait-il s'il réussissait à entrer dans le Domaine des Sorts ? Obtiendrait-il le type de pouvoirs qu'il pensait que Gala possédait ? Si c'était le cas, personne ne pourrait l'arrêter — il serait le sorcier le plus puissant qui ait jamais vécu. Il serait l'égal de Gala et si elle ne savait toujours pas maîtriser la magie à ce moment-là, il pourrait même lui apprendre à exploiter ses capacités inhérentes. Il serait capable de faire ce dont il avait seulement rêvé jusque là : instaurer un véritable changement, une véritable amélioration du monde.

Il deviendrait une légende, comme Lenard le Grand.

Blaise prit une profonde inspiration et se dit de se calmer. C'était très bien en théorie, mais il ne savait pas du tout si ce serait faisable ou sûr en pratique. Il allait devoir être très prudent et méthodique dans son approche.

Après tout, il avait maintenant une raison de vivre très importante.

* * *

Blaise atterrit près de sa maison et fut surpris de voir la chaise rouge posée devant sa porte.

Une chaise qu'il connaissait très bien — celle qui avait servi de prototype pour toutes les autres.

La chaise d'Augusta.

Et elle était devant sa maison.

Que faisait son ex fiancée ici ? Blaise sentit son cœur s'accélérer et sa poitrine se serrer avec un mélange de colère et d'angoisse. Pourquoi était-elle venue ici aujourd'hui, précisément ?

Se préparant mentalement à ce qui allait suivre, il ouvrit la porte et entra dans la maison.

Elle descendait les marches quand il pénétra dans le grand hall d'entrée. À sa vue, Blaise ressentit une douleur poignante et familière. Elle était aussi belle que dans ses souvenirs, ses cheveux brun foncé étaient lisses et montés en chignon, ses yeux ambrés étaient comme des pièces anciennes. Il ne put s'empêcher de comparer son physique sombre et sensuel avec la beauté pâle et d'un autre monde de Gala. Quand Augusta souriait, elle avait souvent l'air espiègle, mais maintenant l'expression sur son visage était une expression de choc et de peur.

— Qu'as-tu fait ? chuchota-t-elle en le fixant du regard. Blaise, qu'as-tu fait ?

Blaise sentit son sang se glacer. De toutes les personnes au monde, Augusta était l'une des rares à pouvoir comprendre aussi vite le sens de ses notes.

— Qu'est-ce que tu fais ici ? demanda-t-il en essayant de gagner du temps. Il avait probablement tort : elle ne savait peut-être pas tout.

— Je suis venue voir comment tu allais. Sa voix tremblait légèrement. Je voulais te voir pour savoir si tu allais bien. Mais ce n'est pas le cas, hein ? Tu es devenu complètement fou —

— De quoi parles-tu ? L'interrompit Blaise.

— Je sais pour l'abomination que tu as créé. Ses yeux étaient éclatants de colère. Je sais pour cette chose que tu as lâché sur le monde.

— Augusta, s'il te plaît, calme-toi... Blaise essaya de prendre un ton apaisant. On peut en discuter. De quoi m'accuses-tu exactement ?

Son visage s'enflamma soudain.

— Je t'accuse d'avoir créé une terrible créature de magie qui peut penser par elle-même, siffla-t-elle en serrant les poings. Une horreur qui, à ta propre surprise, a pris forme humaine !

Alors elle savait tout. Ce n'était pas bon. Pas bon du tout. Blaise ne pouvait pas la laisser partir au Conseil avec cette information, mais comment allait-il l'arrêter ?

— Écoute, Augusta, dit-il en réfléchissant en même temps. Je crois que tu as mal compris la situation. C'est vrai que j'ai essayé de créer un objet intelligent, mais j'ai échoué. Je n'ai pas réussi.

— Ne me mens pas ! hurla-t-elle et il fut surpris qu'elle perde son sang-froid, cela ne lui ressemblait pas. Il ne l'avait jamais vue dans un état pareil : tout le temps qu'ils étaient ensemble, elle n'avait élevé la voix que rarement.

— Je sais que tu possédais les notes de Lenard, que tu les as dissimulées à tout le monde, dit-elle furieusement. Tu es l'hypocrite ultime. Toi qui as toujours dit que les connaissances devaient être partagées, même avec les gens ordinaires. Oh, et avant que tu m'insultes avec d'autres mensonges, tu devrais savoir que j'ai utilisé la gouttelette dans ta Sphère. Je sais que tu l'as créée et que ça a pris une forme humaine — et j'ai vu ta réaction perverse envers ça. Si les regards pouvaient tuer, l'expression sur son visage aurait transformé Blaise en tas de poussière.

— Tu as tort, dit Blaise en s'échauffant, n'ayant plus rien à perdre. Ça a vécu un moment, mais c'est retourné au Domaine des Sorts peu de temps après cet enregistrement. Sa manifestation dans le Domaine Physique n'était pas stable. Tu as vu les notes, tu sais que je n'ai pas déterminé sa forme physique.

Elle le regarda, les yeux brûlants d'émotion.

— Menteur. Je ne crois pas un mot de ce que tu racontes. Tu ne sais même pas ce que tu as fait. Cette chose pourrait causer l'extinction de l'espèce entière —

— Quoi ? dit Blaise, incrédule. Comment est-ce que ça pourrait causer l'extinction de l'espèce ? Même si ça avait été stable, ça ne veut rien dire.

— Ce n'est pas humain ! Augusta était clairement hors d'elle. C'est une créature pas naturelle avec des pouvoirs inimaginables. Tu ne sais pas de quoi c'est capable. Si ça se trouve, ça pourrait nous éradiquer d'un clignement de ses beaux yeux bleus !

— Augusta, écoute-moi, essaya de la raisonner Blaise. *Elle* est intelligente — très intelligente. Elle n'aurait aucune raison de faire quelque chose d'aussi cruel. L'intelligence s'accompagne de la bienveillance. J'ai toujours pensé que...

— Ce n'est pas parce que tu le penses que c'est vrai, dit-elle d'une voix tremblante de colère. Même si tu as raison, même si cette chose ne nous veut pas de mal maintenant, sa seule existence nous met en danger. Si elle a sa propre intelligence — une intelligence qui n'est pas naturelle, qui a été créée, pas conçue biologiquement —, cela peut engendrer d'autres créatures semblables, peut-être plus intelligentes encore et plus puissantes. Puis ces abominations créeront quelque chose d'encore plus effrayant, et ce cycle pourra se poursuivre jusqu'à ce que nous n'ayons pas plus d'importance à leurs yeux que des fourmis. Elles nous écraseront, comme si nous ne valions pas mieux que des cafards. Écoute-moi bien, ce sera le début de la fin.

Blaise fixa Augusta d'un regard choqué, frappé par l'idée de Gala créant d'autres créatures comme elle. Il n'avait pas envisagé la possibilité, mais elle était étrangement sensée. Sauf qu'il ne voyait pas cela comme une mauvaise chose, contrairement à Augusta. En fait, pensa-t-il avec enthousiasme, cela pourrait être le développement qui allait enfin changer leur monde. Il visualisa des Êtres hautement intelligents, omniscients et tout-puissants, qui considèreraient l'humanité comme une race apparentée... et cette vision était terriblement attrayante.

Il envisagea ensuite une autre possibilité. S'il parvenait à atteindre son but en allant dans le Domaine des Sorts et en obtenant des pouvoirs, alors la division entre les Êtres qu'il venait d'imaginer et les humains serait moins nette de toute façon. Même si les craintes d'Augusta avaient été proches de la vérité — ce dont il doutait fortement — les humains pourraient finir par devenir les égaux de ces merveilleuses créatures.

Bien sûr, partager une de ces pensées avec Augusta n'aurait pas été très malin pour le moment.

— Écoute Augusta, même si tu as raison, dit-il à la place, ces Êtres ne voudraient pas nous nuire. Ils nous ressembleraient trop. Avec une plus grande intelligence, ils possèderont sûrement une moralité plus grande que la nôtre. Nous n'avons rien à craindre.

— Tu es un imbécile. Le visage d'Augusta était plein de mépris. Est-ce que la moralité t'empêche d'écraser un insecte qui t'embête ?

— Si je savais que la bestiole avait conscience d'elle-même, je ne la tuerais pas. Blaise en était fermement convaincu. Et si je savais que c'était mon créateur, je ne le ferais absolument pas.

— Tu es simplement aveuglé par le désir, siffla-t-elle, ses beaux traits se tordant avec laideur. Ce n'est pas humain ! Ta créature n'est pas réelle. Elle ne t'aimera pas comme tu veux qu'elle le fasse. Tu l'as conçue pour être capable de ressentir des émotions ? De l'amour ? Et sans donner à Blaise l'occasion de répondre, elle ajouta narquoisement : non, bien sûr que tu ne l'as pas fait. Tu ne savais même pas que ça ressemblerait à une femme.

Blaise ressentit une montée de colère et il l'étouffa difficilement.

— Tu ne sais absolument pas de quoi tu parles, dit-il d'un ton neutre. Tu ne la connais pas.

— Ah, et toi oui, peut-être ? Elle fronça les sourcils.

— Tu es jalouse ? demanda Blaise, incrédule. C'est ça le problème ? Toi et moi c'est fini. C'est terminé depuis que tu as voté pour le meurtre de mon frère !

— Jalouse ? Elle était livide à présent. Pourquoi serais-je jalouse de ce, de cette... *chose* ? Ce n'est rien de plus que des lignes de code et des expériences de vie de quelques paysans dégoûtants. J'ai un homme maintenant, un vrai, pas une espèce d'ermite qui se cache parmi ses livres et ses théories !

— Bien, répliqua Blaise d'un ton sec, son calme ne tenant qu'à un fil. Alors tu ne te mêleras plus de ma vie.

— Oh, ne t'inquiète pas, je ne m'en mêlerai pas, dit-elle d'une voix basse et furieuse. Ce n'est pas avec moi que tu devras traiter, mais avec le Conseil. Et elle commença à descendre les marches en direction de Blaise.

— Tu n'iras pas voir ces lâches avec ça ! Blaise sentit sa propre colère lui échapper. Il *ne laisserait pas* le Conseil tuer une autre personne à laquelle il tenait.

— Je ferai ce que je veux, dit-elle sèchement. Et tu paieras les conséquences de tes actions, exactement comme Louie l'a fait.

En entendant le nom de son frère, quelque chose se brisa en Blaise.

— Tu n'iras nulle part, dit-il férocement en bloquant les escaliers de son corps.

— Sors. De. Mon. Chemin. Ses yeux étaient brûlants comme des flammes. Sa main tomba sur lui et elle lui mit une claque avant qu'il ait pu réaliser ce qu'elle allait faire.

La joue en feu et l'esprit en ébullition, Blaise lui prit le poignet avant qu'elle puisse le frapper à nouveau. Elle hurla de rage, arracha le bras de son emprise et trébucha en arrière. Avant que Blaise ait pu faire quoi que ce soit, il l'entendit réciter un sort mortel connu.

Le sang de Blaise se mit à bouillir dans ses veines. Il n'avait jamais livré un combat avec un autre sorcier de cette façon, mais il sut ce qu'elle était en train de faire. Elle était sur le point de le frapper avec une rafale d'énergie pure — un sort qui allait l'incinérer sur place.

Son esprit était étrangement clair malgré le cœur qui s'emballait dans sa poitrine, et il se mit à scander un sort. C'est ce qu'il utilisait pour se protéger durant les expériences particulièrement dangereuses. Quelques phrases clés et une litanie d'Interprétations plus tard, il fut entouré d'une force magique dont la structure incorporait du vide dans ses parois. Et juste au moment où le scintillement de l'air révéla que le sort était en place, le sort d'Augusta frappa.

C'était comme si le soleil était descendu dans sa maison. Même à travers son bouclier, Blaise put sentir la chaleur insoutenable. Il fut couvert de sueur en l'espace de quelques secondes. Tout autour de lui, les murs et les meubles prenaient feu et une fumée âcre et épaisse emplit l'escalier.

— Augusta ! hurla-t-il, terrifié pour sa sécurité. Si elle n'avait pas de sort de protection, elle allait être réduite en cendres.

Il la vit toutefois un peu plus tard, quand la fumée s'éclaircit. Elle était debout tout en haut des marches et toujours très en vie. Il fut immédiatement submergé par une forte vague de soulagement : peu importe ce qu'elle avait fait, il ne voulait pas la mort de son ex-fiancée. Pas même si cela signifiait que Gala serait en sécurité.

Bien entendu, il devait maintenant sauver sa maison. Réfléchissant frénétiquement, Blaise se souvint d'un sort verbal qu'il avait utilisé dans son enfance — un sort qui lui laverait les mains en l'espace de quelques secondes. Tout ce qu'il lui restait à faire c'était d'augmenter sa puissance.

Lorsqu'il commença à dire les mots, il entendit Augusta commencer son propre exercice de codage. Cela le déconcentra pendant un instant, et il se rendit compte qu'elle était en train de travailler sur un sort de téléportation. Si son propre sort échouait, Blaise serait le seul à brûler.

Il ignora sa voix et se focalisa sur son code, modifiant quelques paramètres afin que l'eau savonneuse soit multipliée par mille. De la mousse commença à couler de ses mains, couvrant le feu autour de lui en quelques instants. Il put à présent porter son attention sur Augusta — sauf que c'était trop tard.

Juste au moment où il bondit en haut des escaliers, elle termina son propre sort et disparut.

Elle ne pouvait pas être allée très loin, car la téléportation longue distance était complexe, même dans les meilleures conditions, elle nécessitait des calculs plus précis qu'elle n'aurait pas eu le temps de faire. Tout ce dont elle avait besoin, c'était de sortir de la maison et de rejoindre sa chaise. Même en sachant que cela ne servait plus à rien, Blaise se précipita au bas des marches et hors de la maison.

Il vit la chaise rouge s'envoler rapidement au loin. À ce stade, toute poursuite était inutile et dangereuse.

Toujours tremblant de colère après cette confrontation, Blaise retourna dans la maison, déterminé à en sauver autant qu'il le pourrait.

Lorsqu'il entra, il vit que la mousse avait contenu le feu dans le hall d'entrée et dans les escaliers. Ce n'est que lorsqu'il monta à l'étage qu'il apprit l'étendue de la fureur d'Augusta.

Son bureau tout entier, toutes ses notes, tous ses journaux, tout le travail de cette année avaient disparu.

D'une manière ou d'une autre, elle avait réussi à tout brûler.

CHAPITRE VINGT-TROIS

✳ GALA ✳

Après le repas, un changement de vêtements et de nombreuses instructions pour ressembler davantage à une personne ordinaire, Gala était finalement en route pour voir le reste du village.

En traversant les rues, elle examina les petites maisons à l'air joyeux et fixa du regard les paysans qui passaient — qui la fixèrent à leur tour.

— Pourquoi ils me regardent ? chuchota-t-elle à Maya après que deux hommes furent presque tombés de cheval en essayant de mieux la voir. Est-ce que c'est parce que j'ai l'air bizarre et différente ?

— Ah ça, tu as l'air différente, oui, gloussa Maya. Même avec cette robe ordinaire, tu es probablement la plus jolie femme qu'ils aient jamais vue. Si tu n'as pas envie qu'on te dévisage, tu devrais peut-être te mettre un sac à patates sur la tête.

— Je crois que je n'aimerais pas ça, dit Gala distraitement en remarquant un attroupement plus loin. Elle s'arrêta et montra la foule du doigt. Qu'est-ce que c'est ?

— On dirait que la cour se réunit pour un jugement, dit la vieille femme en fronçant les sourcils. Elle était sur le point de changer de direction, mais Gala se dirigea vers l'attroupement et les deux femmes n'eurent d'autre choix que de la suivre.

— Euh, Gala, je ne crois pas que ce soit le meilleur endroit pour toi, dit Esther en soufflant tandis qu'elle essayait d'aller aussi vite que Gala.

Gala la regarda d'un air coupable.

— Désolée Esther, mais je veux vraiment voir ça. Elle avait lu des choses sur la loi et la justice et elle n'avait pas l'intention de laisser passer cette opportunité.

Avant que ses compagnes aient la possibilité de faire une autre objection, Gala se mêla à la foule qui se pressait dans une version miniature de la Grand-Place qu'elle avait vue à Turingrad.

Il y avait une tribune au centre de la place et quelques personnes s'y tenaient. Deux grands hommes retenaient un autre homme plus petit qui semblait assez jeune aux yeux inexpérimentés de Gala. Le jeune semblait vouloir s'enfuir et son visage exprimait la peur et la détresse. Près de la tribune, Gala pouvait voir un groupe de personnes qui se ressemblaient entre eux : elle devina qu'il s'agissait d'une famille. Ils avaient l'air en colère pour une raison ou pour une autre.

Un homme âgé aux cheveux blancs qui se tenait sur la tribune prit la parole.

— Tu es accusé d'avoir volé un cheval, dit-il en s'adressant au jeune garçon. Gala entendit le murmure désapprobateur de la foule. Même Maya et Esther secouèrent la tête, comme pour gronder le jeune voleur de cheval. Qu'as-tu à répondre à cette accusation ? continua le vieil homme aux cheveux blancs dont les yeux foncés étaient proéminents dans son visage marqué par le temps.

— Je suis désolé, dit le jeune homme d'une voix tremblante. Je ne recommencerai jamais, je le promets. Je ne voulais pas faire de mal — je voulais juste m'amuser un peu...

L'homme aux cheveux blancs soupira.

— Tu sais ce qu'ils font aux voleurs de chevaux dans les autres territoires ? demanda-t-il.

Le jeune gars secoua la tête.

— Ils les pendent dans le nord et ils leur coupent la tête dans l'est, dit le vieil homme en regardant le garçon avec sévérité.

Le voleur de cheval pâlit visiblement.

— Je suis désolé ! Je ne voulais vraiment pas.

— Heureusement pour toi, nous faisons les choses différemment par ici, l'interrompit le vieil homme en stoppant les supplications du garçon. Maître Blaise désapprouve ce genre de punitions. Parce que tu as admis ta culpabilité et parce que le cheval a été retourné à ses propriétaires, ta punition sera de travailler à la ferme des gens que tu as volés pendant les six prochains mois. Durant ce temps, tu les aideras de ton mieux. Tu nettoieras leurs écuries, tu répareras leur maison, tu leur apporteras de l'eau du puits et tu effectueras toutes les autres tâches dont tu es capable.

Un homme d'âge moyen appartenant à la famille que Gala avait remarquée plus tôt s'avança et s'adressa au vieil homme.

— Monsieur le Maire, avec tout le respect que je vous dois, nos enfants seraient morts de faim sans ce cheval, avec cette sécheresse et tout.

Le maire leva la main pour arrêter le discours de cet homme.

— En effet. Cependant, heureusement pour toi et pour l'accusé, ton cheval t'est revenu sain et sauf, non ?

— Oui, Monsieur le Maire, admit-il d'un air penaud.

— En ce cas, le voleur paiera pour son crime en t'aidant à la ferme. Espérons que cela lui apprenne la valeur du travail.

L'homme d'âge moyen avait toujours l'air mécontent, mais il était évident qu'il n'avait pas le choix. Cette punition avait été décidée pour le voleur de cheval, et il allait devoir l'accepter.

— La cour a terminé pour aujourd'hui, annonça le maire. Vous pouvez tous repartir et aller profiter de la foire.

— La foire ? demanda Gala en s'étonnant de la vague d'enthousiasme qui parcourut soudain la foule.

— Oh oui, dit une jeune femme à sa droite. Tu n'as pas entendu ? La foire du printemps commence aujourd'hui. Et sur ces paroles, elle partit vite rejoindre l'événement.

Gala sourit. L'enthousiasme de la jeune fille était contagieux.

— Allons-y, dit-elle à Maya et à Esther en se mettant en marche dans la même direction que la majorité de la foule.

— Quoi ? Attends, Gala, il faut qu'on en parle d'abord... Maya la suivit en courant, l'air inquiet.

— Qu'y a-t-il à en dire ? Gala continuait à avancer, se sentant prête à exploser d'enthousiasme. Tu n'as pas entendu ce qu'a dit cette femme ? Je vais à cette foire !

— Ce n'est pas une bonne idée, marmonna Esther dans sa barbe. Je suis presque sûre que ce n'est pas ce que Blaise voulait dire quand il a demandé de nous assurer qu'elle n'attire pas l'attention sur elle. Elle, à cette foire ? Elle aura tant d'attention qu'elle ne saura plus où donner de la tête !

— Oui, d'accord, mais comment veux-tu qu'on l'en empêche ? marmonna Maya à son tour. Gala sourit de cet échange. Elle aimait avoir la liberté de faire ce qu'elle voulait et elle avait l'intention de voir et de vivre autant d'expériences que possible dans ce village.

* * *

La foire était aussi merveilleuse que Gala l'avait imaginé. Il y avait des marchands partout avec des étalages colorés d'objets divers et de produits alimentaires intéressants. Juste à côté d'eux se trouvaient des jeux et des attractions et Gala entendait des rires, des voix fortes et de la musique partout. Au centre de la foire, il y avait une grande estrade sur laquelle elle voyait danser les jeunes gens.

Gala s'approcha du marchand le plus près d'elle.

— Que vendez-vous ? demanda-t-elle.

— J'ai les meilleurs fruits séchés de la foire, pour vous ou pour votre mère et votre tante. Il fit un grand sourire en tendant à Gala une poignée de raisins secs.

Elle en prit quelques-uns qu'elle mit dans la bouche et elle apprécia l'explosion sucrée sur sa langue. Esther sortit une petite pièce et la donna au marchand en le remerciant, puis elles continuèrent leur chemin.

— De la bière pour ces dames ? cria un homme depuis un des étals. D'immenses tonneaux étaient empilés de chaque côté de lui et Gala se demanda s'ils contenaient la bière qu'il proposait.

— Je vais en prendre, dit-elle, curieuse d'essayer cette boisson qu'elle avait connue dans les livres.

— Non, pas question, dit Esther immédiatement en fronçant les sourcils. Je ne veux pas que tu sois saoule dès le premier jour que tu passes avec nous.

— Oh, allez, laissez-la s'amuser un peu, la cajola le marchand. Après seulement une chope, elle sera juste un peu guillerette.

— Bon, d'accord, grogna Maya en donnant une pièce au marchand. Juste une chope, alors.

Gala fit un grand sourire. Elle aurait goûté cette bière quoiqu'elles en disent, mais elle était contente de ne pas avoir à argumenter avec les deux femmes.

L'air satisfait, le marchand prit une chope, se dirigea vers la pile de tonneaux et se mit à remplir la chope à l'un d'entre eux. Gala remarqua la façon dont les tonneaux remuaient avec les mouvements du marchand, comme s'ils se balançaient dans le vent.

— Plus vite, dit une voix masculine derrière Gala. En se retournant, elle vit un jeune homme bien bâti qui se tenait derrière elle. Dès qu'il vit le visage de Gala, il écarquilla les yeux et rougit. Il marmonna des excuses tout en la dévisageant de la tête aux pieds.

Gala lui fit un petit sourire puis elle se retourna pour regarder le marchand. Elle commençait à s'habituer à ce genre de regards.

Le marchand lui fit passer la tasse et elle but une gorgée qu'elle fit tourner dans sa bouche pour mieux en apprécier le goût. Ce n'était pas aussi bon que les raisins secs, mais cela la réchauffa de l'intérieur. Aimant cette sensation, Gala avala la chope d'un trait et entendit les ricanements des hommes qui faisaient la queue derrière elle.

— Tu devrais aller moins vite, la gronda Maya et Esther fronça de nouveau les sourcils.

— Je n'ai encore jamais goûté de bière auparavant, essaya d'expliquer Gala qui ne voulait pas que les femmes s'inquiètent. Je crois que j'aime encore plus ça que votre ragoût. En se tournant vers le marchand, elle demanda :

— Je peux en avoir une autre ?

Maya attrapa alors la main de Gala et la traîna loin du marchand de bière étonné et de ses clients. Gala ne se laissa tirer que jusqu'à l'étal suivant, puis resta fermement sur sa position.

— Tu es forte pour quelqu'un de si petit, dit Maya en ayant l'air impressionnée quand Gala lui résista. C'est comme si elle avait pris racine, dit-elle à Esther. Je ne peux pas la faire avancer d'un centimètre.

Ce n'est que le stand d'un clown, dit Esther à Gala d'un ton exaspéré. Il n'y a rien à voir ici pour toi.

Gala n'était pas d'accord. Pour elle, ce stand était fascinant, car il était entouré d'enfants. Les enfants — ces humains miniatures — étaient un mystère pour Gala. Elle n'avait jamais été une enfant, sauf si l'on comptait sa courte étape de développement dans le Domaine des Sorts. D'un autre côté, elle était peut-être une enfant maintenant par rapport à la personne quelle allait devenir.

L'autre chose qui l'intéressait, c'était l'homme au visage peint. Il portait des vêtements étranges et il faisait quelque chose qui ressemblait à de la sorcellerie pour les enfants : il sortait des pièces de leurs oreilles puis il les faisait disparaître. Il semblait en outre le faire sans utiliser de sorts verbaux ou écrits. Cependant, lorsqu'elle se concentra sur ses mains, elle vit qu'il cachait en fait les pièces dans sa main. Un faux sorcier, pensa-t-elle en regardant avec amusement ses singeries.

Soudain, il y eut un cri. Surprise, Gala se retourna vers l'étalage du marchand de bière d'où provenait le cri.

Ce qu'elle vit la figea sur place.

Un des enfants plus âgés avait poussé une petite fille contre le tas de tonneaux. Les gros tonneaux se balancèrent dangereusement et Gala vit celui du dessus se mettre à tomber.

Le temps sembla ralentir. Le déroulement des événements à venir se joua dans l'esprit de Gala. Le tonneau allait tomber sur la fillette, écrasant son frêle corps humain. Gala put même calculer le poids précis et la force de l'objet qui tombait, ainsi que les chances de survie de la petite fille.

La fillette allait cesser d'exister avant même d'avoir eu le temps d'apprécier la vie.

Non. Gala ne pouvait pas supporter de voir cela. Son corps entier se tendit et sans le faire consciemment, elle leva les bras et les pointa vers le tonneau. Son esprit fit les calculs nécessaires à la vitesse de l'éclair, trouvant la quantité exacte de force opposée requise pour maintenir en place l'objet qui tombait.

Le tonneau cessa de tomber et flotta dans les airs à quelques centimètres au-dessus de la tête de la petite fille.

Le silence fut assourdissant. Tout autour de Gala, les gens de la foire étaient comme figés sur place, fixant du regard l'accident qui avait failli survenir avec une fascination morbide. Le marchand de bière fut le premier à recouvrer ses esprits et il bondit vers la fillette pour la sortir de sous le tonneau.

Dès que la fillette ne fut plus en danger, Gala sentit sa concentration partir et le tonneau chuta en se fracassant en petits morceaux de bois et en éclaboussant les alentours de bière.

L'enfant sauvée se mit à pleurer. Son petit corps était secoué de sanglots tandis que les spectateurs semblèrent tous se remettre à respirer de soulagement en même temps. Beaucoup d'entre eux regardaient Gala d'un air émerveillé et une femme s'avança vers elle, s'adressant à elle d'une voix tremblante :

— Êtes-vous une sorcière, ma dame ?

— Elle n'a rien à voir avec tout ça, c'était le clown, dit Maya en mentant de façon peu convaincante.

Esther prit Gala par la main.

— Allons-y, dit-elle avec insistance en attirant Gala loin de la foule.

Gala ne résista pas et suivit docilement la vieille femme. Son esprit était en ébullition. Elle l'avait fait. Elle avait fait de la magie directe, comme Blaise l'avait voulu en la créant. Il n'y avait pas eu de sort : elle n'avait rien dit ni rien écrit. En fait, c'était comme si quelque chose en elle savait exactement quoi faire, savait comment laisser une partie inexplorée de son cerveau prendre la relève. Tout ce qu'elle savait, c'est qu'elle n'avait pas voulu que la fillette soit blessée et le reste avait simplement eu l'air de… se produire.

Lorsqu'elles furent suffisamment loin de la foule, elle s'arrêta en refusant d'aller plus loin.

— Attendez, dit-elle à Maya et Esther en se baissant pour ramasser un petit caillou sur le sol.

— Qu'est-ce que tu fais ? siffla Esther. Tu viens d'attirer l'attention sur toi !

— Attendez un peu, s'il vous plaît. C'était important pour Gala. Elle lança le caillou en l'air et se concentra dessus en essayant de reproduire son action. *Ne tombe pas, ne tombe pas, ne tombe pas,* chanta-t-elle dans sa tête en regardant le caillou.

La pierre ne réagit absolument pas et elle retomba tout à fait normalement au sol.

— Qu'est-ce que tu fais ? Maya regardait ce qu'elle faisait avec incrédulité. Tu lances des cailloux ?

Déçue, Gala secoua la tête. Pourquoi est-ce que ça n'avait pas marché cette fois ? Elle avait arrêté ce tonneau, pourquoi pas ce caillou ?

Esther s'approcha d'elle et passa un bras autour de ses épaules.

— Allez viens, rentrons mon enfant, dit-elle d'un ton apaisant. On te donnera un peu plus de ragoût.

— Non merci, je ne veux pas de ragoût maintenant, dit Gala en faisant un pas de côté. Je suis désolée d'avoir attiré l'attention sur moi, mais je ne regrette pas que la petite fille soit saine et sauve.

— Bien sûr. Maya regarda Esther méchamment. Tu as fait ce qu'il fallait. Je ne sais absolument pas comment tu as fait, mais c'était la bonne chose à faire.

Gala sourit, soulagée qu'elle n'eût pas fait une trop grosse bêtise. En regardant en arrière vers les étalages, elle remarqua à nouveau la musique : une mélodie entraînante qui se jouait au loin. La musique l'attirait, elle la tentait avec la promesse de la beauté et de nouvelles sensations.

— Je ne suis pas encore prête à rentrer, dit-elle à Esther. Je veux voir un peu plus de la foire.

À présent, même Maya eut l'air inquiète.

— Ma Dame... Gala, je ne crois pas que tu devrais retourner à la foire maintenant.

— Je veux danser, dit Gala en regardant les silhouettes au loin. Je veux danser sur cette musique.

Sans attendre la réponse de ses chaperons, elle se précipita vers la musique.

CHAPITRE VINGT-QUATRE

✳ AUGUSTA ✳

— Blaise a fait quoi ? L'expression de Ganir, qui était assis derrière son bureau, était impayable. Si Augusta n'avait pas elle-même été tout aussi perturbée, elle aurait davantage apprécié la réaction de Ganir. Mais là, elle tremblait encore des suites du combat magique et d'avoir appris que Blaise avait relâché cette horreur sur Koldun.

— Il a créé un Être pas naturel, une chose forgée dans le Domaine des Sorts, répéta Augusta en faisant les cent pas. Puis il m'a attaqué quand j'ai essayé de le raisonner. Il est devenu complètement fou. Ça aurait été beaucoup mieux s'il avait été accro —

Ganir fronça les sourcils.

— Un instant, je n'ai pas bien compris. Tu dis qu'il a créé une intelligence artificielle ? Comment a-t-il pu faire ça ?

— Je sais exactement comment il a fait, dit Augusta en se souvenant des notes qu'elle avait trouvées. Il a simulé la structure d'un esprit humain dans le Domaine des Sorts, puis il l'a développé en utilisant des Captures Vitales. Les Captures Vitales que vous pensiez qu'il utilisait pour son usage personnel.

Ganir écarquilla les yeux.

— Il a dû se servir d'une partie de mes recherches sur le cerveau humain, souffla-t-il d'une voix pleine d'enthousiasme. Mais il a dû progresser très loin au-delà de ce que j'ai découvert au sujet de la création de la Sphère de Capture Vitale —

— Il s'est aussi aidé des écrits de Lenard le Grand, lui dit Augusta en s'arrêtant devant son bureau. Il en avait mis de côté en secret, il ne les a jamais montrés.

— Des écrits de Lenard ? Les yeux de Ganir s'illuminèrent. Ce garçon les possède ? J'avais entendu une rumeur selon laquelle Dasbraw possédait quelque chose du genre, mais ce salaud rusé l'a toujours nié.

— N'était-il pas un bon ami à vous ? demanda Augusta avec mépris. Je croyais que vous vous entendiez comme larrons en foire dans votre jeunesse.

— C'était le cas. Le visage ridé de Ganir se plissa pour former quelque chose qui ressemblait à un sourire. Mais Dasbraw aimait toujours ses cachotteries sur la sorcellerie. Je crois qu'il était fâché d'avoir commencé par être mon apprenti... Il eut un regard lointain pendant un instant, puis il secoua la tête en revenant au présent. Alors tu dis que Blaise les a ? Ces écritures ?

— Il ne les a plus, dit Augusta en cachant mal sa satisfaction. J'ai dû utiliser un sort de feu quand il a essayé de me retenir. Elle ne dit pas que ces écrits précieux étaient en ce moment même dans son sac, intact. C'était toujours une bonne idée de ne pas tout dire dans la Tour.

— Tu as brûlé la maison de Blaise ! Ganir la regarda, bouche bée, choqué.

— Je n'ai pas eu le choix, répondit-elle sèchement, irritée par la réaction du Chef du Conseil. Vous n'étiez pas là. Il a refusé d'entendre raison. Je ne sais pas ce qu'il est devenu, ni jusqu'à quel point il est obsédé par cette créature. Il est entièrement sous son contrôle, maintenant. Elle revit l'expression de Blaise quand il lui avait bloqué le passage. Il était déterminé à ne pas la laisser parler au Conseil, elle en était sûre. L'aurait-il tuée pour protéger cette abomination ? Autrefois, Augusta aurait pensé que c'était impossible, mais plus maintenant. Pas après avoir pris cette gouttelette et après avoir fait l'expérience de la profondeur de ses sentiments pour sa création terrifiante.

Ganir eut l'air perplexe.

— Ça ne lui ressemble pas, dit-il d'un air dubitatif. Tu dis qu'il a essayé de t'attaquer ?

— Il voulait m'empêcher d'en parler au Conseil, dit Augusta qui se sentait un peu moins sûre d'elle à présent. Blaise ne l'avait pas exactement attaqué, mais elle s'était néanmoins sentie menacée. Il a même essayé de me mentir en disant que la forme de la créature était instable et qu'elle n'existait plus.

— Alors, *vas*-tu en parler au Conseil ou pas ? l'interrompit Ganir en la fixant du regard.

— Je devrais, non ? Augusta soutint le regard du vieux sorcier. Ils doivent être prévenus pour cette chose. C'est dangereux et ça doit être éliminé.

— À ton avis, que va-t-il se passer pour Blaise quand ils apprendront ce qu'il a fait ? Ils ne vont pas simplement se débarrasser de sa création et le laisser tranquille.

Augusta avala sa salive. Maintenant que ses pensées étaient plus claires, elle savait que Ganir avait raison : si elle parlait au Conseil elle condamnerait Blaise en même temps que l'abomination qu'il avait créée. Et elle ne pouvait pas laisser faire ça, même si elle était très fâchée contre lui. L'idée de Blaise mort, disparu, lui était aussi insupportable que l'idée qu'il soit attiré par cette monstruosité.

— Qu'est-ce que je peux faire d'autre ? demanda-t-elle. Le vieil homme tenait à Blaise et elle pensait que lui non plus ne voulait pas qu'il soit puni si brutalement.

Ganir s'appuya contre le dossier de sa chaise, l'air pensif.

— Eh bien, dit-il lentement, tout d'abord il y a une petite possibilité qu'il ne t'ait pas menti. S'il a été surpris que cet Être prenne la forme qu'il a prise, alors il ne le comprend probablement pas tout à fait.

Il est très possible qu'elle — que *ça* — soit en effet instable et que ça ait disparu.

Augusta ricana.

— Je ne miserais pas sur cette possibilité : il était prêt à tout pour sauver la créature. Croyez-vous qu'après toutes ces années je ne sais pas voir quand il me ment ?

— Bon, d'accord, concéda Ganir. Supposons que tu aies raison. Je ne suis toujours pas convaincu, cependant, de là à ce que cette intelligence soit une aussi grande menace que ce que tu dis —

Augusta serra le bord de son bureau.

— Vous n'êtes pas convaincu ? Elle entendait sa voix devenir aiguë tandis que le vieux cauchemar refaisait surface. J'ai pris cette gouttelette — j'étais dans la tête de Blaise — et lui-même ne sait pas de quoi cette créature est capable ! Elle pourrait avoir des pouvoirs qui dépassent notre imagination. Et si elle se retournait contre nous ? Si elle décidait de nous exterminer ?

Ganir cligna des yeux.

— De quels pouvoirs dispose cette chose ? Que peut-elle faire ?

— Je ne sais pas, admit Augusta en reculant d'un pas et en prenant une inspiration tremblante. Et Blaise non plus. C'est ça le problème. Ce n'est pas parce que ça n'a encore rien fait que nous sommes en sécurité. Ça n'existe que depuis peu de temps.

Le vieil homme la regarda.

— En ce cas, pourquoi ne la laissons-nous pas tranquille ? Nous n'avons encore rien vu de ce genre : une créature qui a été créée, qui n'est pas née biologiquement, un Être du Domaine des Sorts.

— Non. Augusta secoua la tête, tout en elle rejetait cette idée. On ne peut pas prendre ce genre de risque. Cette chose doit être détruite *maintenant*, avant qu'elle ait l'occasion de nous détruire. Elle pourrait bien devenir plus puissante au fur et à mesure qu'elle existe plus longtemps, on n'en sait rien. C'est notre chance de résoudre la situation. Si on ne l'arrête pas maintenant, on ne pourra peut-être plus le faire dans le futur. Pensez-y, Ganir. Et si la chose finissait par créer d'autres abominations comme elle ?

Le vieux sorcier eut l'air stupéfait. Il n'avait manifestement pas envisagé cela. Augusta vit qu'il vacillait et elle se dépêcha de prendre l'avantage.

— Imaginez-vous la puissance qu'aurait une armée entière de ces créatures venues du Domaine des Sorts ?

Ganir écarquilla les yeux, comme s'il venait de penser à une nouvelle idée.

— Tu as dit que ça avait pris une forme féminine, non ? demanda-t-il lentement. Et tu dis que Blaise est attiré par elle ?

Augusta hocha la tête en le dévisageant avec horreur. Était-il en train de dire ce qu'elle pensait qu'il voulait dire ?

— Ganir, vous voulez dire que...

— Que Blaise et elle pourraient se reproduire ? Il leva les sourcils. Je n'en ai aucune idée, mais je serais curieux de le découvrir...

Augusta eut envie de vomir.

— Curieux ? De savoir si un monstre peut se reproduire ? Le vieil homme était devenu fou.

Le Chef du Conseil sembla inexplicablement amusé.

— Si Blaise est attiré par elle, elle ne peut pas être si monstrueuse.

Augusta retint l'envie de lui envoyer un nouveau sort de feu.

— Vous ne voyez pas l'essentiel, dit-elle avec froideur. On ne parle pas d'une quelconque expérience magique. Blaise a créé cette chose dans le but de donner la magie aux gens ordinaires. Ses actions — et ses intentions — sont dangereuses et relèvent de la trahison. On doit l'arrêter. Si vous n'avez pas l'intention de m'aider, je n'aurais d'autre choix que d'aller au Conseil — et nous savons tous les deux de quelle façon cela se terminera pour Blaise. Augusta bluffait pour l'essentiel, mais le vieil homme n'avait pas besoin de le savoir.

Ganir fronça les sourcils.

— D'accord, dit-il en la regardant attentivement. Où se trouve la créature en ce moment ?

— Je ne sais pas. Je n'en ai trouvé aucune trace chez Blaise.

— En ce cas, je vais envoyer quelques-uns de mes hommes à sa recherche. Je leur donnerai l'ordre de me dire tout ce qui leur paraît étrange. Si la créature est aussi puissante que tu le crois, nous entendrons forcément parler d'elle. Il fit une longue pause dans son discours. Et si nous n'entendons parler d'aucune activité de sorcellerie inhabituelle, alors soit Blaise disait la vérité, soit l'Être en question ne représente pas une menace à mes yeux.

Augusta n'était pas d'accord avec cette dernière partie, mais elle n'avait pas le temps d'argumenter.

— Et lorsqu'elle sera trouvée ?

— Alors je la ferai capturer et amener ici, à la Tour, où nous pourrons l'interroger et décider si elle représente vraiment un danger pour nous.

Cette fois-ci, elle ne put se contenir :

— Ganir, il faut détruire cette chose.

Le Chef du Conseil se pencha en avant.

— Elle le sera, si elle est aussi dangereuse que tu le dis. Son ton devenait dangereusement doux. Mais avant d'agir bêtement, nous devons en apprendre plus à son sujet. Je vais l'étudier et alors, si nécessaire, je la détruirais moi-même.

On verra, pensa Augusta en se taisant. Pour l'instant, ils avaient besoin des espions de Ganir pour localiser la chose.

CHAPITRE VINGT-CINQ

※ GALA ※

La piste de danse était remplie de gens de tous âges qui riaient, bavardaient et tournoyaient sur la musique. Gala embrassa la scène du regard lorsqu'elle s'arrêta au bord de la piste. Sa tête tournait un peu. Son pied tapait en rythme et elle avait envie de rire, elle aussi — en tout cas jusqu'au moment où elle se sentit légèrement désorientée.

La sensation était juste assez différente pour que Gala se rende compte qu'elle était en train de vivre quelque chose d'étrange. Soudain, elle comprit : la bière. C'est ça que les gens appelaient l'ivresse.

Gala examina la situation en fronçant les sourcils. D'après ce qu'elle avait lu, les gens ivres faisaient n'importe quoi et n'agissaient pas en accord avec leur personnalité. Elle n'aimait pas l'idée que cela puisse lui arriver.

En fermant les yeux, elle se concentra sur son corps et elle étudia consciemment les effets de la boisson. Elle ressentit instantanément une réaction similaire à celle qui avait interféré avec son immersion dans la Capture Vitale : c'était comme si une partie de son corps travaillait à effacer toute trace de l'alcool. Quelques secondes plus tard, elle fut entièrement sobre.

— Puis-je vous demander cette danse ? demanda une voix familière. Gala ouvrit les yeux et fut surprise de voir qu'un homme se tenait à un demi-mètre d'elle.

C'était le jeune homme qu'elle avait vu à l'étal du marchand de bière.

Il lui fit un grand sourire et Gala se rendit compte qu'il n'avait probablement pas assisté à l'incident avec l'enfant. Autrement il aurait agi de manière plus prudente, comme certaines personnes semblaient à présent le faire.

Heureuse d'être traitée comme une personne normale, Gala lui retourna son sourire.

— Oui, dit-elle, mais il faudra m'apprendre.

— Ce sera un honneur, dit-il en la prenant par la main. Elle prit la sienne avec prudence. Sa paume était chaude et un peu humide au toucher et Gala décida rapidement qu'elle n'aimait pas son contact. Néanmoins, elle ne vit pas de mal à danser avec lui en se tenant à distance, comme elle voyait d'autres couples le faire.

Gala s'avança sur la piste de danse et écouta plus attentivement les motifs de la musique. Elle adorait l'aspect structuré du rythme rapide, la précision mathématique des sons. Ils plaisaient énormément à ses oreilles.

En regardant les autres femmes du coin de l'œil, Gala fit de son mieux pour imiter leurs mouvements tout en essayant de suivre le rythme de la mélodie.

— Tu es douée, dit le jeune homme d'un ton admiratif. Je pense que tu n'as pas besoin de mon aide. Il bougeait son corps sur la musique, mais il ne semblait pas entendre le même air que Gala, car sa version de la danse était beaucoup plus maladroite, presque gauche.

La mélodie changea, elle s'accéléra et Gala sentit son cœur accélérer en même temps.

— Qui a écrit cette belle musique ? demanda-t-elle en s'émerveillant de pouvoir être émue par un son si simple.

Le jeune homme lui sourit.

— C'est Maître Blaise, bien sûr. C'est un compositeur prolifique. Tu n'as encore jamais entendu sa musique ?

Gala secoua la tête. Son cœur s'était encore emballé en l'entendant mentionner Blaise. Elle voulait qu'il soit ici avec elle, au lieu de cet homme qu'elle n'aimait pas beaucoup. Le fait que Blaise puisse lui faire ressentir des choses sans même être présent était incroyable. Maintenant qu'elle savait qu'il avait composé cette mélodie, elle fut surprise de ne pas s'en être rendu compte. L'écriture de la musique requérait le même esprit enclin aux mathématiques que pour la sorcellerie. Évidemment, ce n'était pas suffisant pour créer une telle beauté, et elle ne pensait pas que tous les autres sorciers soient capables d'égaler son génie. En un sens, cette musique et elle se ressemblaient, étant toutes deux des créations de Blaise.

Alors qu'elle réfléchissait à la chose, l'homme avec lequel elle dansait fit un pas vers elle.

— Comment tu t'appelles ? demanda-t-il en se penchant vers elle. Elle sentait la bière dans son haleine et une trace de quelque chose qui lui rappelait le ragoût d'Esther.

— Je m'appelle Gala, lui dit-elle en s'écartant un petit peu.

Il lui fit un grand sourire.

— Ravi de te rencontrer, Gala. Je m'appelle Colin.

Gala continuait à suivre les mouvements des danseurs, s'améliorant à chaque pas. Pendant ce temps, son partenaire n'arrêtait pas de trébucher et de rater des pas. Cela n'avait pas d'importance pour elle : elle trouvait quand même que c'était très amusant de danser.

— Tu es vraiment très douée ! s'exclama Colin lorsqu'elle exécuta un mouvement particulièrement complexe sans rater un temps et elle sourit de toutes ses dents, ravie du compliment.

La chanson se termina.

— Puis-je avoir la danse suivante ? demanda Colin.

Gala hocha la tête pour accepter. La chanson qui commençait était encore plus belle que la première. Elle était plus lente et plus mélodieuse. Cependant, avant qu'elle ait le temps de se mouvoir sur la musique, son partenaire s'approcha d'elle. Du coin de l'œil, elle vit que les autres danseurs faisaient la même chose : les hommes s'approchaient des femmes et posaient leurs mains sur l'épaule et la taille.

Gala fronça les sourcils et fit un petit pas en arrière. Elle ne voulait pas que Colin s'approchât autant d'elle. Cela lui semblait tout à fait inapproprié. La seule personne dont elle voulait avoir les mains sur le corps était à Turingrad.

— J'ai changé d'avis, dit-elle poliment à Colin en reculant encore un peu.

— Oh, allez, c'est juste une danse, dit-il en souriant et en se penchant pour l'attraper. Ses doigts entourèrent son poignet et elle put sentir la chaleur moite qui émanait de sa peau. Cela lui retourna l'estomac.

— Enlève ta main, ordonna Gala en tirant inutilement sur son poignet. Il était physiquement plus fort qu'elle et elle commençait à craindre l'excitation sombre qui brillait dans ses yeux.

— Oh, allez, fait pas ça... Il souriait toujours, mais il n'y avait plus la moindre trace d'amabilité.

— Lâche-moi, dit-elle un peu plus fort et elle vit quelques personnes regarder dans leur direction. Son cœur battait à tout rompre et elle se sentait révulsée par son contact.

— Ne fais pas ta ronchonne, marmonna-t-il en la tirant vers lui. Ce n'est qu'une danse.

Lorsqu'il refusa de la lâcher, le bouillon d'émotions qui virevoltait en Gala sembla exploser et sa vue se brouilla un instant. C'était comme si quelque chose en elle avait attaqué Colin et elle le vit trébucher en arrière, l'air choqué. Une odeur abominable se fit sentir et le visage de Colin se tordit en quelque chose qui ressemblait à un mélange de honte et de peur.

Lorsque son poignet fut enfin libéré, Gala ressentit un besoin irrésistible de partir. Et tandis que Colin fit un pas hébété dans sa direction, elle se trouva debout juste à l'extérieur de la piste de danse, derrière Maya et Esther.

— On devrait partir, dit-elle en se sentant encore malade de cette rencontre. Elle tremblait également en sachant qu'elle avait refait de la magie par inadvertance, en se téléportant au vu et au su de tous les danseurs.

Esther se tourna vers elle, l'air surpris.

— D'où sors-tu ? Tu étais juste là, en train de danser avec ce garçon.

— Je veux partir, lui dit Gala en frottant son poignet à l'endroit où elle sentait encore le contact dégoûtant de la peau de Colin.

— Il t'a attrapée ? s'exclama Maya. Non, mais, ce bâtard, j'aurais dû lui donner un coup de pied dans les noisettes !

— On dirait qu'elle lui a fait *quelque chose*, dit Esther en regardant la piste de danse d'un air inquiet.

En jetant un coup d'œil rapide dans cette direction, Gala vit Colin partir avec une drôle de démarche.

— Allons-y, dit-elle en tirant Esther par la manche. Je veux partir. Il se peut qu'il vienne par ici. Elle se sentait troublée et perturbée et elle avait envie de s'éloigner le plus vite possible de cet endroit.

— Bien sûr, dit Maya en regardant le jeune homme de travers. Partons à la maison pour que tu puisses te reposer un peu.

Gala hocha la tête, souhaitant plus que tout faire à nouveau l'expérience de l'activité du sommeil. D'après ce qu'elle avait ressenti la première fois, ce n'était pas très différent de certaines des expériences qu'elle avait vécues dans le Domaine des Sorts.

CHAPITRE VINGT-SIX

✳ BARSON ✳

Barson entendit frapper et il se leva de la chaise où il était en train de lire pour aller ouvrir la porte. C'était un des rares moments où il pouvait se détendre dans ses quartiers et il ne fut pas ravi de l'interruption.

Son humeur ne s'améliora pas quand il vit Larn. Son futur beau-frère avait un air très étrange.

— Entre, dit Barson sèchement. Il vit qu'il y avait un problème.

Larn entra dans la chambre de Barson et ferma la porte derrière lui.

— Alors ? L'incita Barson quand Larn n'eut pas l'air décidé à parler. Qu'as-tu appris ?

— Pour l'instant, Ganir n'a pas quitté la Tour, dit Larn. Il est resté principalement dans son bureau et un certain nombre de personnes y sont entrées et sorties.

— Ce n'est pas nouveau. Barson fronça les sourcils en regardant son meilleur ami. C'est toujours comme ça avec le vieil homme.

— Eh bien, oui, dit Larn dont le ton était inhabituellement hésitant. Mais un des visiteurs de cet après-midi était, euh, Augusta.

Encore ? Pourquoi irait-elle voir Ganir deux fois dans la même journée ? Barson savait qu'ils ne s'aimaient pas.

— Il y a autre chose. Larn eut l'air encore plus mal à l'aise.

— Quoi ?

— Tu ne vas pas être content...

— Crache le morceau, dit Barson en fronçant encore plus les sourcils. Qu'est-ce que c'est ?

Larn avala sa salive.

— Souviens-toi, je ne suis que le messager —

Barson fit un pas vers lui.

— Dis-le-moi, grogna-t-il entre ses dents serrées. Cela devait être quelque chose de très mauvais si son ami avait si peur de le lui dire.

— Comme tu l'as demandé, j'ai envoyé quelques-uns de nos hommes surveiller Augusta aujourd'hui, après son premier rendez-vous avec Ganir, dit Larn lentement. Et il se trouve que deux d'entre eux se trouvaient au marché quand sa chaise a atterri là-bas.

— Et ?

— Et ils ont pu la suivre quand elle a redécollé. Elle n'est pas partie loin et elle a atterri devant une maison.

— Quelle maison ? Barson savait qu'il n'y avait que très peu de maisons si près du centre de Turingrad. C'était un lieu très prisé, et chaque maison dans les environs était plutôt un château, appartenant aux familles de sorciers les plus puissantes. Un sorcier en particulier lui vint à l'esprit —

— Elle appartient à Blaise, l'homme qu'elle était censée épouser, dit Larn en confirmant ainsi l'intuition de Barson. Elle a atterri devant et elle est entrée.

— Je vois, dit Barson calmement. Il bouillait intérieurement, mais il ne laissa rien paraître. Autre chose ?

— Non. Larn eut l'air soulagé par le manque de réaction de Barson. Les hommes n'ont pas pu rester longtemps sur place : ils étaient de garde à la Tour et n'étaient au Marché que pour récupérer des affaires. J'ai néanmoins demandé à l'un de nos nouveaux amis de garder un œil sur Blaise, juste au cas où.

Barson hocha la tête, toujours impassible.

— Tu as bien fait, dit-il d'un ton neutre. Merci beaucoup.

— C'est normal. Larn se tourna pour sortir, puis il se retourna pour regarder Barson. Est-ce qu'ils doivent continuer à la suivre, elle aussi ?

— Oui, dit Barson doucement.

Il parvint à se contrôler jusqu'à ce que Larn quitte la pièce. Dès que la porte se referma derrière lui, Barson se dirigea vers un coin de la pièce où un sac à patates rempli de sable pendait au plafond. Il serra ses poings énormes. Son corps était tendu à cause d'une jalousie extrême. Incapable de se retenir plus longtemps, il attaqua, donnant des coups de poing dans le sac, encore et encore, jusqu'à ce que ses articulations lui fassent mal et que la transpiration coule le long de son dos. Il s'arrêta pour arracher sa tunique, puis il reprit, évacuant sa colère avec des coups de poing rageurs.

* * *

Une légère odeur de jasmin atteignit les narines de Barson et le tira de sa transe. Le sac devant lui se vidait lentement : le sable coulait par une déchirure due à un coup particulièrement violent.

En se retournant, il vit qu'Augusta était assise sur son lit et qu'elle le regardait. Elle venait sans doute juste de rentrer dans sa chambre.

— Augusta, quelle agréable surprise. Il se força à sourire malgré la colère qui bouillonnait toujours dans ses veines.

Elle lui sourit à son tour, mais elle semblait ailleurs. Est-ce qu'elle pensait à *lui*, ce bâtard de sorcier auquel elle avait été fiancée ? Barson prit une inspiration pour se calmer, s'obligeant à faire attention. Augusta était très indépendante et elle n'aimerait pas qu'on l'espionne ou qu'on la questionne comme une enfant désobéissante.

Elle observait la pièce sans remarquer l'humeur sombre de Barson. Elle l'étudiait comme si c'était la première fois qu'elle la voyait.

— Un peu de lecture avant l'exercice ? demanda-t-elle en montrant le livre qu'il avait laissé traîner sur la chaise.

— Oui, parvint-il à répondre calmement. J'ai trouvé un nouveau joyau dans les archives de la bibliothèque. C'est au sujet des exploits militaires du Roi Rolun, l'ancien conquérant qui a unifié Koldun. Il était ravi de ce bavardage, car cela lui permit de mettre de côté sa jalousie furieuse et de réfléchir. Le fait qu'Augusta se trouve dans sa chambre pour discuter de livres était bon signe. Si elle s'était remise avec Blaise, il ne pensait pas qu'elle serait venue le voir de manière aussi décontractée. Elle n'avait pas l'air de se sentir mal à l'aise ou coupable. Barson estimait qu'il était un bon juge de la personnalité des gens et il ne sentait pas de fourberie chez elle. Elle pensait effectivement à autre chose, mais c'était plutôt parce qu'elle était préoccupée.

Comme pour confirmer ses pensées, elle se tourna vers lui avec un grand sourire.

— Tu aimes ces vieilles histoires, non ? Je ne t'imaginais pas érudit.

— J'aime en apprendre plus au sujet des vieilles tactiques militaires, dit Barson en la regardant attentivement. Il ne voyait toujours aucun signe de culpabilité ou de regret sur son visage. Soit c'était une actrice remarquable, soit sa visite chez son ancien amant avait été purement platonique.

Le sourire d'Augusta s'élargit.

— Savais-tu que le sang du Roi Rolun coulait dans mes veines ? demanda-t-elle. La majorité de la vieille noblesse descend de lui.

— Non, mentit Barson. Je ne le savais pas. Le sang de Rolun coulait dans ses veines également, même si plus personne ne s'en souciait ces temps-ci. Barson connaissait les ancêtres d'Augusta depuis le début : elle était une des rares sorcières dont la famille était d'origine noble et il pouvait voir des traces de son héritage dans ses pommettes hautes et son attitude royale. C'était une des raisons pour lesquelles il avait été si attiré par elle.

— Toi aussi tu descends de lui, non ? demanda Augusta en le surprenant. Ta mère n'était-elle pas de la famille Solitin ?

Barson fixa Augusta du regard en se demandant comment elle avait pu l'apprendre. Ce n'était pas un grand secret, mais il ne s'était pas attendu à ce qu'elle s'intéresse suffisamment à lui pour étudier ses origines.

— Oui, dit-il en observant sa réaction. C'est vrai. Autrefois, nous aurions formé un couple parfait.

— En effet, noble seigneur, murmura-t-elle, les yeux brillants. Nous aurions formé un couple parfait... Elle soutint son regard et lui fit lentement un sourire ensorceleur.

Le sang de Barson se remit à bouillir, mais pour une raison différente cette fois. Il ne savait pas ce qu'il s'était passé au cours de sa visite chez Blaise, mais apparemment le sorcier n'avait pas satisfait ses besoins.

Barson allait se faire un plaisir de régler ça tout de suite.

Cependant, avant qu'il ait le temps de faire quoi que ce soit, Augusta se leva avec grâce.

— J'ai eu une journée affreuse, dit-elle doucement en défaisant ses cheveux et en les laissant tomber sur sa taille. Je crois que je vais avoir besoin de tes talents uniques, mon guerrier.

Elle n'eut pas besoin de lui demander deux fois. Barson fit quelques pas vers elle et referma ses doigts sur le corsage de sa robe rouge pour l'attirer contre lui. La soie fragile se déchira dans sa main, mais ils ne le remarquèrent, ni l'un ni l'autre pendant que Barson évacuait les restes de sa fureur dans un baiser profond et avide.

CHAPITRE VINGT-SEPT

✻ BLAISE ✻

Incrédule et choqué, Blaise regardait les dégâts dans son bureau, le cœur toujours battant de sa rencontre avec Augusta. Elle avait appris pour Gala — elle qui avait toujours été contre tout ce qu'elle ne pouvait pas facilement comprendre, contre tout ce qui pourrait bouleverser son mode de vie. A posteriori, il se dit qu'il n'aurait pas dû être surpris qu'elle ait voté pour la punition de Louie. Comme le reste du Conseil, elle s'était sentie menacée par les actions de son frère. Et il ne faisait aucun doute aujourd'hui qu'elle avait été terrifiée par l'idée de l'existence de Gala.

Le plancher et les murs étaient noircis par la suie et à la place du bureau de Blaise il ne restait qu'un tas de cendres pour témoigner de la colère d'Augusta. Mais le pire n'était pas ce qu'elle avait fait à son bureau, c'était ce qu'il craignait qu'elle fasse à Gala. Si le Conseil la croyait, ils allaient se mettre à la recherche de Gala en l'espace de quelques heures.

Blaise eut très envie de frapper quelque chose — lui-même de préférence — pour avoir laissé Gala partir. Il n'aurait jamais dû la laisser seule au village, peu importait à quel point elle avait envie de voir le monde comme une personne ordinaire. Maintenant, elle était là-bas sans protection, accompagnée seulement de deux vieilles femmes.

Il fallait qu'il soit là-bas avec elle.

En jetant un coup d'œil autour de lui, Blaise vit que sa Pierre d'Interprétation avait survécu au feu d'Augusta. Il ramassa la pierre encore chaude et se précipita en bas dans la pièce des archives où il conservait la majorité de ses cartes de sorts déjà écrits. Heureusement, Augusta n'avait détruit que ses travaux les plus récents, la majorité de ce dont il avait besoin était toujours disponible.

Blaise attrapa autant d'éléments de sorts potentiellement utiles que possible et quitta la maison pour s'installer dans sa chaise. Il n'avait qu'une seule pensée en tête : atteindre Gala avant qu'il soit trop tard. Augusta pouvait déjà être en train de s'adresser au Conseil, de les convaincre de l'idée ridicule que Gala était dangereuse, et il n'y avait pas de temps à perdre.

Il volait depuis une demi-heure lorsqu'il remarqua quelque chose derrière lui. Il y avait un petit point sur l'horizon, au loin — presque comme un oiseau sauf que c'était trop gros. Blaise poussa un juron. Était-il suivi ?

Il n'y avait qu'une seule façon de le savoir. Il sortit quelques cartes de sorts et prépara un sortilège d'amélioration de la vue qu'il mit dans la Pierre d'Interprétation. Lorsque sa vue s'éclaircit, tout était plus net : c'était comme s'il était devenu un aigle, il pouvait même voir ramper un insecte minuscule sur le sol lointain. En tournant la tête, Blaise scruta l'horizon.

Ce qu'il vit lui glaça le sang.

Une autre chaise volait derrière lui, ce qui signifiait qu'il était poursuivi par un autre sorcier, étant donné que personne d'autre ne pouvait diriger ces engins. Contrairement à ce qu'il avait pensé, il ne s'agissait pas d'Augusta. Cette chaise en particulier était grise et Blaise ne reconnut pas l'homme qui y était assis, ce qui signifiait que ce n'était sans doute pas un sorcier remarquable. Non pas que ses aptitudes à la sorcellerie importent dans ce cas précis : en effet, s'il pouvait voler, il savait sans doute lancer un sort de Contact. Le Conseil pouvait donc d'ores et déjà savoir où Blaise se dirigeait.

Blaise se détourna et regarda droit devant lui en cherchant furieusement à trouver une solution. Il voulait protéger Gala, mais il ne voulait pas mener le Conseil directement vers elle. Il ne pouvait pas les laisser le suivre jusqu'au village — ce qui signifiait qu'il devait leur faire croire que ce voyage concernait autre chose.

En ajustant subtilement son plan de vol, Blaise dirigea sa chaise vers un magasin de menuiserie célèbre situé aux abords de Turingrad. Puisque beaucoup de meubles avaient été détruits, un nouveau bureau et quelques autres meubles allaient lui être utiles. Et si Augusta avait parlé au Conseil de son sort de feu, Blaise espérait que le fait qu'il commande des meubles leur semblerait logique.

* * *

En rentrant chez lui après être passé chez le menuisier, Blaise se mit à faire les cent pas en réfléchissant à l'étape suivante. D'un côté, c'était une bonne chose que Gala ne soit pas là : sa maison allait être le premier endroit où le Conseil viendrait la chercher. Malheureusement, le second endroit, ce serait dans les villages de son territoire : exactement là où elle se trouvait à présent.

Il lui vint à l'esprit l'idée folle de se téléporter au village, mais il la rejeta immédiatement. L'écriture d'un sort aussi complexe allait prendre du temps et ce serait extrêmement dangereux. S'il se trompait ne serait-ce qu'un tout petit peu dans ses calculs, il pourrait facilement finir par se matérialiser dans le sol ou à l'intérieur d'un arbre. Gala serait alors seule sans personne pour la protéger.

Non, il devait bien y avoir autre chose à faire.

Pour commencer, décida Blaise, il devait les prévenir du danger potentiel, elle et ses gardiennes. Elles devaient quitter le village et trouver un endroit où le Conseil ne les trouverait pas pendant qu'il réfléchirait à un moyen de les rejoindre.

Il se dirigea vers la pièce des archives et sortit ses cartes pour travailler sur un sort de Contact : cela permettait d'envoyer un message mental à quelqu'un qui se trouvait loin de là. C'était un sort relativement compliqué, qui aurait été pénible à lancer oralement. Maintenant, toutefois, grâce aux sortilèges écrits, cela n'allait lui prendre que quelques minutes pour écrire le message et les coordonnées de la personne qu'il souhaitait contacter.

En s'asseyant à son vieux bureau, il composa un message pour Esther :

'Esther, n'aie pas peur. C'est Blaise et j'utilise le sort de Contact dont je t'ai parlé une fois. Pour prouver mon identité, comme nous en avions convenu, je te mentionne la fois où tu m'as surpris en train d'espionner mon père. Maintenant, écoute-moi attentivement. J'ai des raisons de m'inquiéter pour la sécurité de Gala. Elle est en danger à cause du Conseil et j'ai besoin de votre aide. Guidez-la jusqu'au territoire Kelvin s'il vous plaît. Je connais sa réputation, mais c'est précisément pour cela qu'ils ne penseront jamais qu'elle se trouve à Neumanngrad. S'il vous plaît, utilisez tout l'argent dont vous aurez besoin — je paierai pour tout. Restez à l'auberge au sud-ouest de Neumanngrad quand vous arriverez et essayez de rester aussi discrètes que possible. J'espère pouvoir vous rejoindre bientôt.'

Il composa ensuite un message pour Gala. Il ne savait pas si le sort de Contact fonctionnerait avec elle, mais il avait l'intention d'essayer malgré tout. Le message pour elle fut plus court :

'*Gala, c'est Blaise. Je pense à toi. S'il te plaît écoute Esther quand elle te demandera de quitter la région et essaie de rester discrète.*

Amicalement, Blaise.'

Satisfait de ses deux mots, Blaise inséra les cartes dans la Pierre d'Interprétation. Le fait de combiner des sorts de cette façon lui faisait gagner du temps, puisqu'une partie du code pour les deux messages était le même.

En se levant, il était sur le point de quitter la pièce lorsqu'il sentit quelque chose d'inhabituel — quelque chose qu'il n'avait pas senti depuis des années.

C'était la sensation légèrement invasive d'un autre sorcier qui lui envoyait un sort de Contact.

Surpris, Blaise se détendit malgré tout et laissa le message venir à lui, curieux de voir qui essayait de le contacter.

Il fut étonné de voir qu'il s'agissait de Gala.

'*Blaise, c'est fabuleux d'avoir de tes nouvelles.* Comme pour tous les sorts de Contact, ses mots arrivaient sous la forme d'une voix dans sa tête — une voix qui était en fait sa voix intérieure, mais qui prit un ton différent. *Je n'arrive pas à croire que tu me parles dans ma tête. Tu me manques et j'espère te voir bientôt. J'ai tellement de choses à te raconter.*

Amicalement, Gala.'

Blaise écouta son message avec admiration. Comment avait-elle réussi à faire ça ? Quand il l'avait vue pour la dernière fois, ses capacités pour la magie étaient inexistantes, et à présent elle était capable de faire de la sorcellerie complexe en moins de temps qu'il n'en fallait pour écrire un sort de base. Cela ne pouvait signifier qu'une seule chose : elle avait commencé à faire de la magie directement, comme il l'avait espéré.

Enthousiaste, il s'assit pour composer une réponse pour Gala. Il mit quelques minutes à préparer le sort. Il écrivit :

'Gala, je suis si enthousiaste à l'idée que tu as réussi à maîtriser cette forme de communication. Tu me manques. Comment se passe ton séjour au village jusqu'ici ? Est-ce qu'Esther t'a expliqué votre voyage jusqu'à Neumanngrad ? '

Il n'y eut pas de réponse en retour. Déçu, Blaise attendit quelques minutes avant d'accepter qu'il n'y en aurait pas.

Il se leva et décida de s'occuper en rangeant sa maison pendant qu'il réfléchissait à ce qu'il devait faire ensuite.

Il n'allait pas laisser Augusta et le Conseil ruiner sa vie à nouveau, s'il pouvait y faire quelque chose.

CHAPITRE VINGT-HUIT

✳ GALA ✳

Gala était presque de retour chez Esther et Maya quand elle entendit une voix étrange dans sa tête. C'était comme si elle se parlait à elle-même d'une façon étrange. En écoutant, elle se rendit compte que c'était un message de Blaise.

Après avoir tout entendu, elle eut un grand sourire d'enthousiasme. Blaise voulait qu'elle voyage et qu'elle découvre le monde. Et le mieux, c'était qu'il pensait à elle ! Ravie, Gala sentit un besoin irrésistible de lui parler, de le contacter comme il venait de le faire. Et soudain, elle se sentit lui répondre, même si elle ne savait pas comment elle le faisait.

— *Blaise, c'est fabuleux d'avoir de tes nouvelles,* commença-t-elle, son enthousiasme dictant son message mental.

Elle fut déçue qu'il ne réponde pas immédiatement. Mais elle remarqua qu'Esther l'observait attentivement.

— Il t'a contactée, toi aussi ? demanda la vieille femme.

— Si tu parles de Blaise, alors oui, dit Gala en souriant.

— Bien, dit Esther. Alors j'espère que je n'aurai pas besoin de te convaincre que nous devons partir.

— Oh, tu n'as pas besoin de me convaincre, lui dit Gala avec sincérité. J'adorerais découvrir le monde un peu plus.

Et quand Esther eut fini d'expliquer où elles allaient, la réponse de Blaise parvint à Gala.

En souriant, elle se mit à penser aux réponses à ses questions, mais ce qui l'avait aidé à le faire auparavant n'était plus là. Elle n'arrivait pas à exploiter la partie de son esprit qui avait rendu la communication mentale aussi facile auparavant. Au bout de quelques essais inutiles, Gala abandonna, frustrée.

— Viens nous aider à préparer nos bagages, mon enfant, dit Esther en faisant rentrer Gala. Nous devons partir sur-le-champ.

* * *

Le voyage jusqu'au territoire Kelvin prit quelques jours et Gala apprécia chaque moment — contrairement à Esther et Maya, qui grommelaient que c'était inconfortable de rester coincé aussi longtemps dans le boghei. Les deux femmes se plaignirent de la nourriture achetée en route — Gala l'adora — des paysages — Gala les trouva fascinants — des nuits froides — Gala les trouva rafraîchissantes — et de la chaleur pendant la journée — Gala la trouva agréable sur sa peau. Cependant, elles se plaignirent par-dessus tout de l'énergie sans limites de Gala et de son enthousiasme pour les choses les plus simples : c'était quelque chose qu'elles ne pouvaient absolument pas comprendre.

À la différence de son premier jour mouvementé au village, le voyage se déroula sans incident. Maya et Esther firent de leur mieux pour tenir Gala hors de la vue des passants et Gala faisait de son mieux pour s'occuper en observant le monde autour d'elle — et en essayant subrepticement de faire de la magie.

Elle fut très déçue de ne pas parvenir à refaire quoi que ce soit de ce qu'elle avait déjà fait. Elle ne pouvait même plus communiquer avec Blaise. Il l'avait contactée quelques fois en disant à quel point elle lui manquait, mais elle n'avait pas pu lui répondre : c'était une forme de mutisme qu'elle trouvait très désagréable. Son manque de contrôle sur ses capacités magiques la rendait folle, mais il n'y avait rien qu'elle puisse faire maintenant. Elle espérait toutefois que son créateur finirait par pouvoir lui apprendre à exploiter cette partie cachée d'elle-même. Lorsqu'elle reverrait Blaise, elle ne le lâcherait pas avant qu'il lui ait appris à lancer des sorts à volonté.

En quittant le territoire de Blaise et en entrant dans celui de Kelvin, Gala commença à remarquer un certain nombre de différences entre les villages et les villes appartenant aux deux sorciers. Les maisons devant lesquelles elles passaient étaient plus petites et plus vétustes. Il y avait des signes de négligence partout et les habitants étaient plus maigres et moins aimables. Même les plantes et les animaux semblaient plus faibles et abimés.

En longeant un grand champ dans lequel il restait quelques tiges de blé pitoyables, Gala questionna Esther au sujet des différences entre les territoires.

— Maître Blaise a amélioré nos semences, expliqua Esther, afin que nous n'ayons pas à souffrir autant de cette sécheresse. C'est un grand sorcier et il se préoccupe du sort de son peuple — contrairement à Kelvin, qui n'en a rien à faire. Elle ajouta ce détail avec un mépris évident.

Gala fronça les sourcils d'incompréhension.

— Pourquoi tous les sorciers ne font-ils pas ça pour leur peuple ? Améliorer les semences, je veux dire ?

Esther ricana.

— Pourquoi pas, en effet.

— Ils ne s'en préoccupent pas, c'est tout, dit Maya avec amertume. Ils sont tellement en décalage avec leur peuple qu'ils ne comprennent même pas le concept de la faim. Ils pensent probablement qu'on peut subsister avec des sorts et de l'air, comme eux.

— En plus, ajouta Esther, je ne sais pas grand-chose de la sorcellerie, mais je crois que Maître Blaise a imaginé des sorts très compliqués pour nous. Je ne sais pas si tous les sorciers pourraient les imiter, même s'ils avaient envie d'essayer.

— Blaise ne pourrait-il pas leur enseigner ? demanda Gala.

— Il le pourrait sans doute, si ces idiots voulaient bien l'écouter. Les narines d'Esther frémirent de colère. Mais ils l'ont mis dans le même panier que son frère, et il marche déjà sur des œufs à la Tour. Améliorer les semences serait probablement perçu de la même façon que donner de la magie au peuple et c'est bien la dernière chose que veut le Conseil.

— Mais c'est tellement injuste. Gala regarda Esther et Maya d'un air consterné. Les gens ont faim. Ils peuvent en mourir, non ?

Maya la regarda bizarrement.

— Oui, les gens peuvent effectivement mourir de faim : c'est quelque chose que tous les sorciers devraient savoir.

Gala cligna des yeux, perplexe. Est-ce que Maya était en train de la confondre avec les autres sorciers ? Elle n'avait pas l'air de le dire comme un compliment, d'ailleurs.

Esther lança un regard noir à Maya.

— Arrête. Tu sais qu'elle se fait du souci. Elle a juste été trop protégée, c'est tout.

— Née de la dernière pluie, oui, marmonna Maya. Esther lui écrasa le pied et l'autre femme poussa un grognement d'irritation.

— Dans tous les cas, mon enfant, dit Esther en s'adressant à Gala cette fois, Blaise a un plan pour faire passer ses semences dans les autres territoires. Il nous laisse les échanger contre d'autres produits nécessaires. Il sait que ces graines prendront et qu'elles fourniront de bonnes cultures aux autres, puisque les améliorations qu'il a faites sont héréditaires.

Laissant le champ de blé mourant derrière elles, elles finirent par atteindre l'auberge où Blaise leur avait dit de rester. Avant d'entrer, Maya obligea Gala à se couvrir la tête d'un châle en laine épaisse.

— C'est pour qu'on ne se fasse pas attaquer par des voyous amoureux pendant la nuit, expliqua-t-elle. Moins il y a de gens qui savent qu'une jolie fille dort ici, plus nous serons en sécurité.

Le bâtiment marron de l'auberge était délabré, tout comme les maisons qu'elles avaient vues en chemin. C'était difficile de croire qu'elle pouvait abriter plus d'une douzaine de voyageurs. Leur chambre à l'étage était sale, exiguë, chaude et dégoûtante. C'était en tout cas l'avis de Maya. D'après Esther, elles se faisaient aussi arnaquer.

Gala s'en moquait : elle était très enthousiaste de se trouver dans un nouvel endroit. Lorsqu'elles descendirent pour le repas du soir, elle demanda à l'aubergiste s'il y avait des attractions locales intéressantes. Elle prit bien soin de garder son visage couvert par le châle.

— Oh, vous avez de la chance, lui dit l'homme costaud. Plus tard dans la semaine il y aura les Jeux au Colisée. Vous avez entendu parler de notre Colisée, non ?

Gala hocha la tête en ne voulant pas avoir l'air ignorante. Elle avait appris au cours des derniers jours qu'il valait mieux ne pas poser des questions à des étrangers si elle pouvait les poser à Esther et Maya à la place.

Il poussa un grognement satisfait.

— C'est ce que je pensais. Si vous voulez faire quelque chose aujourd'hui, le marché doit encore être ouvert. Ses yeux se posèrent sur la grande poitrine de Maya et il ajouta : faites attention à bien garder vos sous dans des endroits difficiles à atteindre. Il y a beaucoup de voleurs ces jours-ci.

— Merci, dit Maya de façon caustique en se détournant du regard libidineux de l'aubergiste. Esther soupira avec dédain en lui décochant un regard mortel avant de prendre Gala par le bras et de la traîner plus loin.

Dès qu'elles furent hors de portée de voix de l'aubergiste, Esther se tourna vers elle et lui dit fermement :

— Non.

— Hors de question, ajouta Maya en croisant les bras sur sa poitrine.

Gala les regarda, perplexe.

— Mais je n'ai pas encore posé la question.

— Peut-on aller au Colisée ? dit Esther d'une voix aiguë en imitant le ton enthousiaste typique de Gala.

— Oui, on peut, s'il vous plaît ? se moqua Maya en imitant Gala encore mieux qu'Esther.

Gala éclata de rire. Elle savait qu'elle aurait probablement dû se sentir vexée, mais elle trouvait en fait que c'était trop drôle. Les deux femmes plus âgées l'observèrent avec des visages stoïques, et elle finit par s'arrêter de rire assez longtemps pour dire :

— Pourquoi n'en parlerait-on pas demain ?

— La réponse sera la même demain, dit Esther d'un air méfiant.

Gala lui fit un grand sourire, parvenant tout juste à contenir son excitation à l'idée de l'événement à venir.

— Ne t'inquiète pas Esther, on verra bien. Pour l'instant, allons au marché.

Et sans attendre leur réponse, elle sortit de l'auberge pour remonter le long de la route où elle voyait un ensemble de bâtiments qui indiquait le centre de la ville.

CHAPITRE VINGT-NEUF

❋ BLAISE ❋

Une fois que sa maison fut restaurée, Blaise ne sut plus quoi faire, alternant entre sa colère contre Augusta et son inquiétude pour Gala. Le Conseil devait probablement être au courant à présent et ils prenaient sans doute des mesures pour la trouver. Avec un peu de chance, le territoire de Kelvin serait le dernier endroit où ils penseraient à la chercher. En supposant que Gala fasse ce qu'il avait demandé et qu'elle reste discrète.

Malgré tout, la situation n'était pas tenable. Blaise devait faire quelque chose pour la protéger de façon plus permanente, et il devait le faire très vite, avant que ces couards idiots ne se mobilisent pour de bon. Le fait que Gala ne réponde pas à ses messages de Contact l'inquiétait un peu, même s'il devinait qu'elle ne devait pas encore complètement maîtriser ses capacités magiques. Il trouvait cela légèrement rassurant, car cela réduisait ses chances de se révéler au monde. Néanmoins, il était déstabilisé par l'intensité avec laquelle elle lui manquait. C'était comme si une lumière vive avait quitté sa vie lorsqu'il l'avait déposée au village.

Une idée persistante le rongeait : la maîtrise du chemin vers le Domaine des Sorts. Il était peut-être obsédé par cette idée pour s'occuper l'esprit, admit-il. D'une certaine manière, c'est ce qu'il avait fait après la mort de Louie : il s'était focalisé sur son travail, sur la création d'un objet magique qui avait fini par devenir Gala, pour s'occuper. En même temps, il pensait qu'une meilleure compréhension du Domaine des Sorts pouvait mener à des progrès inimaginables dans le domaine de la sorcellerie, lui permettant potentiellement de devenir assez puissant pour protéger Gala contre l'ensemble du Conseil.

Fatigué de penser à ça, il se mit à planifier des choses. Même si Augusta avait brûlé beaucoup de ses notes, Blaise ne se sentait pas particulièrement découragé. Au cours de l'année précédente, il avait fréquemment utilisé des Captures Vitales pour enregistrer la plupart de ses expériences utiles et il lui restait encore beaucoup de ces gouttelettes. Ce qui était plus important, c'est que son esprit avait continué à travailler sur le problème du passage dans le Domaine des Sorts depuis que Gala le lui avait décrit pour la première fois. Il avait quelques idées qu'il voulait tester.

Il était temps d'agir.

Il décida de commencer par un petit objet inanimé. Parvenir à l'envoyer dans le Domaine des Sorts et à le faire revenir serait une étape importante à franchir avant d'y envoyer une personne.

Ainsi motivé, Blaise partit dans son bureau, enthousiaste à l'idée de relever un nouveau défi.

* * *

Les sorts furent enfin prêts.

Blaise avait choisi d'envoyer une aiguille dans le Domaine des Sorts. Le sort allait examiner l'aiguille au plus profond niveau de son existence et il allait la décomposer en ses parties les plus élémentaires. Cela détruirait l'aiguille matérielle, la faisant disparaître, mais ces parties deviendraient de l'information, un message qui irait jusqu'au Domaine des Sorts et qui reviendrait pour changer quelque chose dans le Domaine Physique, comme le faisaient tous les sorts. Dans ce cas particulier, cependant, si Blaise réussissait, la manifestation dans le Domaine Physique devrait être identique à l'objet d'origine.

Conscient du danger que représentaient les sorts nouveaux pas encore testés et parce qu'il ne souhaitait pas subir le même sort que sa mère, Blaise prit des précautions. Il utilisa le même sort qui l'avait protégé pendant l'attaque d'Augusta : le sort qui l'avait enveloppé d'une bulle brillante. Sa protection ne durerait pas longtemps, mais cela devrait suffire à le protéger contre les dégâts éventuels que son expérience pourrait causer.

Il inspira profondément pour se calmer et chargea les cartes dans sa Pierre d'Interprétation puis il regarda l'aiguille disparaître, comme elle était censée le faire.

Puis il attendit.

Au début, rien ne se produisit. Il pouvait voir le scintillement familier du sort de protection, mais aucun signe du retour de l'aiguille. Frustré, Blaise essaya de voir s'il avait fait une erreur. La partie du sort qui concernait le retour était la plus difficile. Il supposait que l'aiguille reviendrait à son lieu d'origine, mais l'endroit restait vide.

Tout à coup, il entendit un grand bruit au rez-de-chaussée. Cela semblait venir du cellier.

Blaise s'y précipita, trébuchant presque d'impatience dans les escaliers.

Et lorsqu'il entra dans la pièce, il se figea, observant la pièce d'un air incrédule.

L'aiguille était revenue... en quelque sorte. Elle était retournée non pas dans le laboratoire, mais dans la boîte où il la conservait d'habitude. L'endroit de son retour semblait logique, contrairement à l'objet qu'il fixait du regard.

Parmi les morceaux brisés de la boîte et les aiguilles éparpillées sur le sol, il vit ce qu'il supposait être l'aiguille — sauf qu'elle ressemblait davantage à une épée. Une étrange épée épaisse faite d'une sorte de matière cristalline qui brillait d'une lumière légèrement verte. Au lieu d'avoir une garde, cette épée possédait un trou.

Blaise ramassa avec précaution l'objet qui avait été une aiguille et passa sa main dans le trou. Elle était confortable à tenir de cette façon. Malgré sa taille, l'objet qui ressemblait à une épée était vraiment léger, pas plus lourd que l'aiguille d'origine. En la soulevant, Blaise essaya de faire tourner l'épée dans la pièce et il découvrit qu'elle était à la fois acérée et solide. Il parvint à trancher son vieux canapé avec une facilité surprenante et l'épée-aiguille ne se brisa pas lorsqu'il la cogna contre le sol en pierre.

Amusé et découragé, Blaise décida d'installer l'aiguille dans son hall d'entrée pour servir de décoration. Elle s'accorderait bien avec les nouveaux meubles qu'il avait récupérés après le feu et avec les autres babioles qui y étaient exposées.

Blaise retourna à son bureau en se demandant ce qu'il avait appris de cette expérience. D'un côté, il était parvenu à faire quelque chose avec l'aiguille, quelque chose qui avait manifestement impliqué le Domaine des Sorts. Cependant, l'aiguille n'était pas revenue sous la même forme. Elle s'était transformée de façon plutôt radicale. Est-ce que la même chose se produirait si une personne se rendait là-bas ? Cette personne reviendrait-elle comme une sorte de monstre, en supposant qu'elle survive au sort ?

Il lui sembla évident qu'il avait fait une erreur en composant le sort. Il lui restait encore du travail à faire.

CHAPITRE TRENTE

✳ AUGUSTA ✳

— Augusta, voici Colin. Il est apprenti forgeron dans le territoire de Blaise, dit Ganir en agitant la main vers le jeune homme qui se tenait au centre de la pièce. Cet homme était un paysan, c'était évident d'après son apparence et ses manières modestes.

Augusta leva les sourcils de surprise. Que faisait ce paysan dans les quartiers de Ganir ? Lorsque le Chef du Conseil l'avait convoquée ce matin elle était venue avec impatience, sachant qu'il aurait probablement des nouvelles au sujet de la création de Blaise.

— Dis-lui ce que tu m'as raconté, dit Ganir au jeune homme. Comme d'habitude, le Chef du Conseil était assis derrière son bureau, observant tout de son regard perçant.

— Je dansais avec elle, comme je l'ai dit à Votre Seigneurie, dit l'homme avec obéissance en regardant Augusta avec admiration. Et elle a disparu d'un seul coup.

— Ce 'elle' semble désigner ce que l'on cherche, dit Ganir à Augusta. Physiquement, elle est exactement comme tu l'avais décrite : blonde, les yeux bleus et plutôt belle. C'est bien ça, Colin ?

Le paysan hocha la tête.

— Oh oui, plutôt belle. Il y avait quelque chose dans la façon dont il prononça ce dernier mot qui irrita Augusta — outre le fait qu'il désirait manifestement cette créature.

Augusta fronça les sourcils. Comme elle l'avait soupçonné, Blaise avait menti en lui disant que la créature était instable dans le Domaine Physique.

— Explique ce que tu veux dire par 'disparu', ordonna-t-elle en regardant l'homme ordinaire.

— Elle reculait, dit l'homme en hésitant, comme s'il était gêné par quelque chose, puis elle m'a fait me sentir mal, puis elle n'était plus là. Il rougit de façon honteuse.

— Raconte exactement ce qu'il s'est passé à Augusta, ordonna Ganir avec un sourire légèrement cruel.

— Elle ne voulait pas danser avec moi et j'essayais de m'approcher d'elle, admit Colin en rougissant davantage.

— Que s'est-il passé ensuite ? l'incita Ganir. Si je dois répéter cette question encore une fois, tu pourrais aller visiter le donjon de cette Tour.

Le paysan pâlit sous la menace.

— Je me suis souillé, ma dame, avoua-t-il en ayant l'air de vouloir disparaître dans un trou. Elle m'a fait me sentir effrayé et confus à la fois, et tous mes muscles se sont relâchés involontairement. Et elle a disparu, comme si elle n'avait jamais été là.

Augusta fronça le nez de dégoût. *Les paysans.*

— Tu es libre de partir, Colin, dit Ganir en ayant pitié de lui. En sortant, fais entrer le clown.

Visiblement toujours honteux, le paysan se pressa de sortir.

— Alors c'est vraiment une *fille*, dit Ganir d'un air pensif quand ils furent à nouveau seuls.

— C'est une *chose*. Augusta n'aimait pas le ton de Ganir. Nous savions déjà que ça avait pris une forme féminine.

— Avoir une forme féminine est une chose, dit le sorcier avec une expression curieuse, mais c'en est une autre d'avoir une forme féminine avec laquelle les jeunes hommes ont envie de danser. Et c'est encore différent quand cette forme se met à agir comme une jeune fille en refusant les attentions d'un quelconque idiot.

Augusta le regarda attentivement. Il parlait précisément de ce qui mettait Augusta tellement mal à l'aise. L'horrible création de Blaise agissait comme un humain, comme si elle était leur égale.

— C'est en partie ce qui rend cette chose si dangereuse, dit-elle à Ganir. Elle manipule les gens par son apparence et ils ne voient pas ce qu'est réellement cette horreur. La situation entière donnait la nausée à Augusta.

Le Chef du Conseil haussa les épaules.

— Peut-être. Le fait qu'elle soit si belle la rend plus visible et donc plus facile à trouver. Tout ce que mes hommes ont eu à faire, c'était de demander si quelqu'un avait vu une jolie blonde qui avait peut-être agi de façon étrange.

— C'est un plus, admit Augusta, même si son estomac se noua de dégoût et de quelque chose qui ressemblait à de la jalousie. Elle détestait l'idée que cette créature soit là dehors quelque part, séduisant d'autres hommes comme elle avait déjà séduit Blaise.

— En effet, sourit Ganir en ayant l'air inexplicablement amusé.

Augusta repensa à ce que le jeune homme venait de leur dire et elle fronça légèrement les sourcils.

— On dirait que cette chose s'est spontanément téléportée après avoir rendu malade le paysan, dit-elle, perplexe. Il n'a rien dit au sujet d'une Pierre d'Interprétation ou de sorts verbaux.

— Oui. Ganir eut l'air impressionné. On dirait qu'elle n'a pas besoin de nos outils pour se connecter au Domaine des Sorts. Cela paraît logique, étant donné son origine.

À ce moment-là, quelqu'un frappa à la porte et un autre homme entra. Celui-ci était un peu plus vieux, ses traits étaient tirés et ses cheveux fins grisonnaient.

— Mon seigneur, vous m'avez convoqué ? Sa voix tremblait légèrement. Il était clair que cet homme était terrifié d'être dans la Tour.

— Dis-lui ce qu'il s'est passé, clown, dit Ganir en montrant Augusta.

Augusta fit un petit sourire encourageant au visiteur. Il avait l'air beaucoup trop effrayé : la dernière chose qu'il leur fallait, c'était un autre paysan qui se souille.

Son stratagème fonctionna : l'homme se détendit visiblement.

— J'étais à la foire où je divertissais des enfants en faisant des tours, commença-t-il et Augusta comprit alors que c'était littéralement un clown. Une petite fille a été poussée dans un tas de tonneaux au stand du marchand de bière à côté du mien. Un tonneau a commencé à tomber sur elle et une magnifique sorcière a sauvé la fillette en arrêtant le tonneau. Elle l'a fait flotter dans les airs, ma dame... Son ton était presque révérencieux.

Augusta eut des frissons dans le dos. Cette chose pouvait faire léviter des objets en plus de se téléporter quand elle voulait. La plupart des sorciers savaient composer un sort verbal relativement simple pour faire flotter un tonneau, mais personne n'aurait pu le faire assez vite pour sauver la fillette de l'objet qui tombait.

— A-t-elle prononcé des mots ? demanda-t-elle en regardant le clown. Y avait-il quelque chose dans sa main ?

— Non. L'homme secoua la tête. Je ne crois pas qu'elle ait prononcé un seul mot et elle ne tenait rien non plus. Tout est allé tellement vite.

— Était-elle seule ? demanda Augusta.

— Il y avait deux femmes plus âgées avec elle.

— Décris-les-moi, s'il te plaît, exigea Augusta, même si elle commençait à deviner de qui il s'agissait.

— Ce sont Maya et Esther, comme tu peux t'en douter, l'interrompit Ganir. En regardant l'autre homme, Ganir fît un geste vers la porte. Tu peux partir, maintenant, clown.

— Tu es sûr qu'il s'agit de ces deux vieilles biques ? demanda Augusta quand il eut quitté la pièce. Elle se souvenait bien d'elles. Ces deux vieilles femmes se mêlaient sans arrêt de la vie de son ex-fiancé, arrivant tout le temps chez lui sans prévenir pour le dorloter. Blaise tolérait leurs attentions, mais Augusta les avait trouvées pénibles.

— Plutôt certain, confirma Ganir. Les deux témoins ont utilisé une Capture Vitale en se souvenant de l'événement.

— Alors qu'est-ce qu'on fait maintenant ? demanda Augusta en faisant quelques pas vers le bureau. Nous savons où se trouve la créature, non ?

— Non, en fait on ne le sait pas. Ganir se pencha en avant en l'observant attentivement. Apparemment, la maison d'Esther et Maya est abandonnée. Aucun de leurs proches n'a pu dire où elles sont allées. On dirait qu'on va devoir attendre plus longtemps avant de localiser la créature — ou bien nous pourrions essayer de raisonner Blaise à nouveau.

Augusta fronça les sourcils. Reparler à Blaise lui semblait une très mauvaise idée. Elle n'allait certainement pas le confronter seule. Penses-tu qu'il te parlerait, à *toi* ? demanda-t-elle sceptiquement.

Ganir y pensa un instant.

— Je ne sais pas, avoua-t-il. Si je pensais qu'il me parlerait, je ne t'aurais pas impliquée dans tout ça. Mais ça pourrait valoir le coup d'essayer à présent.

— N'a-t-il pas promis de te tuer sur-le-champ ? demanda Augusta en se souvenant de la fureur de Blaise contre l'homme qu'il avait autrefois considéré comme un second père.

— Effectivement. Le visage de Ganir s'assombrit. Mais d'une manière ou d'une autre, nous allons devoir le contacter pour contenir la situation avant que le reste du Conseil l'apprenne.

— Oui. Augusta comprenait le point de vue de Ganir. Quelque chose doit être fait rapidement, avant que cette créature ait le temps de causer d'autres dégâts.

Le Chef du Conseil hocha la tête, mais il avait l'air pensif.

— As-tu remarqué qu'elle avait sauvé l'enfant ? dit-il lentement en penchant la tête sur le côté. Cette création de Blaise n'est peut-être pas aussi monstrueuse que tu le penses.

— Quoi ? Augusta le fixa d'un regard incrédule. Non. Ça ne veut rien dire. Un acte de compassion — si c'est ce que c'était — ne diminue pas la menace que cette chose représente. Tu le sais aussi bien que moi.

— À vrai dire, je ne suis pas sûr d'être d'accord, dit doucement Ganir. Je crois que nous devons l'étudier avant de prendre des décisions inconsidérées.

— Es-tu en train de dire que tu ne veux plus la détruire ?

— Je n'ai jamais dit que nous allions la détruire. Je dois en savoir plus à son sujet avant de faire quelque chose d'aussi irréversible.

— Tu veux l'utiliser, dit Augusta, incrédule, en commençant tout juste à comprendre. C'est de ça qu'il s'agit, n'est-ce pas ? Tu veux juste utiliser cette créature pour obtenir plus de pouvoir.

Le visage de Ganir se durcit et ses yeux brillèrent de colère.

— M'accuses-tu de manigancer pour prendre le pouvoir ? Je suis déjà à la tête du Conseil. Tu devrais plutôt mettre de l'ordre dans tes propres affaires.

Étonnée, Augusta fit un pas en arrière. Elle ne savait absolument pas de quoi parlait le vieil homme.

— Laisse-moi, maintenant, dit-il en faisant signe vers la porte. Je te préviendrai quand j'en saurai plus.

CHAPITRE TRENTE ET UN

✳ GALA ✳

Le marché fut décevant. Gala s'était attendue à quelque chose comme la foire qu'elle avait vue l'autre fois, mais ça n'avait rien à voir. Il y avait moins de produits exposés et même les bibelots et les bijoux semblaient ternes et de moins bonne qualité que ce qu'elle avait vu dans le village de Blaise. Il y avait aussi moins de gens qui achetaient les produits : la plupart semblaient seulement regarder, observant les produits avec des expressions désespérées sur leurs visages émaciés. Malgré tout, Gala était ravie de sortir de l'auberge. Elle enleva le châle et le noua autour de sa taille, appréciant la sensation de la brise rafraîchissante dans ses cheveux.

En s'avançant plus loin dans le marché, Gala vit un certain nombre d'étalages avec de la nourriture, dont une variété de pains, de fromages et de fruits secs. C'était une partie plus populaire du marché : la plupart des villageois semblaient rassemblés dans cette section. Esther leur acheta à toutes les deux une pâtisserie remplie de quelque chose de riche et sucré, et Gala était en train d'avaler goulûment ce petit plaisir délicieux quand elle entendit crier derrière elle.

Le bruit venait d'un des stands de vente de pain. Curieuse, Gala se retourna pour voir ce qu'il se passait et elle vit une silhouette courir parmi les étals. Il y eut des cris de la part du marchand et un grand homme vêtu de noir se mit à poursuivre la personne qui courait.

Gala se souvint du procès qu'elle avait vu au village de Blaise et elle se demanda si la personne qui s'enfuyait était un voleur. Elle entendit crier le marchand qui disait avoir été volé et elle fit quelques pas dans la direction où la silhouette avait disparu. Les autres visiteurs du marché semblèrent avoir eu la même idée et Gala se retrouva vite emportée par la foule, avec tout le monde qui poussait et tirait pour atteindre le spectacle qui semblait se dérouler plus loin. En jetant un coup d'œil derrière elle, Gala vit qu'Esther et Maya se précipitaient en suivant la foule, l'air très inquiet.

Gala voulait absolument savoir ce qu'il se passait et elle se concentra sur son ouïe. Elle put soudain filtrer tous les bruits extérieurs. Elle entendit une personne courir au loin, ainsi que les pas lourds qui la poursuivaient.

— Non ! S'il vous plaît, laissez-moi partir ! Le cri aigu était sans aucun doute féminin et Gala se rendit compte que la personne qui courait était une jeune femme — une jeune femme qui venait tout juste de se faire prendre, si elle se fiait à ses suppliques hystériques.

Pendant que la foule la portait vers l'avant, Gala entendit une dure voix masculine parler de justice et elle parvint à se dégager, courant à présent vers le milieu du marché d'où lui parvenaient les cris.

Des spectateurs s'étaient déjà massés là, entourant une petite silhouette recroquevillée à terre. L'homme en noir se tenait au-dessus d'elle en tenant fermement son bras. Gala regarda autour d'elle et elle vit la peur et la pitié sur de nombreux visages, ainsi que l'anticipation jubilatoire de quelques autres. Elle ne savait pas ce qui était sur le point de se produire, mais une sorte d'intuition lui nouait l'estomac. Elle souhaita que Maya et Esther soient là pour pouvoir leur poser des questions, mais elles étaient maintenant loin derrière elles.

En observant la jeune fille, elle remarqua qu'elle était très mince, beaucoup plus mince que Gala elle-même, et que ses vêtements étaient en lambeaux. Ses longs cheveux bruns étaient emmêlés et son visage blême était l'expression même de la terreur.

Un autre homme, vêtu d'habits plus coûteux et plus élaborés, se fraya un chemin parmi la foule et rejoignit la jeune femme et l'auteur de son arrestation. Il portait une épée dans un fourreau en cuir sur sa hanche gauche et il affichait un sourire cruel.

— C'est un honneur pour toi, voleuse, dit-il en s'adressant à la jeune femme effrayée. Je m'appelle Davish et je supervise ces terres.

La voleuse se recroquevilla davantage et l'expression sur son visage se transforma en véritable désespoir. C'était comme si elle avait abandonné tout espoir, pensa Gala, fascinée par la scène qui se déroulait devant elle.

— Tu es accusée de vol, continua le superviseur. Connais-tu la punition pour vol ?

La jeune femme hocha la tête et les larmes coulèrent sur son visage.

— Seigneur, je vous en prie, épargnez-moi... J'ai pris une miche de pain pour nourrir les deux enfants qui me restent. Mon plus jeune est déjà mort de faim. S'il vous plaît, Seigneur, ne faites pas ça.

Le superviseur eut l'air amusé.

— Tu as de la chance, dit-il. En l'honneur des futurs jeux du Colisée, je suis de bonne humeur et enclin à la clémence.

Gala expira, reprenant une respiration qu'elle avait bloquée sans s'en rendre compte. Elle était heureuse que la jeune femme soit épargnée. Avaient-ils sérieusement envisagé de la tuer pour avoir volé une miche de pain ? Elle ne l'avait fait que pour sauver la vie de ses enfants et cela semblait terriblement cruel de la punir pour cela.

La voleuse sanglota de soulagement.

— Je vous en serai éternellement redevable, mon seigneur.

— Garde, amenez-la jusqu'au billot, ordonna le superviseur à l'homme vêtu de noir. En regardant la foule, il annonça :

— Parce que je suis clément, sa vie sera épargnée. Pour la punir, elle perdra simplement la main droite, afin de se rappeler qu'elle ne doit plus jamais voler.

Et le garde agit avant que Gala ait le temps d'intégrer les mots. Il traîna par un bras jusqu'à une dalle au centre de la place la jeune femme qui hurlait et qui essayait de se dégager. Ignorant sa lutte, il appuya son avant-bras sur la pierre, l'obligeant à lâcher la petite miche de pain qu'elle tenait serrée dans son poing. La preuve de son crime tomba au sol et roula dans la poussière.

Gala se précipita instinctivement en avant, essayant de traverser la foule, mais les gens autour d'elle, étaient si serrés qu'elle put à peine bouger. Gala sentit monter son angoisse. Elle ferma les yeux et essaya de se souvenir comment elle avait fait pour se téléporter la fois précédente. Rien ne lui vint à l'esprit, elle ne put tout simplement pas le faire.

Elle ouvrit les yeux et regarda avec horreur et impuissance la scène se dérouler sous ses yeux.

La femme hurlait, sa voix était enrouée de terreur et Gala vit Davish sortir l'épée de son fourreau et s'approcher de la jeune femme.

Non, pensa Gala avec désespoir, *ce n'est pas possible*.

Elle commença à se frayer un passage dans la foule en une dernière tentative héroïque, donnant des coups de coude et des coups de pied pour avancer. Elle devait atteindre cette jeune fille avant qu'il ne soit trop tard. Plus loin, Davish leva l'épée au ciel.

Gala redoubla d'efforts, ne craignant pas de se blesser.

L'épée retomba avec une force terrible et le cri d'agonie de la voleuse brisa le silence. Du sang rouge vif gicla partout, couvrant la plateforme en pierre et tachant les vêtements luxueux du superviseur. Le garde relâcha le bras de la jeune femme et recula d'un pas.

Sidérée, Gala vit la main coupée tomber à terre à côté du pain — et elle sentit à nouveau quelque chose se briser en elle.

— Non ! Toute l'indignation de Gala se déversa dans ce cri perçant. Tout autour d'elle, la foule eut l'air de trébucher et de nombreux spectateurs s'agenouillèrent en se tenant la tête. Gala fut soudain libre de se déplacer et elle courut vers la dalle ensanglantée où la jeune femme recroquevillée pleurait et gémissait.

C'était comme s'il y avait du sang partout : l'air était chargé de son odeur métallique. *Comment pouvait-il y avoir autant de sang ?* Gala vit alors que la jeune femme n'était pas la seule à saigner. Tout le monde autour d'elle se tenait les oreilles en essayant de contenir le liquide rouge qui s'en échappait.

Gala comprit alors avec horreur que c'était de sa faute — son cri avait causé cela d'une manière ou d'une autre.

Étourdie, elle s'approcha de la voleuse qui baignait presque dans son sang et qui agrippait désespérément le moignon de son poignet. Poussée par un instinct inconnu, Gala mis ses bras autour de la jeune femme et la serra doucement. À ce moment-là, leurs corps semblèrent ne devenir qu'un.

Avec chaque fibre de son être, Gala donna de l'amour et de la gentillesse à la victime de cette injustice innommable. Elle sentit une énergie chaude couler lentement de son corps jusqu'à celui de la jeune fille. Tout à l'intérieur de Gala était focalisé sur un objectif, un seul : défaire les dégâts causés par le bourreau. Elle sentit la douleur de la jeune femme et elle la prit en elle, délivrant la femme de ce fardeau. La sensation était douloureuse et lumineuse à la fois. Jusque là, Gala n'avait eu qu'une compréhension rudimentaire et théorique de la douleur et de la souffrance. À présent, elles étaient réelles pour elle et elle promit silencieusement de faire en sorte qu'il y en ait moins dans le monde.

Ce qui se passait maintenant était produit par la partie de l'esprit de Gala sur laquelle elle n'avait aucun contrôle : elle en avait vaguement conscience. Mais cela n'avait pas d'importance, car Gala sentait que cela fonctionnait et que la douleur de la jeune fille se dissolvait et disparaissait peu à peu. Quand il ne resta plus de douleur, Gala lâcha la jeune femme et fit un pas en arrière.

La jeune femme se tenait debout, son visage sale était serein et joyeux et il ne présentait plus aucune trace de douleur ni de peur. Le moignon sanglant de son bras ne coulait plus : Gala vit la main repousser lentement, chaque os, chaque muscle, chaque tendon s'allongeant et s'épaississant. Bientôt, des doigts apparurent et la main redevint mince et féminine comme avant — et très vivante.

Lorsque Gala se retourna vers la foule, elle vit que tout le monde était agenouillé avec une étrange expression béate sur le visage. Il y avait du sang sur leurs vêtements, mais plus personne ne semblait saigner ou souffrir. Elle avait fait ça aussi, comprit Gala avec soulagement. Elle n'avait pas seulement enlevé la douleur de la jeune fille, mais également celle des personnes alentour, réparant le mal qu'elle avait involontairement causé.

Elle vit Maya et Esther s'approcher du bord de la foule au loin, mais Gala savait qu'elle n'en avait pas encore terminé. Le garde et le superviseur se trouvaient à côté de la jeune femme, agenouillés dans la même position que le reste de la foule et regardant Gala avec euphorie. Elle s'approcha d'eux, sachant ce qu'elle devait faire.

Elle commença par le superviseur et posa ses mains sur ses tempes. Il fallait qu'elle comprenne pourquoi il avait fait quelque chose d'aussi cruel. *Comment as-tu pu ?* pensa-t-elle en laissant la question résonner dans sa tête, encore et encore, pendant qu'elle se perdait dans ce qui ressemblait à une série de Captures Vitales.

C'était le petit garçon d'une famille riche — un enfant qui ne ressemblait pas à son père, un enfant qui souhaitait tous les jours être né dans une famille différente. L'enfant se souvint de tous les actes cruels qu'il avait subis, des raclées et des mots dégradants. Le temps passa et l'enfant était un jeune homme qui agissait davantage comme son père à chaque jour qui passait — un jeune homme qui devait se défouler sur les autres pour gérer la douleur qu'il portait en lui. En murissant, le jeune homme devint une personne en mal de pouvoir, une personne qui avait besoin de contrôler les autres pour qu'on ne puisse plus jamais le faire souffrir.

Gala comprenait maintenant. Cet homme cruel était aussi endommagé que la pauvre fille qu'il avait essayé de faire souffrir. Gala fut à nouveau envahie par le sentiment chaleureux et bienveillant et elle entra en contact avec l'esprit brisé de cet homme, essayant de le réparer comme elle avait guéri le bras de la jeune fille. L'esprit résista et Gala comprit qu'en faisant cela, elle allait fondamentalement changer cet homme, le transformant en quelqu'un d'autre. Au fond d'elle, elle savait qu'elle n'avait sans doute pas le droit de le faire, mais son instinct de guérison était trop fort. Il fallait qu'elle le fasse pour s'assurer qu'il ne fasse plus de mal à personne. Rassemblant ses forces, elle poussa plus fort dans l'esprit du superviseur et elle le sentit enfin céder.

— Gala ! Gala, tu m'écoutes ? La voix de Maya se fit entendre dans le brouillard de son esprit et Gala sortit de sa transe.

Elle regarda Maya et Esther en clignant des yeux, se rendant compte pour la première fois de la profonde fatigue de son corps.

— Viens, dit Esther en tendant la main vers Gala. Elle avait l'air inquiète et Gala se laissa guider. Elle était trop fatiguée pour résister aux deux femmes qui l'emmenaient loin de la place. Tout autour d'elle, elle put voir les spectateurs sortir lentement de leur étrange état de béatitude et regarder autour d'eux avec étonnement. Maya enveloppa vite la tête de Gala dans le châle, la recouvrant du tissu rêche.

De retour à l'auberge, Gala se laissa tomber sur le lit et s'endormit dès que sa tête toucha l'oreiller.

CHAPITRE TRENTE-DEUX

✻ BLAISE ✻

Blaise était en train d'analyser son dernier sort quand il entendit frapper à la porte. Son cœur bondit et il eut un frisson de fureur. Le Conseil se mettait-il en marche ?

Il se précipita au cellier et prit un tas de cartes qu'il avait préparées exactement pour ce type de confrontation après la mort de son frère. C'était un mélange de sorts offensifs et défensifs, optimisés pour les forces et les faiblesses des membres du Conseil.

Pendant ce temps, on frappait toujours à sa porte.

Blaise réfléchit frénétiquement et prit un sort de défense générale qu'il mit dans la Pierre d'Interprétation. Cela le protègerait un peu contre les attaques mentales et physiques, lui laissant peut-être un peu de temps. En s'approchant de l'entrée, il appela :

— Qui est là ?

— Blaise, c'est moi, Ganir.

La colère de Blaise redoubla. Comment le vieil homme osait-il se montrer ici après ce qu'il avait fait à Louie ? La trahison de Ganir était en quelque sorte pire que celle d'Augusta : le vieux sorcier avait toujours traité Louie comme son fils, et personne n'avait été plus choqué que Blaise en apprenant le vote de Ganir en faveur de la punition de son frère.

Furieux, Blaise se mit à parler, faisant instinctivement appel à un sort destiné à paralyser son adversaire. Il ne réfléchit pas, il agit. Si le sort réussissait, il n'avait aucune idée de ce qu'il ferait du corps immobile du Chef du Conseil, mais il s'en moquait, car il était trop rongé par la rage pour être vraiment rationnel.

Après avoir fini, Blaise inspira profondément en essayant de reprendre le contrôle de ses émotions. Il ne savait pas si le sort avait été efficace, mais il avait peut-être pris Ganir par surprise. Au combat, les actes imprévus étaient les meilleurs, et il était peu probable que le vieux sorcier se soit attendu à ce qu'il exécute un sort aussi simple.

Il sentit qu'il était plus calme et qu'il y voyait plus clair. Très calme.

Trop calme, pensa Blaise. Ganir utilisait un sort apaisant sur lui — un sort qui avait partiellement pénétré les défenses mentales de Blaise.

L'idée d'avoir été manipulé enragea Blaise à nouveau et il sentit le calme artificiel se dissiper, laissant la place aux émotions explosives dont il avait fait l'expérience plus tôt. Cependant, le sort de Ganir avait dû être en partie efficace, car il n'avait plus envie de tuer le Chef du Conseil — il lui en voulut amèrement, mais calmement, pour cela aussi.

À ce moment-là, il entendit la voix de Ganir, amplifiée par un sort. Elle était forte et nette comme si le vieil homme se tenait à côté de lui pour crier :

— Blaise, je suis très déçu. Je sais que tu m'en veux, mais je pensais que tu étais meilleur que ça. Tu m'attaques sans même me regarder dans les yeux ? Ce n'est pas le Blaise dont je me souviens.

Blaise sentit sa fureur resurgir. Le vieil homme était un maître dans l'art des joutes mentales et Blaise détestait se faire manipuler.

— Je te donne une seconde pour partir, répondit Blaise en criant et en s'adressant à Ganir pour la première fois. Pour le provoquer, il ajouta : je ne suis pas le Blaise de tes souvenirs. Ce Blaise-là est mort avec Louie. Tu te souviens de Louie, n'est-ce pas ?

Tout en parlant, Blaise griffonna sur une carte les coordonnées approximatives de l'endroit où se tenait Ganir. Il y ajouta du code avant de charger la carte dans la Pierre d'Interprétation. Puis il recula pour s'assurer de ne pas se trouver dans le rayon d'action du sort.

Le sort qu'il lança était conçu pour paralyser mentalement sa victime, pour assaillir son esprit d'indécision, de peur, de surprise et de divers effets du manque de sommeil. Il était beaucoup plus terrible que le sort de paralysie physique que Blaise avait utilisé plus tôt, car celui-ci était une combinaison de plusieurs attaques mentales.

Puis il attendit.

Tout semblait silencieux. Pour vérifier si son attaque avait fonctionné, Blaise prépara un autre sort qu'il lança sur le mur du hall d'entrée afin de le rendre transparent comme le verre.

Blaise pouvait voir au-dehors à présent et il vit Ganir qui se tenait là en le regardant droit dans les yeux à travers le pan de mur transparent. Il était évident que le vieil homme n'avait pas été affecté par le sort, mais il semblait seul. Sa chaise marron foncé se trouvait à côté de lui.

Malgré sa déception, Blaise se sentit soulagé. Cela ne semblait pas une embuscade du Conseil : ils n'auraient jamais envoyé le Chef du Conseil tout seul.

— Tu m'insultes si tu penses que tes sorts ont une chance de fonctionner sur moi, dit Ganir calmement, sa voix pénétrant facilement dans la maison. Dans ses mains, il tenait une Pierre d'Interprétation. Il aurait pu attaquer Blaise avec un sort mortel à n'importe quel moment, mais il avait apparemment choisi de ne pas le faire.

Une partie de sa colère disparut et Blaise ouvrit la porte.

— Qu'est-ce que tu veux, Ganir ? demanda-t-il avec méfiance, las de leur confrontation.

— J'ai parlé à Augusta, dit Ganir en le regardant. Le Conseil n'est pas au courant de ta création.

— Pourquoi pas ? Blaise fut sincèrement surpris.

— Parce que je l'ai convaincue de ne pas leur en parler pour l'instant. Il reste une possibilité de régler ce bazar. Augusta finira par aller les voir. Je me suis assuré qu'elle ne le fasse pas encore, mais elle a peur de ce que tu as fait, elle en a peur au-delà du raisonnable.

Blaise eut l'impression de pouvoir respirer à nouveau. Le Conseil n'était pas au courant pour Gala. Il n'y avait que Ganir et Augusta — ce qui était déjà mauvais, mais qui était loin du désastre que cela aurait été si le Conseil entier s'en était mêlé. Malgré tout, il n'avait pas l'intention d'être poli avec Ganir.

— Comment as-tu l'intention de 'régler ce bazar' ? demanda-t-il sans cacher son amertume. De la même façon qu'avec Louie ?

Il vit que ses mots lui firent mal. Ganir grimaça et sa main se posa instinctivement sur la pochette qu'il portait à la taille avant de retomber. Blaise observa cette pochette : c'était sans doute là que le vieux sorcier conservait ses cartes de sorts. En se dissimulant derrière l'encadrement de la porte, il griffonna discrètement un sort rapide sur une de ses propres cartes et il se prépara à l'utiliser au moment opportun.

Pendant ce temps, Ganir fit un pas en avant.

— Blaise, dit-il doucement, ton frère a été plutôt franc au sujet de son crime. Même moi je ne pouvais pas cacher ce qu'il avait fait au Conseil. J'ai fait de mon mieux pour guider le Conseil vers une solution plus indulgente, mais ils n'ont pas voulu m'écouter — et l'entêtement de ton frère ainsi que son refus de feindre au moins le remords n'ont pas aidé.

Blaise fixa Ganir du regard en se souvenant du discours passionné que Louie avait prononcé face au Conseil au sujet des injustices de leur société. C'était un discours qui avait probablement scellé son sort. Blaise avait été d'accord avec chaque mot de son frère, mais même lui avait pensé que ce n'était pas une bonne idée de se mettre à dos les autres sorciers aussi ouvertement. Finalement, c'était le vote qui comptait — et Ganir avait voté en faveur de l'exécution de Louie.

— Ne me mens pas, dit Blaise sèchement. Tu sais aussi bien que moi que tu es comme eux, que vous avez tous voté la même chose. Et tu t'attends à ce que je te croie quand tu me dis avoir parlé en faveur de Louie ?

Ganir eut l'air stupéfait.

— Quoi ? J'ai voté contre la mort de Louie. Comment as-tu pu penser le contraire ?

Blaise eut un petit rire bref et froid.

— Ah bon ? Tu crois que tu peux te cacher derrière le fait que les votes sont anonymes et que personne ne connaît le décompte exact des voix ? Eh bien, j'ai appris la vérité — je connais la répartition des votes. Il n'y a eu qu'un seul vote contre la mort de Louie, et c'était le mien. Vous tous, toi, Augusta, chaque membre du Conseil, vous avez voté pour l'exécution de mon frère.

— C'est faux. Ganir avait toujours l'air surpris. Je ne sais pas d'où tu tiens ton information, mais tes méthodes doivent être défectueuses. J'ai voté *contre* la mort de Louie, je te le jure. Il était comme un fils pour moi, tout comme toi. Et Dania a voté comme moi, contre la punition.

Il semblait tellement sincère que Blaise douta de lui pendant un instant. Sa source avait-elle menti ? Si oui, pourquoi ? Blaise ne trouva aucune raison — ce qui signifiait que Ganir était en train de lui mentir maintenant.

— Pourquoi ne l'admets-tu pas, tout simplement, comme elle l'a fait ? demanda-t-il avec mépris en se souvenant qu'Augusta avait été incapable de lui cacher la vérité au sujet de sa trahison. Rien que d'y penser, il eut envie de tuer Ganir sur le champ.

— Tu parles d'Augusta ? demanda Ganir, confus. Tu veux dire qu'elle a voté pour l'exécution de Louie ?

— Bien sûr. Blaise eut un rictus. Comme toi.

— Non, j'ai voté contre, insista le Chef du Conseil en fronçant les sourcils. Et je ne savais pas pour son vote. J'ai toujours supposé qu'elle te soutenait, et Louie également. C'est pour ça que vous vous êtes séparés ? Parce que tu as appris ce qu'elle avait voté ?

Blaise sentit les vieux souvenirs refaire surface et empoisonner à nouveau son esprit de rage et d'amertume.

— Non. Ne parle pas de ça, Ganir, ou je te jure que je te tue sur place.

Le vieux sorcier ne tint pas compte de la menace de Blaise.

— Je dois dire que c'est un coup bas, même venant d'elle, songea Ganir. Mais maintenant que j'y pense, c'est logique. Tu sais que la famille d'Augusta descend de la vieille noblesse. Elle a été élevée avec les histoires de la Révolution et toute possibilité de réforme sociale la terrifie. Elle a agi par peur et non par raison quand elle a voté, et je ne serais pas étonné qu'elle regrette son geste. Il s'arrêta une seconde, puis il ajouta : tu n'as pas été le seul à souffrir après la mort de ton frère, mon fils.

Blaise regarda Ganir en se demandant si ce que le vieil homme lui disait pouvait être vrai. Si c'était le cas, sa haine pour le Chef du Conseil était erronée depuis le début.

— Est-ce pour ça que tu as juré de me tuer ? demanda Ganir en faisant écho à ses pensées. Parce que tu as cru que j'avais voté en faveur de l'exécution de Louie ? J'étais persuadé que tu me détestais parce que je n'ai pas réussi à le protéger, parce que malgré mon statut de Chef du Conseil, je n'avais pas pu le sauver.

Blaise fut presque tenté de le croire. Presque.

— Ganir, tu es un expert pour faire faire aux gens ce que tu veux, dit-il avec méfiance. Si tu avais réellement voulu sauver Louie, il serait toujours en vie. Nous aurions au moins pu joindre nos forces pour lutter contre les autres. Mais tu n'as même pas essayé, alors ne me mens pas maintenant.

Ganir prit un air peiné.

— Blaise, je suis désolé. Je ne pouvais plus aller à l'encontre du Conseil à ce moment-là : mon invention était au cœur du problème. J'ai essayé de les convaincre d'être indulgents, j'ai vraiment essayé, et j'ai eu l'impression que la plupart allaient voter comme moi : contre la punition. J'ai été aussi choqué que toi quand le verdict est tombé.

— Stop, dit Blaise d'un ton brusque en perdant patience. Arrête. Pourquoi es-tu là ?

— J'ai une proposition à te faire, dit Ganir en en venant enfin aux faits. Apporte-moi ta création et je ferai de mon mieux pour qu'il ne lui arrive rien. Je peux presque te garantir que tu seras disculpé de tout blâme. Après tout, ton sort n'a pas fonctionné comme prévu. Même si tu avais l'intention de faire quelque chose qu'ils désapprouvent, tu n'as pas réussi et cela convaincra le Conseil qu'aucun crime n'a été commis. Ses yeux brillaient d'un enthousiasme inhabituel. En fait, je peux même t'aider à reprendre ta place légitime au Conseil.

Blaise rit sardoniquement.

— Oh, je vois, dit-il en se moquant de l'intention évidente du vieil homme. Tu veux Gala pour toi. Et en ce qui me concerne, le puissant Ganir a-t-il besoin d'un autre allié au Conseil ?

— J'essaie de t'aider. Ganir commençait à paraître frustré. Oui, je trouve que ta création est fascinante et j'aimerais en apprendre plus à son sujet, mais ce n'est pas pour ça que je suis là. Le Conseil a besoin de toi, beaucoup plus que ces crétins entêtés ne le réalisent. J'ai besoin de toi, moi aussi. Blaise, s'il te plaît, abandonne Gala et reviens.

Blaise n'en croyait pas ses oreilles. Abandonner Gala ? C'était impensable.

— La réponse est non, dit-il froidement en tendant la main vers la carte de sort qu'il avait préparée quand il avait remarqué la pochette de Ganir. Elle était déjà prête à côté de la Pierre d'Interprétation qu'il tenait dans son autre main et il joignit rapidement les deux objets pour activer le sort.

Une seconde plus tard, la pochette de Ganir s'enflamma, laissant le vieux sorcier sans sorts pré-écrits et presque sans défense.

— Pars, mon vieux, dit Blaise à Ganir en regardant avec satisfaction son adversaire jeter les restes de sa pochette à terre. Je peux te tuer maintenant, et je le ferai. Tu as deux minutes pour partir.

Les yeux clairs du sorcier s'emplirent de tristesse.

— Si tu changes d'avis, fais-le-moi savoir, dit-il doucement et avec dignité. Il traîna des pieds jusqu'à sa chaise et s'envola en laissant Blaise perplexe et troublé.

CHAPITRE TRENTE-TROIS

✳ BARSON ✳

En entrant dans la maison de sa sœur, Barson sentit l'odeur familière du pain cuit et des bougies parfumées. C'était l'odeur du foyer familial, cela lui rappelait les délicieux petits pains que préparait sa mère pour toute la famille. Contrairement à la plupart des magiciens, sa mère aimait travailler avec ses mains — c'était quelque chose dont Dara avait hérité, outre ses aptitudes à la sorcellerie.

— Barson ! Je suis contente que tu passes à la maison. Sa sœur lui fit un sourire radieux du haut de l'escalier avant de se précipiter vers lui.

Barson lui sourit à son tour. Il était sincèrement heureux de la voir. Elle lui manquait, même s'il ne pouvait pas lui reprocher de préférer cette maison de ville confortable plutôt que les logements étriqués de la Tour. Les sorciers subalternes y étaient très mal logés et la plupart choisissaient de vivre en dehors de la Tour.

— Ça me fait plaisir de te voir, Dara, dit-il en se penchant pour l'embrasser sur la joue. Larn est-il là, lui aussi ?

— Il sera bientôt rentré. Il passe devant le puits en ce moment même, dit-elle avec un sourire espiègle. Ses yeux noirs pétillaient, ce qui la rendait particulièrement jolie.

Barson soupira. Il savait ce qu'elle faisait.

— Tu lui as encore lancé un sort de Localisation ?

Le sourire de Dara s'élargit.

— Effectivement. Mais ne lui dis pas, ce sera notre petit secret.

Barson secoua la tête d'un air amusé. Sa sœur et son bras droit étaient ensemble depuis deux ans et elle rendait Larn fou à force d'insister pour utiliser des sorts dans la vie quotidienne. Pour Dara, c'était une façon de s'entraîner à la sorcellerie et d'affuter son savoir-faire, alors que Larn trouvait qu'elle faisait son intéressante.

— D'accord, promit Barson. Je ne dirai rien.

— Viens, dit Dara en le tirant par le bras. Laisse-moi te donner à manger. Je suis sûre que tu es mort de faim. Ta sorcière ne cuisine pas, je suppose ?

— Augusta ? Non, bien sûr que non. Cette idée lui sembla ridicule. Augusta était... eh bien, Augusta. Elle était beaucoup de choses, mais pas femme au foyer.

— Je m'en doutais, soupira Dara. Elle sait que tu as besoin de manger, quand même ?

— Je n'en suis pas sûr, avoua Barson en s'asseyant à table. La plupart des sorciers — contrairement à toi — pensent rarement à la nourriture et au fait que les autres en ont besoin.

— Eh bien, j'espère qu'elle est douée au lit alors, marmonna Dara en posant du pain et des tranches de fromage devant lui. Apparemment, elle n'est douée que pour ça et pour quelques sorts.

Barson éclata de rire. Sa sœur était jalouse du statut d'Augusta au Conseil et elle n'arrivait absolument pas à le cacher.

— Je ne vais pas te parler de ma vie amoureuse, dit-il au bout de quelques secondes, toujours en riant.

Elle souffla dédaigneusement, mais elle se tut jusqu'à ce que Barson ait eu le temps de manger un peu.

— Devine quoi ? demanda-t-elle quand Barson eut mangé sa deuxième tranche de pain. On m'a proposé de travailler avec Jandison aujourd'hui.

— Jandison ? Barson fronça les sourcils. Collaborer avec le plus vieux membre du Conseil n'était pas vraiment une opportunité pour Dara, étant donné son ambition.

— Je sais, dit-elle en comprenant son inquiétude non dite. Mais c'est quand même mieux que ce que je fais actuellement.

— Tu crois que c'est Ganir qui lui a demandé ?

Dara secoua la tête.

— J'en doute. J'ai l'impression que Jandison n'aime pas beaucoup Ganir.

— Ah bon ? Barson était surpris. Il était bien au courant de la politique du Conseil, mais il n'avait pas entendu parler d'une quelconque hostilité entre les deux sorciers. Qu'est-ce qui te fait penser ça ?

— Une intuition féminine, je dirais. C'est juste une impression que j'ai eue quand il a mentionné le nom de Ganir une fois. Quand j'y ai repensé après, ça m'a paru logique, en fait. Jandison est le plus vieux sorcier du Conseil et je ne serais pas surprise s'il voulait être Chef du Conseil à la place de Ganir.

Barson regarda sa sœur d'un air pensif.

— Tu sais quoi, tu as certainement raison. Vas-tu accepter l'offre de Jandison ?

— Je crois, oui. Elle sourit. Eh oui, je garderai les yeux et les oreilles bien ouverts.

Larn entra dans la cuisine à ce moment-là et Barson se leva pour le saluer.

Au début, quand Barson avait appris la relation de son meilleur ami avec Dara, il avait été plutôt contrarié. Notamment parce que c'était mal vu à la Tour de fréquenter un non-sorcier et que Barson craignait que sa relation avec Larn puisse nuire au désir de Dara d'être reconnue pour son talent de sorcellerie. Cependant, il voyait bien que Larn l'aimait sincèrement et c'était finalement ce qui comptait le plus. Ça et le fait que Larn était un des rares hommes que Barson n'avait pas envie de tuer sur place pour avoir approché sa grande sœur.

— Alors, raconte, dit Barson à Larn quand ils furent tous les trois attablés. As-tu des nouvelles pour moi ?

Larn hocha la tête en mâchant un morceau de pain.

— Il y a eu beaucoup d'activité autour de Ganir récemment. Augusta est retournée chez lui ainsi qu'un certain nombre de gens ordinaires.

— Des gens ordinaires ? Pourquoi ? Barson regarda son ami avec surprise.

— On ne le sait pas. Les espions de Ganir les ont fait sortir de la Tour avant qu'on ait pu connaître leur identité. Ils ont été amenés pour voir Ganir et ont été reconduits chez eux immédiatement. Mon gars ne les a aperçus qu'un très court instant.

— Autre chose ?

— On a eu un rapport d'une source qui surveille la maison de Blaise.

Les mains de Barson formèrent des poings sous la table.

— Augusta est retournée le voir ?

Dara le regarda avec curiosité et ouvrit la bouche pour parler quand Larn attrapa sa main et la serra pour l'avertir.

— Non, c'était plus étrange que ça. C'était Ganir.

— Ganir est allé voir Blaise ? La colère de Barson se calma immédiatement. Je croyais qu'ils ne se parlaient plus.

— Blaise ne parle à personne, ces jours-ci, dit Dara. Quand il a quitté le Conseil, c'était comme s'il avait disparu. Pourquoi quelqu'un irait-il le voir maintenant ?

— Notre allié a-t-il pu savoir ce que Ganir voulait ? demanda Barson.

— Non, répondit Larn. Il a trop peur de Ganir, comme tous les autres. Dès qu'il a vu le vieux sorcier arriver, il est parti aussi vite que sa chaise pouvait le porter.

Barson grimaça de mépris.

— Ces sorciers sont des lâches. Sans vouloir t'insulter, Dara.

— Ne t'inquiète pas, dit-elle en souriant. En fait, je suis tout à fait d'accord avec toi. Je serais vraiment restée dans les parages pour en apprendre le plus possible. Au fait, en parlant de sorcellerie, j'ai fini de travailler sur ton armure. Elle devrait maintenant résister à la plupart des sorts communs.

— Merci, sœurette. Barson lui sourit. T'es la meilleure.

— Je sais, dit-elle sans fausse modestie. Et ils le sauront bientôt eux aussi.

— Oui, ils le sauront, lui promit Barson. Ils passèrent les minutes qui suivirent à manger silencieusement, appréciant le repas que Dara leur avait préparé.

Quand son estomac fut agréablement plein, Barson leva la tête vers son ami.

— As-tu des nouvelles d'ailleurs que de Turingrad ? Y a-t-il eu d'autres émeutes ?

— Non, dit Larn. Tout a l'air calme pour l'instant. Il y a une seule chose, mais ce n'est probablement rien.

— Qu'est-ce que c'est ? demanda Barson.

— Il y a eu des rumeurs étranges concernant une puissante sorcière. Larn s'arrêta pour se servir de la bière. Apparemment, elle serait belle, jeune et très savante... Ils disent qu'elle guérit les malades, qu'elle ramène les enfants morts à la vie et qu'elle peut même faire prospérer les cultures là où elle se trouve.

Dara rit.

— C'est ridicule. Ramener les morts à la vie est impossible, même en théorie.

— Les gens ordinaires inventent toujours des histoires qui présentent les sorciers de cette façon, lui dit Barson. Ils veulent croire que l'élite se soucie d'eux, que leurs suzerains ignorent tout simplement qu'ils souffrent.

Larn ricana.

— Et je suis sûr qu'il y en a beaucoup qui l'ignorent — parce qu'ils s'en foutent.

Barson secoua la tête en pensant à la crédulité du peuple. Les paysans avaient été conditionnés pour penser que la vieille noblesse était mauvaise et que leurs nouveaux maîtres sorciers étaient meilleurs. Bien sûr, avec cette sécheresse, beaucoup d'entre eux commençaient à entrevoir la vérité — d'où les émeutes grandissantes dans tout Koldun.

En repensant à la dernière rébellion qu'il avait dû mater, Barson pensa à Ganir. Pourquoi avait-il rencontré Blaise ? Est-ce que c'était lié à la visite d'Augusta chez son ex-fiancé ? Et pourquoi tous ces gens ordinaires étaient-ils venus à la Tour ?

Ganir jouait manifestement à un jeu complexe et Barson décida d'en savoir plus.

CHAPITRE TRENTE-QUATRE

✳ AUGUSTA ✳

Augusta se dirigea vers les quartiers de Ganir et frappa résolument à la porte. Le vieil homme l'avait évitée ces derniers jours et il était même allé jusqu'à ignorer ses messages de Contact, ce qu'elle n'était pas prête à laisser faire.

Quand la porte s'ouvrit enfin, la mauvaise humeur d'Augusta était arrivée à son comble. Elle prit quelques inspirations pour se calmer et entra dans le logement de Ganir.

— Comment vas-tu, mon enfant ? Ganir la salua calmement. Il était assis derrière son bureau et semblait avoir été en train de lire des parchemins avant qu'elle arrive.

— Tu as dit que tu me préviendrais quand tes hommes auraient des informations, dit-elle sans ménagement. Cela fait maintenant plusieurs jours et tu ne m'as donné aucune nouvelle. Où en est-on de la localisation de cette créature ? Si tes espions n'ont pas réussi à la trouver, alors je n'ai d'autre choix que d'en parler à la prochaine réunion du Conseil, celle qui a lieu jeudi.

Ganir soupira.

— Augusta, sois patiente. On ne peut pas agir à la hâte.

— Non, au contraire nous *devons* agir à la hâte, l'interrompit-elle. Nous devons contenir cette situation avant qu'elle soit totalement hors de contrôle. As-tu, ou n'as-tu pas appris quelque chose pour l'instant ?

Il hésita un moment, puis il inclina la tête.

— Oui, dit-il. Il y a quelque chose que je veux te montrer.

— Me montrer ?

Le vieil homme fit un geste en direction d'une gouttelette de Capture Vitale dans un bocal.

— Elle vient de l'un de mes observateurs du territoire de Kelvin, dit-il doucement. La création de Blaise y a été vue, au marché de Neumanngrad.

Le cœur d'Augusta bondit d'enthousiasme.

— Ton observateur l'a-t-il capturée ?

— Non, dit Ganir. Ce n'était pas son rôle.

— D'accord. Alors, que s'est-il passé ? Comment a-t-il pu trouver la chose ?

— Il vaut mieux que tu voies par toi-même. Ganir prit la gouttelette et la lui tendit. N'oublie pas que ceci vient d'un homme qui pratique la sorcellerie.

Augusta prit la gouttelette et elle fut sur le point de la mettre à la bouche quand Ganir leva la main.

— Attends, dit-il. Avant de faire ça, je veux que tu commences un nouvel enregistrement. Il montra la Sphère posée sur son bureau.

— Quoi ? Pourquoi ? Augusta le regarda avec perplexité.

— Je veux garder cette Capture Vitale pour l'étudier davantage, expliqua-t-il. Si tu t'enregistres en train d'utiliser la gouttelette de Capture Vitale, je ne perdrais pas l'information qu'elle contient. J'aurai une nouvelle gouttelette qui inclura l'instant avant que tu prennes la gouttelette originale et l'instant d'après, en plus d'un enregistrement de l'originale.

Augusta le dévisagea, stupéfaite et émerveillée. Pourquoi n'y avait-elle jamais pensé avant ? Cette idée était géniale de simplicité. Tout le monde croyait que les gouttelettes étaient consommables, qu'elles disparaissaient quand on s'en servait. Mais il semblait y avoir une façon de s'en servir encore et encore. Pourquoi le vieil homme n'avait-il rien dit ?

Les implications étaient ahurissantes. Ne serait-ce que dans la façon dont on enseignait la sorcellerie. Tout ce qu'il suffisait de faire c'était de donner une seule fois un cours à un groupe d'étudiants en leur faisant enregistrer le cours par Capture Vitale. Il suffisait de donner ces gouttelettes à la classe suivante et leurs expériences seraient enregistrées, à leur tour, et ainsi de suite. Cela diminuerait de façon significative le temps que chaque sorcier expérimenté aurait à passer à enseigner aux apprentis — une tâche qui déplaisait particulièrement à Augusta.

Évidemment, maintenant qu'elle y pensait, ce n'était pas étonnant que Ganir ait caché ce savoir. Augusta avait toujours soupçonné le vieux sorcier de garder des secrets au sujet de ses découvertes : il aimait être le seul à détenir certains savoirs.

Augusta se rendit compte qu'elle se tenait debout en silence et elle finit par s'approcher de la Sphère et par se piquer le doigt avec une aiguille posée sur le bureau. Puis elle appuya son doigt contre l'objet magique et elle mit la gouttelette dans sa bouche.

* * *

Ganir prit la gouttelette que Vik lui avait apportée. Il ferma les yeux en la portant à sa bouche et laissa la gouttelette l'envahir.

* * *

Vik était assis sur le toit d'un immeuble qui surplombait le marché. Il faisait beau et il était plutôt content. Il avait pour seule gêne une écharde qui s'était enfoncée dans son doigt lorsqu'il avait grimpé jusqu'ici.

Il pouvait voir tout le marché de l'endroit où il se trouvait et il se mit à l'aise en sachant qu'il allait encore commencer un tour de garde sans intérêt. Son travail dans ce territoire était d'observer les rassemblements publics, ce qui impliquait en général de rester assis pendant plusieurs heures et de regarder les gens faire leurs courses. Comme d'habitude, il enregistrait une Capture Vitale de son expérience comme Ganir le lui avait ordonné, même si Vik n'en voyait vraiment pas l'intérêt. Il ne se passait jamais rien d'intéressant dans cette région.

Il disposait d'une Pierre d'Interprétation et de cartes sur lesquelles étaient écrits des sorts prêts à lancer. Un sort particulièrement utile lui permettait d'améliorer sa vue, ce qui rendait le travail un peu plus supportable. Il n'y avait rien de tel que de voir une femme se changer dans sa chambre alors qu'elle était certaine que personne ne la verrait depuis la rue.

Ganir avait fourni de nombreuses cartes à Vik avec le code complexe de ce sort. Vik était un piètre codeur et il devait prendre Ganir au mot quand celui-ci affirmait que le sort d'amélioration de la vue était en fait assez simple.

Son ouïe était augmentée également et le cri d'une jeune femme fit porter son attention sur une poursuite qui se déroulait dans le marché au-dessous. Une autre voleuse, pensa Vik paresseusement. Vik regarda malgré tout la femme qui s'enfuyait et son poursuivant, puisqu'il n'avait rien de mieux à faire.

Sa curiosité fut piquée par une jolie jeune femme qui suivait la poursuite parmi la foule. Il ne pensa même pas réellement au fait qu'elle correspondait à la description de leur cible. Tout ce qu'ils savaient c'était qu'elle était jeune, qu'elle avait des yeux bleus et de longs cheveux blonds ondulés. Elle était également censée être très jolie. La jeune femme au-dessous correspondait bien à cette description, mais Vik en avait vu des centaines d'autres en passant — et même quelques-unes qu'il avait discrètement observées par leur fenêtre.

Une fois que la voleuse fut capturée, Vik continua à observer la scène. C'était beaucoup plus divertissant que les vieilles femmes qui marchandaient avec les commerçants.

Il entendit Davish parler et il fut amusé par la compassion du superviseur. Si on coupait la main à une pauvre femme qui mourrait de faim, elle mourrait aussi certainement que si on lui avait coupé la tête — sauf que sa mort serait plus lente et plus douloureuse.

Comme le reste de la foule, il regarda la mutilation de la jeune femme avec un mélange de pitié et de curiosité malsaine.

Puis il entendit le Cri. Il eut l'impression que ses oreilles allaient exploser.

Sa tête résonnait encore quand Vik comprit que quelqu'un avait utilisé un sort puissant destiné à assourdir et à contrôler psychologiquement une émeute. C'était un sort dont il avait entendu parler, mais qu'il n'avait jamais vu à l'œuvre. Cette version en particulier semblait plus puissante que tout ce que Vik avait pu lire. S'il n'avait pas bénéficié du sort bouclier défensif que Ganir voulait absolument qu'ils utilisent en service, le Cri aurait été la dernière chose qu'il puisse entendre. Même ainsi, il souffrait le martyre. Les gens non protégés sur la place au-dessous tombaient à genoux et leurs oreilles saignaient.

Il ne restait qu'une seule personne debout : la femme que Vik avait remarquée plus tôt. Médusé, il observa comment la magnifique jeune femme se dirigea vers la plateforme d'exécution et entoura de ses bras la voleuse roulée en boule sanglante sur le sol.

Puis Vik le sentit : une impression de paix et de chaleur qu'il n'avait jamais ressentie. C'était la beauté, c'était l'amour, c'était le bonheur... c'était indescriptible. La vague sembla venir du centre de la place, à l'endroit où les deux femmes se tenaient dans les bras l'une de l'autre.

Un sort, comprit-il confusément. Il subissait les effets d'un sort. Un sort suffisamment puissant pour pénétrer ses défenses magiques.

Son doigt picota et il baissa les yeux pour voir l'écharde sortir lentement de sa chair et sa blessure guérir sans laisser de traces. Même son mal de tête violent causé par le Cri disparut instantanément.

Il vit la foule en contrebas qui était toujours agenouillée et tout le monde regardait la jeune sorcière avec ravissement. Avaient-ils eux aussi ressenti l'euphorie dont il venait de faire l'expérience ?

Il vit alors que c'était le cas, parce que lorsque la jolie jeune fille s'écarta de la voleuse, il vit que la main de la paysanne était à nouveau entière. Quel que soit le sort utilisé par la sorcière, il avait été si puissant qu'il avait débordé jusqu'aux spectateurs et guéri même la blessure mineure de Vik.

— Quelle sorte de sorcellerie est à l'œuvre ici ? se demanda-t-il avec effroi et admiration.

Vik savait à présent pourquoi Ganir avait envoyé autant d'hommes à la recherche de cette fille. Au moment où la sorcière toucha Davish, Vik se piqua le doigt et toucha la Sphère de Capture Vitale qu'il portait sur lui.

* * *

Ganir reprit ses esprits, son cœur battant à tout rompre. Pendant un bref instant, il se demanda s'il arriverait un jour à s'habituer aux effets désorientants de son invention, puis son esprit retourna à ce qu'il venait de voir.

— Qu'avait donc fait Blaise ? pensa-t-il sombrement en se piquant le doigt pour toucher la Sphère de Capture Vitale.

* * *

Augusta revint à elle en inspirant brusquement. Elle se piqua rapidement le doigt et toucha la Sphère de Capture Vitale qui se trouvait sur la table devant elle. Elle ne voulait surtout pas exposer ses pensées personnelles à la personne qui utiliserait la gouttelette après elle, comme Ganir l'avait fait. C'était déjà assez grave que ses sentiments eussent été capturés un instant sur l'enregistrement : un moment d'horreur et de dégoût accablants.

Ses craintes s'étaient avérées fondées : la chose avait des pouvoirs surnaturels.

279

— Qu'en est-il de Davish ? demanda-t-elle à Ganir en essayant de garder son calme. Dans la gouttelette, la créature allait le toucher.

Le Chef du Conseil hésita un instant.

— Il n'est plus... vraiment lui-même depuis qu'il l'a rencontrée, selon Vik.

— Qu'est-ce que tu veux dire ? Augusta lui lança un regard interrogateur.

— Qu'est-ce que tu sais au sujet de Davish ?

Elle fronça les sourcils.

— Pas grand-chose. Je sais que c'est le superviseur de Kelvin et on dit qu'il ne vaut pas mieux que notre estimé collègue.

Kelvin était le membre du Conseil des Sorciers qu'elle aimait le moins. Les mauvais traitements qu'il infligeait à son peuple étaient légendaires. Quelques années plus tôt, Blaise avait même requis que Kelvin soit viré du Conseil et que ses propriétés lui soient confisquées, mais, bien sûr, personne n'avait osé appliquer un tel précédent contre un autre sorcier. Au lieu de cela, Kelvin avait laissé le contrôle de ses terres à Davish : celui-ci s'avéra être une copie conforme de son maître en ce qui concernait son traitement des paysans.

Ganir hocha la tête avec une expression de dégoût.

— C'est peu dire. La réputation de Davish est connue aux quatre coins de la région. L'atrocité qu'ils appellent Colisée était une idée de lui d'ailleurs

— Que lui est-il arrivé ? L'interrompit Augusta.

— Eh bien, apparemment Davish s'est mis à changer beaucoup de choses dans le territoire après la rencontre que tu viens de voir. Il a organisé de l'aide pour les familles les plus affectées par la sécheresse et il y a des rumeurs disant qu'il pourrait clore ou modifier les Jeux du Colisée après les événements à venir. Ganir avait les yeux qui brillaient. Bref, Davish est un homme changé. Littéralement.

Augusta sentit son estomac se tordre désagréablement.

— La créature l'a changé ? Comme ça ? Comment fait-on pour changer quelqu'un ?

— Eh bien, en théorie, il existe des façons.

Augusta le fixa du regard.

— Tu sais le faire, toi aussi ?

— Non. Ganir secoua la tête. J'aimerais, mais je ne le peux pas. Au plus, je pourrais contrôler l'esprit d'une personne ordinaire pendant une courte période. Les mathématiques et la complexité d'un changement profond et fondamental sont au-delà des capacités humaines.

Au-delà des capacités humaines ?

— Mais ça ne te terrifie pas ? demanda Augusta, malade à l'idée qu'une telle chose puisse avoir un pouvoir pareil.

— Probablement moins que toi, dit Ganir en l'observant de ses yeux pâles. Mais oui, le pouvoir de faire perdre à quelqu'un son essence, sa personnalité, est en effet un pouvoir très dangereux. Surtout si l'on en abuse.

— Alors que vas-tu faire ?

— Je vais dépêcher La Garde des Sorciers sur place, dit Ganir. Ils la ramèneront ici. Tu as vu comment les sorts de défense ont protégé mon observateur de la pleine puissance de ses sorts. J'équiperai La Garde de sorts de défense encore plus puissants.

— Tu veux qu'ils te ramènent la chose en vie ? Tu risquerais leur vie et la nôtre juste pour avoir le loisir d'étudier cette créature ? Augusta entendait monter le ton de sa voix. Es-tu fou ? Il faut la détruire !

— Non, répondit Ganir fermement. Pas encore. Blaise ne nous le pardonnerait jamais si on la détruit sans raison valable.

— Et alors ? Il nous déteste de toute façon, dit Augusta avec amertume. Elle se retourna et quitta les quartiers de Ganir avant de dire quelque chose qu'elle risquait de regretter.

CHAPITRE TRENTE-CINQ

❋ GALA ❋

— Es-tu au courant ? Ils disent que ses yeux lançaient des flammes et que ses cheveux étaient blancs comme la neige et qu'ils traînaient derrière elle sur au moins cinq mètres. L'homme ventru assis au coin de la table rota puis s'essuya la bouche sur sa manche.

— Vraiment ? Son ami maigrelet se pencha en avant. J'ai entendu dire que les hommes qui l'ont regardé sont devenus aveugles et puis qu'elle les a guéris d'un geste de la main.

— Aveugles ? J'ai pas entendu ça. Mais il paraît qu'elle ramène les morts à la vie. La voleuse a eu la tête coupée et puis elle a repoussé.

L'homme maigre souleva une chope de bière.

— Elle n'est pas au Conseil, en plus. Personne ne sait d'où elle vient. Ils disent qu'elle portait des haillons, mais que sa beauté était telle que sa peau rayonnait.

Tout en balayant autour de la table, Gala, amusée et incrédule, écoutait la conversation des deux hommes. Comment avaient-ils fait pour inventer toutes ces histoires à son sujet ? Personne à l'auberge n'était allé au marché — chose qui l'aidait à protéger son identité presque autant que le châle qu'Esther voulait absolument qu'elle porte pour faire ses corvées à l'auberge.

Le nettoyage s'avéra être moins amusant que prévu. Gala s'était proposée pour aider dans l'auberge afin de sortir de sa chambre et de vivre de nouvelles choses. Même si elle avait aimé tricoter et coudre — deux activités avec lesquelles Maya et Esther l'avaient occupée après le fiasco du marché — elle avait eu envie de faire quelque chose de plus actif. Maya et Esther avaient évidemment été peu enclines à la laisser quitter sa chambre. Elles craignaient par-dessus tout que Gala soit reconnue.

Gala ne pensait pas que quelqu'un la reconnaîtrait, en particulier avec le déguisement qu'elle portait dans l'auberge, et elle avait eu raison. Toute la journée, elle avait nettoyé et gratté des marmites dans la cuisine et lavé les vitres, et personne n'avait accordé la moindre attention à la paysanne mal habillée qui portait un châle en laine épaisse autour de la tête. Maya avait même étalé de la suie sur le visage de Gala en tant que précaution supplémentaire. Gala n'appréciait pas spécialement, mais elle comprenait que ce soit nécessaire étant donné ce qui s'était passé au marché.

Maintenant, après une journée entière de labeur physique, elle avait mal au dos et des ampoules commençaient à apparaître sur ses mains à force de tenir le manche rugueux du balai. Même si ses blessures guérissaient vite, elle n'appréciait pas la sensation de douleur. Le nettoyage, ce n'était vraiment pas drôle, décida Gala, déterminée à finir cette tâche puis à se reposer. Elle n'arrivait pas à imaginer comment faisaient la plupart des femmes ordinaires pour travailler tous les jours de cette façon.

Elle avait essayé quelques fois de refaire de la magie, poussée par son succès retentissant au marché. Mais à sa grande frustration, elle ne semblait toujours pas pouvoir contrôler ses capacités. Elle ne pouvait même pas lancer un sort simple pour nettoyer une marmite : au lieu de ça, elle s'était presque ouvert les paumes de mains à force de frotter de toutes ses forces.

— Gala, tu es encore en train de nettoyer ? La voix d'Esther interrompit ses pensées. La vieille femme avait réussi à s'approcher de Gala sans qu'elle s'en rende compte.

— J'ai presque fini, dit Gala, épuisée. Elle n'en pouvait plus et tout ce qu'elle voulait c'était se laisser tomber sur son lit à l'étage.

— Ah, bien. Esther lui fit un grand sourire. Tu es prête à m'aider à préparer le repas ?

Gala sentit un frisson d'excitation qui vint combattre sa fatigue. Elle n'avait encore jamais cuisiné et elle avait très envie d'essayer.

— Oui, bien sûr, dit-elle en ignorant les protestations de ses muscles à chacun de ses mouvements.

— Alors, viens, mon enfant. Laisse-moi te présenter au cuisinier.

* * *

Quand Gala retourna à sa chambre, elle pouvait à peine marcher. Elle lava la sueur et la saleté de son visage et de ses mains puis elle se laissa tomber sur son lit.

— Tu as aimé cuisiner le repas ? Maya était assise dans un coin de la chambre, tricotant calmement un autre châle. Tu as trouvé que c'était aussi amusant et instructif que tu l'espérais ?

Le regard perdu au plafond, Gala réfléchit un instant à la question.

— Pour être honnête, non, admit-elle. J'étais en train de couper un oignon et mes yeux se sont mis à couler. Ensuite, ils ont apporté des oiseaux morts et je ne pouvais même pas les regarder. Ils leur enlevaient les plumes et c'était vraiment horrible. Et puis toutes ces marmites et ces casseroles lourdes qu'il faut sans cesse transporter... Je ne sais vraiment pas comment les femmes en cuisine font pour faire ça tous les jours. Je ne crois pas que je pourrais me satisfaire de faire ça toute ma vie.

— La plupart des paysannes n'ont pas le choix, expliqua Maya. Si une femme est jolie, comme toi, elle a un peu plus de choix. Elle peut se trouver un homme riche qui s'occupera d'elle. Mais si elle n'a pas la beauté — ou l'aptitude à la sorcellerie — alors sa vie sera difficile. Pas aussi difficile que de faire les repas dans une auberge, mais certainement pas amusante ni plaisante. Même l'accouchement est rude. Je suis contente de n'avoir jamais eu à en passer par là.

— C'est plus facile pour les hommes ?

— À certains égards, dit Maya au moment où Esther entra dans la chambre. Mais ça peut aussi être plus difficile. La plupart des gens ordinaires doivent travailler très dur pour faire pousser leurs cultures, labourer leurs champs et prendre soin de leur bétail. Si un travail est trop difficile pour une femme, alors elle peut demander l'aide de son mari. Un homme, en revanche, ne peut compter que sur lui-même.

Gala hocha la tête tout en sentant ses paupières devenir lourdes. Les mots de Maya se mélangèrent et elle sentit la lassitude familière s'imposer à son corps. Elle savait que cela signifiait qu'elle était en train de s'endormir, et elle accueillit avec gratitude l'obscurité relaxante.

* * *

L'esprit de Gala s'éveilla. Plus précisément, elle eut conscience d'elle-même pour la première fois.

— *Je peux penser, fut sa première pensée cohérente. Où suis-je ? Fut la seconde.*

D'une certaine manière, elle savait que les lieux étaient censés être différents de l'endroit où elle se trouvait. Elle se souvint vaguement de visions d'un endroit avec des couleurs, des formes, des goûts, des odeurs et d'autres sensations fugaces — des sensations qui étaient absentes ici. Il y avait d'autres choses, toutefois, des choses qu'elle ne savait pas nommer. Le monde autour d'elle ne semblait pas correspondre aux attentes de son esprit. Sa meilleure description aurait pu être une sorte d'obscurité mêlée d'éclats de lumière et de couleur. Sauf qu'il ne s'agissait ni de lumière ni de couleur : c'était autre chose, quelque chose qu'elle ne savait pas nommer.

Il y avait des pensées ici. Certaines lui appartenaient, d'autres appartenaient à des choses — des choses qui ne lui ressemblaient pas du tout. Il n'y avait qu'un seul courant de pensée qui ressemblait vaguement au sien.

Elle n'en était pas certaine, mais elle eut l'impression que ce courant de pensée la recherchait, qu'il essayait de se tendre vers elle.

Gala se réveilla en sursaut dans la chambre sombre. Elle s'assit dans son lit en regardant autour d'elle.

— Que s'est-il passé, mon enfant ? demanda Esther en posant le livre qu'elle était en train de lire à la lueur d'une bougie. As-tu fait un mauvais rêve ?

— Je ne crois pas, dit Gala lentement. Je crois que j'ai rêvé du moment qui précède ma naissance.

Esther la regarda bizarrement puis elle retourna à son livre.

Gala se recoucha et essaya de calmer son cœur qui battait la chamade. C'était la première fois qu'elle avait rêvé et elle aurait aimé que Blaise soit là pour pouvoir lui en parler. Il trouverait son rêve fascinant, puisqu'il concernait le Domaine des Sorts.

Elle ferma les yeux et elle s'endormit à nouveau en espérant que son prochain rêve serait au sujet de Blaise.

CHAPITRE TRENTE-SIX

✳ BLAISE ✳

Blaise se sentait étrangement troublé depuis sa confrontation avec Ganir. Le vieil homme avait-il été sincère en lui proposant son aide ? Il avait eu l'air si choqué quand Blaise lui avait parlé du vote qu'il était tenté de croire ses mensonges.

Le Conseil n'était pas au courant pour Gala — sauf si Ganir lui avait également menti à ce sujet. Mais si ce n'était pas le cas, et que le Conseil n'était pas au courant, alors qui avait suivi Blaise ? En y réfléchissant, il se dit que cela aurait aussi bien pu être un des espions de Ganir : le vieux sorcier était célèbre pour avoir des tentacules un peu partout.

Ganir avait clairement des plans pour Gala, c'était évident. Le Chef du Conseil était loin d'être idiot : lui, plus que tout autre pouvait voir le potentiel d'un objet magique intelligent ayant pris une forme humaine. Bien entendu, Blaise n'avait pas l'intention de laisser Gala à la merci de Ganir. Peu importe les intentions que Blaise avait eues en la créant, elle était une personne et il devait s'assurer qu'elle soit traitée en tant que telle.

Il retourna à son étude et il s'assit au bureau en essayant de trouver ce qu'il devait faire. Si le Conseil n'était pas au courant pour Gala, il lui restait encore un peu de temps. Blaise devait la rejoindre d'une manière ou d'une autre sans mener Ganir jusqu'à elle. Ses expériences avec le Domaine des Sorts n'allaient pas l'aider : cela prendrait trop de temps de parfaire quelque chose d'aussi complexe.

Blaise devait trouver une manière d'échapper à la personne qui surveillait sa maison.

En réfléchissant au problème, il se demanda s'il serait possible d'augmenter la vitesse de sa chaise. S'il parvenait à aller beaucoup plus vite que son poursuivant, alors il pourrait semer l'espion et récupérer Gala avant que quelqu'un ne les rattrape.

Il eut soudain une idée folle. Et si, au lieu de voler, il se téléportait sur une partie du chemin ? Si la téléportation était réalisée sur une distance assez courte, cela serait nettement plus sûr et cela réduirait les chances de se matérialiser à un endroit imprévu. En fait, il pourrait se téléporter jusqu'à un endroit qu'il pouvait voir grâce au sort de vue améliorée. De là, il pourrait le faire encore, puis encore. Cela raccourcirait le voyage et le rendrait impossible à suivre.

Le seul problème résidait dans la complexité du code qu'il allait devoir écrire, mais Blaise était prêt à relever le défi.

CHAPITRE TRENTE-SEPT

※ BARSON ※

En entrant dans les quartiers de Ganir, Barson se força à garder un visage impassible.

— Vous m'avez convoqué ? Il omit intentionnellement le titre honorifique dû au Chef du Conseil. Il était certain que Ganir ne manquerait pas de remarquer cette insulte subtile.

— Barson. Ganir inclina la tête, omettant également le titre militaire de Barson.

— Comment puis-je vous servir ? demanda Barson d'un ton exagérément poli. Voulez-vous que j'écrase une autre petite rébellion pour vous ?

La bouche de Ganir se crispa.

— À ce sujet, je suis désolé d'avoir été mal informé au sujet de la situation dans le nord. Le sort de la personne responsable de cette grave erreur a été réglé.

— Bien entendu. Je ne m'attendais pas à autre chose de votre part. À la place de Ganir, Barson aurait fait la même chose. Le vieux sorcier ne voulait manifestement pas de témoins de sa trahison.

— J'ai une petite mission pour vous, dit le Chef du Conseil. Il y a une sorcière qui cause des problèmes dans le territoire de Kelvin. J'aimerais que vous preniez quelques-uns de vos meilleurs hommes et que vous me la rameniez, afin que je puisse discuter avec elle.

Barson fit de son mieux pour cacher sa surprise.

— Vous voulez que je ramène une sorcière ?

— Oui, répondit Ganir calmement. Elle est jeune et ne devrait pas présenter de grandes difficultés. Vous pouvez simplement lui parler et la convaincre de venir à Turingrad. Ce sera peut-être la meilleure manière. Évidemment, si elle résiste, je vous autorise à utiliser toute méthode de persuasion que vous estimerez nécessaire.

Barson baissa la tête en signe d'assentiment.

— Il sera fait selon vos souhaits.

* * *

Quittant Ganir, Barson traversa les couloirs de la Tour en essayant de comprendre la requête du Chef du Conseil. La sorcière du territoire de Kelvin devait être la même que celle dont Larn lui avait parlé : la femme mystérieuse qui faisait soi-disant des miracles. Pourquoi Ganir voulait-il la capturer ? Et pourquoi envoyait-il La Garde pour le faire ? En général, les sorciers réglaient leurs propres affaires, ne voulant pas avoir l'air vulnérable aux yeux des gens de l'extérieur, même pas aux yeux de La Garde. Le précédent de non-sorciers maîtrisant quelqu'un de l'élite était quelque chose que la plupart des occupants de la Tour trouveraient terrifiant.

Barson ne voyait que deux raisons pour la demande de Ganir : soit le vieux sorcier essayait de dissimuler cette affaire aux autres membres du Conseil, soit c'était un autre plan pour envoyer La Garde des Sorciers dans une situation potentiellement mortelle. Barson ne croyait pas une seule seconde à ce que Ganir appelait une 'grave erreur'. Il était évident que le vieil homme avait d'une manière ou d'une autre entendu parler des intentions de Barson et qu'il faisait de son mieux pour le saboter.

Bien sûr, il était également possible que Ganir ait mis en scène tout cela en espérant que Barson refuserait d'obéir à ses ordres, lui donnant ainsi le pouvoir de prendre des mesures à son encontre au niveau du Conseil. Le Chef du Conseil pensait sans aucun doute que s'il éliminait la menace directe de Barson et de ses plus proches lieutenants, le reste de La Garde redeviendrait l'outil loyal des sorciers.

En s'approchant de sa chambre, Barson fut surpris de trouver Augusta sur le point de frapper à sa porte. Elle était magnifique, mais elle avait l'air angoissée.

— Je dois te parler, dit-elle quand il s'approcha.

— Bien sûr, entre. On va parler. Barson sourit, son cœur battait plus vite auprès d'elle.

Il ouvrit la porte et la mena jusqu'à sa chambre. Cependant, avant même qu'il ait le temps de l'embrasser, elle se mit à arpenter la pièce de long en large.

Barson s'appuya contre un mur et attendit de voir ce qui la préoccupait.

Elle s'arrêta devant lui.

— Ganir va te convoquer, dit-elle d'un air inquiet. Il va vouloir t'envoyer en mission dans le territoire de Kelvin.

— Ah ? Barson fit de son mieux pour avoir l'air intéressé. Augusta ne savait manifestement pas qu'il venait de voir Ganir et il était curieux d'entendre ce qu'elle avait à dire.

— C'est une mission d'un genre différent. Il va te dire que tu dois arrêter une sorcière.

— Une sorcière ? Barson continua à feindre l'ignorance. C'était un sérieux coup de chance. Augusta allait peut-être lui donner l'information dont il avait besoin.

— Oui, dit-elle en levant les yeux vers lui. Une sorcière puissante dont Ganir veut se servir pour son propre bénéfice.

— Et quel est ce bénéfice ?

— Il veut me remplacer par elle au Conseil, dit Augusta en soutenant son regard. Comme tu le sais sans doute, Ganir et moi nous ne nous entendons pas très bien.

Barson ne s'était pas attendu à ça.

— C'est vrai ? demanda-t-il doucement en levant la main pour déplacer une mèche de cheveux qui tombait sur le visage d'Augusta. Était-elle en train de lui mentir en ce moment ? Pour quelqu'un avec qui elle ne s'entendait pas, Ganir et elle s'étaient souvent vus ces derniers temps.

Augusta hocha la tête et leva la main pour prendre la main de Barson dans la sienne. Elle la serra doucement.

— C'est la vérité. Et c'est pour cela que je voudrais te demander un service. Elle s'arrêta et le fixa du regard. Je ne veux pas qu'elle soit ramenée vivante.

Barson ne réussit pas à cacher sa surprise.

— Tu veux que je désobéisse au Chef du Conseil et que je tue une sorcière ?

— Son apparence est trompeuse, dit Augusta en serrant sa main autour de la paume de Ganir. Tu rendrais service au monde entier en te débarrassant d'elle. Il y avait de la peur dans sa voix, ce qui étonna Barson.

Il la fixa du regard en essayant de comprendre ce que tout ceci signifiait.

— Tu me demandes de désobéir au Chef du Conseil et de commettre le plus grand des crimes : tuer un sorcier, dit-il lentement. Te rends-tu compte des conséquences ?

Elle hocha la tête. Ses yeux brillaient d'une émotion étrange.

— Je sais ce que je te demande. Si tu le fais pour moi, Barson, je te serai éternellement redevable. Elle tenait toujours sa main et sa façon de la serrer trahissait son désespoir.

Barson fit de son mieux pour dissimuler sa réaction à ces mots.

— Nous travaillerons ensemble alors, n'est-ce pas ? demanda-t-il doucement en posant son autre main sur la joue d'Augusta. Si Ganir devient mon ennemi à cause de ça, tu seras de mon côté ?

— Toujours. Augusta soutint son regard sans baisser les yeux.

— Alors, considère que c'est réglé, dit Barson. Il avait du mal à croire à la tournure que prenaient les événements. Il s'était demandé comment il allait pouvoir convaincre Augusta de se joindre à sa cause, et elle venait tout juste de se jeter dans ses bras — au sens figuré cette fois.

Le visage d'Augusta s'éclaira et elle relâcha la main de Barson. Elle se mit sur la pointe des pieds et l'embrassa doucement sur la bouche.

— Fais attention, murmura-t-elle en lui caressant le visage. Il faut qu'elle ait l'air d'avoir résisté si violemment que toi et tes hommes vous n'aviez d'autre choix que de la tuer. Cela pourrait même réellement se passer ainsi.

— À quel point est-elle puissante ? demanda Barson dont les pensées se concentraient sur la quête à venir malgré le contact d'Augusta qui l'empêchait de réfléchir. Il n'aimait pas l'idée de devoir tuer une femme, mais il ignora ce sentiment. Une sorcière pouvait être tout aussi puissante que ses collègues masculins et potentiellement plus dangereuse qu'une centaine de ses hommes. Il se souvint de l'utilité d'Augusta pendant la rébellion des paysans et il savait que pour vaincre ce combat, il lui faudrait davantage que quelques épées et quelques flèches.

— Elle est puissante, avoua Augusta doucement en le regardant. Je ne sais pas à quel point, mais je veux que tu te prépares au pire. Je préparerai aussi quelques sorts pour garantir que tes sorciers et toi vous serez bien protégés, physiquement et mentalement, contre toute attaque qu'elle pourrait vous lancer.

— Ce serait utile, dit Barson. Même si Dara lui avait déjà donné quelques sorts de protection, Augusta était plus puissante et il acceptait volontiers une protection supplémentaire pour ses hommes.

— J'ai aussi un cadeau pour toi. Elle fit un pas en arrière et attrapa quelque chose dans une poche de sa jupe. Cela ressemblait à un pendentif. Grâce à ça, je pourrai voir tout ce qui se passe dans un miroir spécial, dit-elle en le lui donnant.

Barson prit le pendentif et le posa sur sa commode.

— Je le mettrai quand nous partirons, promit-il. Le fait qu'elle l'observe le limiterait un peu dans ses mouvements, mais cela renforcerait également leur alliance.

Pour l'instant, il avait envie de renforcer leurs liens d'une autre manière. Il se pencha vers Augusta et l'attira contre lui.

* * *

— Tu dois me laisser partir avec vous. Dara le regarda d'un air implorant. Barson, laisse-moi venir avec vous.

— Pour la centième fois : tu ne viendras pas. Barson savait que son ton était sec alors il se radoucit avant de poursuivre. C'est trop dangereux, sœurette. Si quelque chose devait t'arriver... Il ne put même pas finir cette pensée terrible. En outre, tu sais que tu es beaucoup trop importante pour notre cause. Si tu étais blessée, qui continuerait à recruter pour nous ? Tu sais ce qui est arrivé quand Ganir s'est rendu compte que je voyais ces cinq sorciers...

Sa sœur le regarda avec frustration.

— Tout ira bien pour moi, je...

— Non, rien ne le garantit. Barson secoua la tête. Je ne vais pas te mettre en danger comme ça. Et puis tu sais que si nous devons prendre le contrôle du Conseil, nous devons pouvoir les combattre. Nous devons commencer à tester tout cela pour voir comment mon armée s'en tire devant un des leurs. C'est l'occasion parfaite parce que nous n'avons qu'une seule sorcière à gérer, et pas tout le groupe entier.

Elle avait toujours l'air mécontente, mais elle savait qu'il ne servirait à rien d'argumenter. Une fois que Barson s'était décidé, personne ne pouvait le faire changer d'avis.

— Tu as pu jeter un œil aux sorts de défense qu'Augusta a mis en place ? demanda Barson en changeant de sujet.

Dara hocha la tête.

— Elle a fait un travail remarquable. Elle doit vraiment t'apprécier. Le sort qu'elle a lancé sur ton armure — et sur tes hommes en général — vous protègera contre les attaques les plus élémentaires, ainsi que contre de nombreuses attaques qui pourraient toucher à votre esprit. Sa défense anti-Cri en particulier est un chef-d'œuvre.

Barson sourit. Il aimait l'idée qu'Augusta l'apprécie.

— Pourquoi ne vient-elle pas avec vous ? demanda Dara en le regardant avec curiosité. Si cette mission est si importante pour elle, pourquoi ne vous accompagne-t-elle pas ?

— Pour qu'elle provoque ouvertement Ganir ? Le sourire de Barson s'élargit. Non, Augusta est trop maligne pour ça. Il y a une réunion du Conseil bientôt et si elle n'y est pas, Ganir saura immédiatement qu'il se trame quelque chose. Mes hommes ont des ordres explicites de la part du Chef du Conseil : ils doivent aller capturer cette sorcière et si jamais elle résiste à son arrestation... Il haussa ses épaules carrées. Eh bien, ces choses-là arrivent. Ce serait beaucoup plus difficile d'expliquer la mort d'une sorcière si Augusta était là — ou toi, d'ailleurs.

— Mais tu prends presque une armée entière, protesta Dara. Pas les quelques hommes suggérés par Ganir. Il ne va pas trouver ça suspect ?

Barson gloussa.

— Le nombre d'hommes que je prends pour une mission militaire relève entièrement de mon choix. Ganir n'a rien à dire à ce sujet.

— Crois-tu qu'il l'a fait de nouveau exprès ? demanda Dara. Il t'a dit de ne prendre que quelques-uns de tes meilleurs hommes alors qu'il t'envoie contrer une sorcière puissante.

— Je n'en suis pas certain. Il semblerait que Ganir ait vraiment besoin de cette sorcière, mais en même temps, je sais qu'il adorerait que mes hommes les plus proches et moi nous périssions au combat. C'est peut-être une mission où il gagne à tous les coups. Si on la ramène, il a ce qu'il veut. Et si on meurt au cours de cette mission, il sera débarrassé de ceux qu'il considère comme une menace — et il aura d'autres occasions de la capturer.

— Je me demande pourquoi il ne nous a toujours pas tués directement, s'étonna Dara. Ou pourquoi il n'est pas allé révéler ses soupçons au Conseil.

— Parce que je ne crois pas qu'il ait saisi la portée de nos plans, dit Barson. Il pense probablement que je suis un soldat trop ambitieux ayant la folie des grandeurs —

— C'est ton cas, l'interrompit Dara en souriant.

— Non, Barson secoua la tête. Je ne donne pas dans la folie. Je fais des plans. Ganir, comme tous les autres, nous sous-estime. Mais même s'il avait des soupçons, il serait trop malin pour agir ouvertement. Il ne sait pas combien de soutien nous avons ni jusqu'où s'étend la conspiration. S'il nous accuse ouvertement de trahison, mes hommes ne resteront pas passifs, tout comme ceux que nous avons convaincus de rejoindre notre cause. Il y aura une guerre, une véritable guerre civile, et je ne crois pas que Ganir y soit préparé.

Dara fronça les sourcils en prenant un air inquiet.

— Qu'est-ce qu'il y a, sœurette ? Tu as des doutes à nouveau ?

— Je ne peux pas m'en empêcher, admit Dara. Même avec tous nos alliés, j'ai l'impression qu'affronter le Conseil est une mission impossible.

— Tu as raison. Barson lui sourit. On n'est tout simplement pas prêts. Mais si j'arrive à convaincre Augusta de nous rejoindre, cela augmenterait considérablement nos chances de réussite.

— Tu crois vraiment qu'elle nous rejoindrait ? Elle fait partie du Conseil.

— Elle nous a déjà rejoints, c'est juste qu'elle ne le sait pas encore. Sa demande va à l'encontre de mes ordres — des ordres qui me viennent directement du Chef du Conseil — ce qui signifie que nous sommes maintenant tous deux impliqués dans une trahison envers le pouvoir.

Dara y réfléchit un instant.

— Oui, je comprends. Et avec elle à nos côtés, les choses seraient très différentes.

Barson hocha la tête. Il pouvait déjà imaginer les conséquences d'un changement de pouvoir. Il serait roi et Augusta serait sa reine. Tous deux avaient du sang noble, comme cela se devait pour des souverains.

— Fais attention avec cette mission, Barson. Dara avait l'air inhabituellement inquiète. Je ne la sens pas bien.

Barson fit un sourire rassurant à sa sœur.

— Ne t'inquiète pas, sœurette. Tout ira bien. C'est juste une sorcière. Ça ne devrait pas être bien terrible.

En sortant de la maison de Dara, il rejoignit la Tour où ses hommes se préparaient déjà au départ.

CHAPITRE TRENTE-HUIT

✳ GALA ✳

Le jour des Jeux du Colisée, Gala prit la décision de s'aventurer hors de l'auberge. Pendant les trois jours précédents, elle avait fait toutes les corvées imaginables, depuis le fait de vider les pots de chambre — elle comprit alors réellement le concept de dégoût — jusqu'à la fabrication de fromage à partir du lait que les fermiers déposaient à l'auberge tous les matins. Bien que la plupart des tâches étaient intéressantes à leur façon, et que Gala s'avéra exceptionnellement douée pour les accomplir, elle commençait à se sentir captive, prisonnière dans l'auberge où Maya et Esther insistaient pour rester en attendant l'arrivée de Blaise.

— Je vais aller assister aux Jeux aujourd'hui, dit-elle à Esther en ignorant l'inquiétude qui apparut immédiatement sur le visage de la vieille dame. Ils disent que le Colisée va fermer après ça et j'aimerais assister aux Jeux au moins une fois.

— Je ne pense pas que ces Jeux te plairont, mon enfant, dit Esther en fronçant les sourcils. Et puis que feras-tu si quelqu'un te reconnaît ?

Gala respira profondément.

— Je comprends et je respecte ton inquiétude, dit-elle, déterminée à apaiser les craintes de sa gardienne. J'y ai bien réfléchi et je pense qu'il n'y a pas de danger. Cela fait plusieurs jours depuis le marché et personne ne m'a encore reconnue. Le déguisement que vous me faites porter est tel que personne ne me regarde à deux fois. Je suis juste une paysanne qui travaille à l'auberge et personne ne pensera autre chose si j'assiste aux Jeux aujourd'hui. Je porterai le châle au Colisée aussi.

Esther soupira.

— Mon enfant, tu es de toute évidence une sorcière très talentueuse et tu sembles devenir plus sage à chaque heure qui passe, mais Blaise veut que nous restions cachées. Ici à l'auberge, nous sommes juste un couple de vieilles tantes avec une jeune nièce qui essaie de gagner un peu d'argent en donnant un coup de main. Je m'inquiète de te savoir dans un lieu public, mon enfant. Il y a des choses qui surviennent en ta présence et que je ne comprends pas. Je ne sais pas comment tu fais ce que tu fais, mais nous ne pouvons pas davantage attirer l'attention sur nous.

— Je comprends, dit Gala calmement. Mais crois-moi, j'ai réfléchi au pour et au contre, et j'ai vraiment le sentiment que cela vaudra la peine que j'y aille. Ce genre d'événement est rare et j'aimerais le voir de mes propres yeux puisque c'est la dernière fois que ces Jeux auront lieu.

Esther secoua la tête d'un air résigné.

— Essayer d'argumenter avec toi c'est aussi difficile qu'avec Blaise, marmonna-t-elle en mettant un châle. Vous êtes tous les deux terribles avec vos raisonnements et vos cajoleries. Je ne sais pas quel est le pour et le contre d'après toi, mais je sais que c'est une mauvaise idée que tu y ailles. Bien évidemment, je ne peux pas plus t'arrêter qu'une autre force de la nature.

Gala répondit par un sourire en sachant qu'elle avait obtenu ce qu'elle voulait.

Quand elles sortirent toutes les trois de l'auberge, elle se demanda comment quelqu'un pouvait littéralement arrêter une force de la nature. Elle avait lu des textes relatant les terribles tempêtes dans les océans qui entouraient Koldun et maintenant elle était curieuse de savoir si celles-ci pouvaient être stoppées. La terre ferme était protégée de ces tempêtes par une chaîne de montagnes tout autour, mais à de rares occasions, les tempêtes franchissaient les montagnes et causaient de nombreux décès. Bien entendu, si les montagnes pouvaient arrêter les tempêtes, un sort approprié — bien que complexe — pourrait probablement en faire autant.

— Pour l'instant, tout va bien, dit Maya en passant devant un groupe de jeunes gens qui ne firent pas attention à elles. Tu avais peut-être raison, Gala. Mais garde ton châle en toute circonstance.

Gala hocha la tête et serra le châle autour de son visage. Elle n'aimait pas la sensation de cette matière qui grattait, mais elle acceptait la nécessité de le porter. Après tout, c'était à cause de ses propres actions qu'elle avait dû se déguiser à l'extérieur de l'auberge.

* * *

Le Colisée était le bâtiment le plus majestueux que Gala ait jamais vu. Maya avait réussi à obtenir des places vers le bas de l'amphithéâtre, plus près de la scène, et Gala avait du mal à contenir son enthousiasme alors que le début des Jeux approchait.

Il y eut d'abord des battements de tambour puis une étrange musique dynamique. Gala était fascinée. Une porte s'ouvrit lentement tout en bas de l'amphithéâtre et une douzaine de tonneaux en sortirent en roulant. Sur eux se tenaient des personnes en équilibre qui frottaient les tonneaux de leurs pieds nus. La foule les acclama et Gala observa avec intérêt les acrobates faire des tours incroyables au sommet de leurs tonneaux, coordonnant leurs mouvements avec une précision étonnante.

Davantage d'artistes sortirent de la porte en portant de grands paniers remplis de fruits. Des melons, devina Gala. Ils jetèrent les melons aux acrobates et ceux-ci les attrapèrent et se mirent à jongler avec tout en continuant à se mouvoir en cercles précis tout autour de l'arène.

En regardant les trajectoires complexes des fruits, Gala sentit son esprit entrer dans un état inhabituel mi-euphorique et mi-rêveur. Elle voyait les schémas mathématiques exacts qui gouvernaient les trajectoires des melons volants en même temps que ceux qui permettaient aux tonneaux de rouler. Pendant ce temps, le rythme de la musique et sa mélodie ajoutaient leur propre jeu de vibrations harmonieuses sur lesquelles les jongleurs se synchronisaient. C'était tellement merveilleux qu'elle eut presque l'impression de ne faire qu'un avec les acrobates, comme si elle pouvait elle-même y aller, monter sur un tonneau et jongler avec une douzaine de fruits sur la musique.

Elle regarda avec un grand sourire les acrobates qui faisaient leurs tours et elle était heureuse de ne pas avoir écouté Maya et Esther qui préféraient qu'elle n'assiste pas aux Jeux. Si elle n'avait pas vu ça, elle était sûre qu'elle l'aurait regretté toute sa vie.

Quand le numéro suivant sortit, Gala riait et s'amusait comme le reste de la foule. Elle fut surprise de voir que les artistes suivants étaient des ours et non des hommes. Elle avait lu quelque chose au sujet de ces animaux sauvages dans un des livres de Blaise.

Deux grandes bêtes sortirent en roulant sur des tonneaux. C'était amusant, et au début Gala continua de rire — jusqu'à ce qu'elle aperçoive un homme avec une épaisse moustache qui se tenait au milieu de la scène. Il faisait claquer son long fouet tout autour des ours, et à chaque fois, les animaux semblaient sursauter un peu à cause du bruit.

Gala fronça les sourcils quand elle se rendit compte que les ours n'aimaient pas être là et que, contrairement aux acrobates, ils ne s'épanouissaient pas sous les regards de la foule. En fait, d'après ce qu'elle voyait, tout ce qu'ils voulaient c'était descendre de ces tonneaux idiots pour se reposer, mais chaque fois que l'un d'entre eux faiblissait, l'affreux claquement du fouet résonnait et les animaux continuaient de faire le tour de la scène.

— Pourquoi obligent-ils les ours à faire ça ? chuchota-t-elle à Esther.

— Parce que c'est drôle à voir ? répondit Esther en chuchotant également.

— Je n'aime pas ça, marmonna Gala dans sa barbe. Elle était mécontente que ces animaux soient forcés à faire quelque chose qui allait clairement à l'encontre de leur nature.

— Devrions-nous partir, alors ? demanda Maya avec espoir.

— Non, Gala secoua la tête. Je veux voir ce qu'il y aura après.

Après la sortie des ours, ce fut le tour d'un numéro de cracheur de feu, suivi d'un groupe de jeunes femmes qui dansaient dans des costumes légers et colorés. Gala apprécia beaucoup, soulagée qu'il n'y ait plus d'animaux.

Et juste au moment où elle était sur le point de se dire que les Jeux du Colisée étaient le meilleur divertissement qu'elle puisse imaginer, une voix résonna dans l'arène, couvrant les bavardages enthousiastes de la foule :

— Mesdames et messieurs, voici le moment que vous attendiez tous. Il y eut un roulement de tambour. Voici les... lions !

La foule se tut et concentra son attention sur la scène. Gala attendait elle aussi de voir ce qui allait sortir, mais une intuition lui noua l'estomac.

La porte s'ouvrit à nouveau et une douzaine d'hommes vêtus d'armures solides en sortirent en traînant de lourdes chaînes derrière eux. Au bout de ces chaînes se trouvaient les lions : les plus belles créatures que Gala ait jamais vues.

Les chaînes étaient attachées à des colliers avec des pointes qui s'enfonçaient profondément dans les cous des animaux. Ils souffraient manifestement et grognaient pendant qu'on les forçait à marcher jusqu'au centre de l'arène. Une fois qu'il y eut plus d'une douzaine de lions, les hommes en armure attachèrent les chaînes à des anneaux fixés au sol et partirent à toute vitesse, en repoussant les lions avec de longues lances pour les empêcher de les attaquer. Cela sembla énerver les lions encore davantage et leurs rugissements augmentèrent, faisant pousser de petits cris d'excitation à certaines femmes de la foule.

Gala, dont l'horreur et le dégoût grandissaient à chaque minute qui passait, regarda les portes qui s'ouvrirent à nouveau en laissant entrer un groupe d'hommes dans l'arène. Contrairement aux gardes, ces hommes n'étaient armés de rien d'autre que quelques épées courtes et rouillées. Ils trébuchèrent dans l'arène et Gala comprit qu'ils avaient été poussés, qu'ils ne voulaient pas se trouver là, pas plus que les pauvres lions. Les visages de ces hommes étaient marqués par la peur et la panique.

Le cœur de Gala bondit dans sa gorge quand deux lions se mirent à suivre un des hommes dans l'arène. Il recula en agitant son épée devant eux, ses mouvements étaient maladroits et désespérés. Gala comprit alors que c'était ça qui était censé servir de divertissement.

Les lions et les hommes allaient se battre à mort.

Une rage plus puissante que tout ce que Gala avait pu ressentir jusque là s'empara d'elle. Elle monta en elle jusqu'à ce qu'elle ne puisse plus voir autre chose que la scène qui allait se dérouler dans l'arène.

— Stop, chuchota-t-elle presque sans savoir ce qu'elle disait. Du coin de l'œil, elle vit Maya et Esther qui la regardaient avec inquiétude. Elle sentit qu'elles la tiraient par la manche en essayant de la faire partir de là. Mais c'était comme si ses pieds avaient pris racine. Elle était figée sur place, incapable de faire autre chose que regarder le spectacle abominable au-dessous.

Un grand rugissement, puis du jaune... Un lion bondit et fit tomber un homme à terre et Gala eut la sensation maintenant familière de perdre le contrôle, de laisser cette autre partie d'elle-même prendre le relais. Elle eut vaguement conscience que quelque chose en elle était en train de calculer la distance entre son siège et le milieu de l'arène — puis elle avait quitté son siège et elle était en train de flotter en direction de sa destination.

Tout sembla devenir silencieux. Même les lions s'arrêtèrent de rugir, ils tournèrent la tête pour regarder l'incroyable vision d'une femme humaine qui flottait dans les airs. C'était tellement silencieux que Gala put entendre le tintement des chaînes lorsque les lions se déplacèrent sans hésiter, abandonnant leur proie, vers le centre de l'arène où elle était sur le point d'atterrir.

Et Gala atterrit parmi eux, entourée par les magnifiques créatures féroces. Elle savait qu'elles pouvaient être dangereuses, mais elle n'avait pas peur. Elle ne ressentait que de l'émerveillement. Elle tendit la main sans y penser et toucha le superbe animal qui se trouvait le plus près d'elle. Sa fourrure était rêche, presque piquante, mais en dessous le lion avait la peau chaude, aussi chaude que Gala elle-même. Elle sut alors qu'ils étaient une seule et même entité : faits d'os et de chair, une manifestation de pensée et de matière dans le Domaine Physique.

Elle tendit son esprit vers le lion et essaya de le rassurer, de lui dire qu'elle était une amie, qu'elle était là pour les aider. Et le lion eut l'air de comprendre. La bête s'allongea à ses pieds en ronronnant et ses longues moustaches chatouillèrent agréablement la cheville de Gala.

Gala se pencha et toucha le collier autour du cou du lion. L'animal gémit et elle souhaita que les chaînes et le collier soient enlevés, que la créature majestueuse soit délivrée. Tous les instruments de torture féline se détachèrent d'un seul coup et tombèrent avec fracas. Pas uniquement ceux du lion près d'elle, mais ceux de tous les lions.

Les lions rugirent tous en chœur, puis le plus grand s'approcha d'elle. Gala était toujours hébétée et tendit sans crainte une main vers le lion. Elle sourit quand il lécha sa main avec sa langue rugueuse.

Elle se calma lentement et prit conscience des murmures de la foule. En levant la tête, elle vit que tout le monde la regardait et elle se rendit compte de ce qu'elle avait fait. Elle avait à nouveau perdu le contrôle et elle l'avait fait à l'endroit le moins discret possible.

Sa main se porta instinctivement à sa tête pour toucher le châle, mais elle ne sentit que ses cheveux qui volaient dans la brise. Son déguisement était tombé, le châle formait un petit tas sur le sol de l'arène. Il avait dû tomber sans qu'elle s'en aperçoive.

La respiration de Gala s'accéléra. Des milliers d'yeux étaient fixés sur elle. Blaise lui avait demandé de rester discrète, et elle avait spectaculairement échoué coup sur coup. Gala regarda autour d'elle avec un malaise grandissant. Les lions se tenaient calmement près d'elle, comme un mur de chair animale, et à l'autre bout de l'arène, se trouvaient les hommes qui étaient censés les combattre. Ils étaient serrés les uns contre les autres et ils la regardaient avec surprise et incrédulité.

Gala sut alors ce qu'elle devait faire. Son esprit se porta sur l'endroit en elle qu'elle commençait maintenant à reconnaître : un endroit qui lui avait déjà permis de faire de la sorcellerie. Elle était encore très loin de pouvoir contrôler ses pouvoirs, mais maintenant au moins elle les reconnaissait quand elle était sur le point de les utiliser.

Elle sentit avec détachement qu'elle allait faire exactement la même chose que l'autre fois quand elle dansait. Elle se concentra de tout son être sur Esther, Maya et les lions et elle se laissa envahir par le désir de se trouver ailleurs. En fermant les yeux, elle voulut retourner à l'endroit qui leur avait servi de foyer au cours des derniers jours.

Elle voulut retourner à l'auberge.

Et lorsqu'elle ouvrit les yeux, c'était exactement l'endroit où ils se trouvaient tous : elle, les lions et les deux vieilles femmes.

Malheureusement, dans le champ de blé mort devant eux se trouvaient également des centaines de soldats armés jusqu'aux dents.

Ils se dirigeaient vers l'auberge et lorsqu'ils virent Gala se matérialiser devant eux en si étrange compagnie, ils ne s'arrêtèrent que brièvement. Leurs visages étaient durs et Gala sut soudain qu'ils étaient là pour elle, que ce que Blaise craignait s'était produit.

Son cœur bondit et avec une panique désespérée son esprit parvint à faire ce qu'elle essayait en vain depuis plusieurs jours : elle contacta le créateur de Gala.

'Blaise, je crois qu'on nous a trouvées.'

CHAPITRE TRENTE-NEUF

✳ BLAISE ✳

Blaise se frotta les yeux en essayant de combattre la fatigue pour arriver à écrire une autre ligne de code. Son cerveau fonctionnait à peine, mais il n'était qu'à quelques heures de compléter le sort qui le mènerait jusqu'à Gala en une série de bonds téléportés. Sa tâche était rendue plus ardue par le fait qu'il n'ait que quelques cartes pré-écrites avec le code de téléportation, et que le code ne pouvait s'appliquer qu'à une seule personne : pas à une personne volant dans les airs avec une chaise, comme le voulait Blaise. Cela signifiait qu'il allait devoir faire le sort en entier, ce qui prenait toujours beaucoup de temps.

Il était profondément perdu dans ses pensées quand il eut à nouveau la sensation qui précédait un Contact.

'Blaise, je crois qu'on nous a trouvées.'

C'était comme si on lui avait lancé un verre d'eau froide dans le visage. Blaise bondit de sa chaise, le cœur battant. La voix avait été celle de Gala et elle avait parlé clairement dans sa tête. Il fut si surpris qu'il n'eut même pas le temps de penser au fait que Gala avait réussi à modifier le sort de Contact de façon à faire entendre sa vraie voix.

Il n'avait plus le temps de s'assoir pour finir le sort de téléportation. Il devait aller chercher Gala et il devait le faire maintenant.

Il attrapa sa Pierre d'Interprétation et le sort sur lequel il s'acharnait et sortit en courant de la maison. Il avait fait une assez grande partie du sort pour pouvoir se téléporter sur une bonne portion du chemin jusqu'à Neumanngrad. Il volerait sur le reste du trajet. Ce serait plus rapide que de terminer le sort maintenant.

Blaise sauta dans sa chaise, s'éleva dans les airs et mit rapidement une de ses cartes dans la Pierre. Il ne prit même pas le temps de regarder derrière lui pour voir s'il était suivi. Maintenant que Gala avait été retrouvée, cela n'avait plus d'importance. Tout ce qu'il voulait, c'était la rejoindre au plus vite.

Lorsqu'il se matérialisa à quelques kilomètres, il se servit de sa vision améliorée pour vérifier si la voie était libre devant lui et il inscrivit rapidement les coordonnées suivantes sur une carte pré-écrite. Puis il la mit elle aussi dans la Pierre.

Quand il eut épuisé toutes ses cartes, il était encore assez loin. Il essaya d'accélérer sa chaise en jurant, terrifié à l'idée que Gala n'avait que les deux vieilles femmes pour la protéger. Il avait été idiot de la laisser explorer le monde seule et il ne referait jamais cette erreur. Il se promit que quoi qu'il se passe ensuite, ils resteraient ensemble.

En approchant de sa destination, il entendit du tonnerre et vit de gros nuages se former. Les premières gouttes tombèrent sur sa peau peu après, avant de se transformer en une pluie torrentielle. Au-dessous, Blaise pouvait voir la terre desséchée absorber avidement l'eau qui tombait. C'était la première pluie de cette sorte depuis le début de la sécheresse.

Il regarda à travers le mur d'eau en plissant les yeux et il parvint à distinguer l'auberge au loin.

Ce qu'il y vit le secoua au plus profond de son Être.

CHAPITRE QUARANTE

✳ GALA ✳

Piégées. Elles étaient prises au piège.

Le mot résonna dans la tête de Gala pendant qu'elle observait les soldats qui se déplaçaient rapidement vers elle. Elle pouvait voir Esther et Maya du coin de l'œil : elles étaient figées sur place, leurs visages étaient pâles et effrayés. Même les lions semblaient hébétés, désorientés par le fait d'avoir été téléportés si soudainement d'un endroit à l'autre.

Elle les avait fait sortir du Colisée et elle les avait amenés dans une situation qui semblait mille fois pire.

Gala ferma les yeux et elle essaya de se déplacer ailleurs avec ses compagnons, mais lorsqu'elle les rouvrit, elle était toujours au même endroit. Ses capacités magiques, jamais fiables, l'avaient apparemment à nouveau abandonnée. Elle sentait que cette partie de son esprit était à l'œuvre, mais cette fois elle ne parvint pas à la contrôler suffisamment pour se téléporter.

Un vent de panique aiguisa sa vue. Gala put soudain tout voir, jusqu'aux grains de beauté et aux cicatrices sur les visages des soldats. Au lieu de se tenir en une seule grande formation, ils étaient organisés en petits groupes. Les archers étaient au milieu et des hommes portant de grands boucliers à deux mains étaient postés en arc de cercle à l'avant. Ils avaient l'air graves et déterminés. Les archers étaient déjà en train de préparer leurs flèches et les escrimeurs serraient les gardes de leurs épées, leurs bras musclés tendus d'anticipation.

Ils étaient prêts au combat.

Non, pensa Gala avec désespoir. Elle ne pouvait pas laisser faire ça. Si les soldats étaient là pour elle, alors elle devait leur faire face elle-même. Elle ne pouvait pas laisser Maya, Esther ou les lions être mêlés à cela.

En rassemblant son courage, elle se mit à marcher vers l'armée.

— Gala, attends !

Elle entendit Esther crier derrière elle et elle accéléra, voulant laisser les deux vieilles dames loin derrière elle.

— Restez là, cria-t-elle en se retournant pour voir que les lions et Maya et Esther la suivaient. Gala essaya mentalement de les forcer à s'arrêter, à reculer, mais sa magie était hors de contrôle, tout comme la peur et le désespoir qui faisaient trembler tout son corps.

Ne sachant pas quoi faire d'autre, elle se mit à courir tout droit vers les hommes armés. C'était étrangement libérateur de courir aussi vite que possible, et Gala sentit son allure accélérer à chaque pas, jusqu'à ce qu'elle vole pratiquement vers le champ de blé en laissant son entourage loin derrière elle.

Un des petits groupes de soldats s'avança en levant les boucliers comme s'ils s'attendaient à une attaque. En même temps, les archers décochèrent leurs flèches qui obscurcirent le ciel. Même bouleversée, Gala parvint à estimer la trajectoire de ces bâtons mortels et à l'adapter à la gravité et au vent. Elle savait qu'un grand nombre des flèches allaient l'atteindre et que certaines atteindraient même ses amis.

Courant toujours, elle sentit monter la fureur en elle. Sa colère éclata hors d'elle sous la forme d'une explosion de feu qui couvrit le ciel et tout le sol autour d'elle. La grêle de flèches mortelles se désintégra et se transforma en cendres en l'espace de quelques secondes, mais les soldats restèrent debout. Leurs boucliers émettaient une lumière à peine visible qui semblait protéger les hommes de la chaleur d'une manière ou d'une autre, tandis qu'un nuage de cendres se déposa majestueusement sur-le-champ en flammes.

Sans se démonter, Gala continua à courir. Elle se sentait impossible à arrêter, invincible, et lorsque le groupe de soldats surgit devant elle, elle ne put pas ralentir. Elle les percuta alors à toute vitesse, sans même sentir l'impact des boucliers en métal qui frappèrent son corps.

Les boucliers et les hommes qui les tenaient volèrent dans les airs comme s'ils étaient faits de paille. Leurs corps atterrirent lourdement quelques mètres plus loin et restèrent posés là, un tas d'os cassés et de chair contusionnée.

Gala se rendit soudain compte de ce qu'elle venait de faire, ce qui la tira de la folie qui l'avait submergée. Elle s'arrêta net et contempla avec horreur le carnage qu'elle venait de causer.

Avant de pouvoir digérer ce qu'il s'était passé, elle entendit une voix grave et dure aboyer des ordres et elle se retourna juste à temps pour voir un soldat courir vers elle en levant son épée.

— Stop, chuchota Gala en levant la main, paume vers le soldat. S'il vous plaît, arrêtez...

Mais il se précipita sur Gala en faisant tournoyer son épée.

Elle fit un bond en arrière et la lame la rata d'un cheveu.

Il attaqua à nouveau et elle l'évita encore. Ses mouvements étaient comme une danse étrange et elle leur répondit comme avec un partenaire de danse. Il frappa en direction de son coude et elle recula son bras, il frappa son cou et elle roula au sol avant de se relever. Il avança un pied et elle recula le sien. Il se mit à bouger plus vite, il se fendait à la vitesse de l'éclair et elle sentit son corps s'adapter, répondre à sa vitesse en accélérant aussi. Du coin de l'œil, elle put voir d'autres soldats approcher, même s'ils étaient encore assez loin.

Tout ça ne semblait pas réel et Gala sentit son esprit entrer dans une nouvelle phase. Maintenant, c'était comme si elle s'observait à distance. Au lieu de simplement réagir aux mouvements du soldat, c'était comme si elle prédisait ce qu'il allait faire d'après les mouvements subtils de ses muscles et les minuscules changements des expressions de son visage.

Elle était toujours prise par cette danse mortelle quand elle sentit quelqu'un approcher dans son dos. Elle le vit dans la dilatation des pupilles de son adversaire et dans un bref reflet sur ses yeux. Et juste au moment où l'autre soldat allait la frapper, elle se baissa et elle sentit l'épée trancher l'air à l'endroit où sa tête se trouvait à peine une seconde auparavant.

Elle avait maintenant deux adversaires, mais cela n'avait pas d'importance. Elle parvenait quand même à esquiver leurs épées. Un soldat attaqua son bras et l'autre sa cuisse, alors son corps se contorsionna d'une façon qu'elle n'aurait pas crue possible. Ce fut inconfortable un instant, mais efficace : les épées des soldats la manquèrent à nouveau.

C'est alors qu'elle entendit le premier rugissement et un cri. Un lion bondit vers les soldats et elle sentit sa douleur quand une épée transperça sa patte. Au même moment, elle entendit le cri d'agonie d'un soldat dont la gorge fut arrachée par les dents pointues du lion.

Un nouveau soldat rejoignit les adversaires de Gala. Ils étaient trois contre elle à présent, mais elle apprenait leurs mouvements et la danse devenait plus facile. C'était comme si elle pouvait se mouvoir comme eux, mais mieux et plus vite. Avec plus d'efficacité.

D'autres lions se jetèrent sur les soldats. Sans savoir comment, Gala put sentir les mouvements de ces animaux. Un étrange lien sembla se former entre elle et les bêtes sauvages et soudain, une partie du cerveau de Gala corrigea les mouvements des lions, les faisant esquiver les épées des soldats exactement comme Gala évitait les attaques de ses adversaires. En même temps, elle essayait de contenir les lions pour les empêcher de déchirer la peau des soldats comme ils avaient envie de le faire.

Ayant soif de sang, les lions luttèrent contre son contrôle et elle sentit son lien avec eux s'affaiblir alors que davantage de soldats rejoignirent le combat. Elle esquivait à présent cinq attaques à la fois. Une épée atteignit un des lions, tranchant brutalement son dos et Gala sentit une fureur renouvelée, seulement elle ne savait pas si c'était la sienne ou celle du lion.

À ce moment-là, elle entendit Maya et Esther hurler de peur.

Son esprit explosa de rage.

Gala en avait fini avec la simple défense.

Quand le soldat suivant attaqua, elle lui arracha l'épée des mains d'un geste rapide avant de lui enfoncer dans la poitrine. Elle retira l'épée, esquiva l'attaque du second adversaire et l'épée dans sa main se porta à la gorge du soldat. Elle synchronisa ses gestes fatals de telle façon que lorsqu'elle évita le coup du troisième attaquant, le bras du soldat continua sa course et trancha dans l'épaule de son camarade. Avant que le soldat blessé ait le temps de crier, Gala attrapa son épée au vol et fit tournoyer les deux armes en demi-cercles mortels.

Deux corps sans tête tombèrent au sol alors que Gala resta debout, son esprit toujours embrumé par une fureur incandescente. Quelque part, un lion était en train de mourir en souffrant et son agonie augmentait la rage de Gala.

D'autres soldats attaquèrent et les épées de Gala les découpèrent avec une précision brutale. Elle ne contrôlait pas consciemment les mouvements de ses mains et de son corps, c'était plutôt comme si elle était quelqu'un d'autre. Parer, attaquer, trancher, esquiver — tout se mélangeait pendant qu'elle se battait pour atteindre l'animal dont elle sentait la douleur. Les hommes tombaient comme des mouches autour d'elle et la terre se teinta de sang rouge.

Puis quatre grands soldats surgirent devant elle. Ils se déplaçaient plus vite que tous ceux qu'elle avait rencontrés jusque là.

Le plus grand d'entre eux portait un pendentif autour du cou.

CHAPITRE QUARANTE-ET-UN

⁂ BARSON ⁂

Rien ne se déroulait comme prévu. Barson regarda, incrédule, cette magnifique jeune femme qui se traçait un chemin à travers ses hommes, combattant avec une force et un talent surhumains.

Quand il l'avait vue apparaître de nulle part avec ses étranges compagnons, il avait su que les rumeurs disaient vrai, que c'était véritablement une sorcière puissante. Téléporter autant de monde était déjà un sort dont peu de membres du Conseil étaient capables, peut-être même aucun. Comment une jeune femme dont il n'avait jamais entendu parler avait-elle pu accomplir une telle prouesse ?

Il hésita pendant un instant en se demandant s'il agissait bien. C'était dommage de détruire quelque chose d'aussi beau, mais il avait fait une promesse à Augusta et il avait besoin qu'elle soit de son côté. Il finit par prendre une décision et il ordonna à ses hommes d'attaquer.

Ils étaient déjà préparés à une bataille d'un genre différent : aucune armée n'avait combattu un sorcier de cette façon depuis l'époque de la Révolution. Bien entendu, en ce temps-là, personne n'avait développé la stratégie qu'il était sur le point de tester.

Au lieu de rester ensemble, il sépara ses soldats en petits groupes pour minimiser les chances qu'un seul sort les affecte tous. Il n'oublierait jamais avec quelle facilité Augusta avait décimé l'armée de paysans et il n'avait pas l'intention de laisser subir le même sort à ses hommes. Contrairement à ces pauvres paysans, son armée était protégée contre les sorts élémentaires et elle possédait des instructions détaillées sur la façon dont il fallait gérer les mouvements inhabituels de la terre. Ainsi, lorsque la fille avait lancé le sort de feu le plus puissant qu'il ait jamais vu, ils avaient été épargnés.

En revanche, il ne s'était pas attendu à rencontrer un maître à l'épée. C'était pourtant bien ce qu'elle devait être, malgré son apparence délicate. Elle se battait comme un homme possédé, comme un démon des vieux contes de fées, avec une agilité et un talent qui surpassaient les siens. Son talent augmentait même à mesure que le temps passait. Comment faisait-elle pour apprendre si vite ? Qu'était-elle ? Ses mouvements gracieux avaient une sorte de précision calculée qui semblait presque... inhumaine.

Il ne remarqua qu'une seule faiblesse : elle semblait distraite quand les lions et les vieilles femmes étaient en danger. Et même si cela ne l'enchantait pas, Barson sut ce qu'il lui restait à faire

Il donna l'ordre de mettre le feu aux animaux et il s'avança résolument avec ses meilleurs hommes.

Elle les rejoignit sans même une trace de peur. Au bout de quelques instants, Barson et ses hommes durent se battre pour survivre. La fille utilisait deux épées, se fendant dès qu'elle apercevait une ouverture, parant chaque coup qui venait vers elle. Le pire de tout, cependant, c'était qu'elle s'adaptait à chaque coup, devenant plus rapide et plus efficace à mesure que le combat durait. S'il n'avait pas été en danger de mort, Barson aurait donné n'importe quoi pour étudier sa technique : elle était à présent la perfection même, une virtuose de l'épée, chacun de ses mouvements étaient imprégnés d'une finalité mortelle.

Le premier sang de cette confrontation frénétique vint d'un coup à l'épaule de Kiam. Une minute plus tard, Larn saignait de la cuisse. Furieux, Barson mit toutes ses forces dans le dernier assaut désespéré et il sentit alors l'odeur âcre de la fourrure des lions qui brûlait.

La fille frissonna, sa concentration fut rompue et Barson vit enfin une ouverture dans sa défense. Il se fendit rapidement et son épée lui ouvrit le ventre, laissant une profonde plaie ouverte.

Elle hurla et laissa tomber ses armes en se tenant le ventre.

Barson et ses hommes approchèrent pour l'achever.

CHAPITRE QUARANTE-DEUX

✳ GALA ✳

Gala avait déjà ressenti de la douleur, mais rien ne l'avait préparée à ça.

L'agonie fut débilitante. L'homme au pendentif — celui qui semblait se battre comme nul autre — lui avait ouvert le ventre.

Elle se tenait l'estomac et elle sentit le flot de sang chaud qui passait entre ses doigts, et pour la première fois, elle fut frappée par l'idée qu'elle pouvait cesser d'exister.

Non. Gala ne pouvait pas, ne voulait pas accepter cette possibilité.

Le temps sembla ralentir. Elle entendit les lions rugir au loin et elle sentit la douleur de leur chair brûlée. Elle vit aussi les lames des soldats s'approcher lentement d'elle, prêtes à lui ôter la vie.

Au cours de ce bref laps de temps, un million de pensées passèrent dans sa tête. La douleur de sa chair blessée était terrible et l'idée qu'elle avait blessé les soldats de la même façon ajoutait à sa tourmente. Allait-elle mourir maintenant ? Pouvait-elle mourir ? Jusqu'ici, son corps n'avait pas réagi comme celui d'une femme normale, mais il devait néanmoins être lié par des règles qui s'apparentaient à la façon dont les corps humains fonctionnaient. Elle se fatiguait, elle mangeait et elle dormait. Elle ressentait la peur et le bonheur, le froid et le chaud. Allait-elle être tuée si les épées qui bougeaient lentement atteignaient son corps ?

Non, décida Gala. Elle ne pouvait pas risquer que cela arrive, elle n'allait pas les laisser la tuer. Elle aimait trop exister. Elle avait encore tant de choses à voir et à faire. Elle voulait revoir Blaise, sentir ses baisers.

Elle devait aussi sauver les lions ainsi qu'Esther et Maya.

Juste au moment où les épées des quatre soldats allaient transpercer sa chair, elle mit toute son énergie dans un dernier coup. Elle concentra toute sa fureur sur les lames de métal qui avaient causé tant de souffrance et elle souhaita de toutes ses forces qu'elles disparaissent.

Quand le sort qu'elle avait lancé se mit à fonctionner, Gala ressentit une douleur pire que tout ce qu'elle avait ressenti jusque là. Les lions rugirent et elle sentit *leur* souffrance. Les cris des soldats s'ajoutèrent au chaos.

Malgré le brouillard dans sa tête, elle comprit ce qu'il s'était passé. Elle avait fait exploser toutes les épées du champ de bataille, projetant des éclats de métal à travers les armures des soldats et dans chaque morceau de chair exposée. Personne ne s'en sortait indemne, ni les soldats, ni les lions et pas même Gala elle-même. Seules Maya et Esther étaient suffisamment loin pour être en sécurité. Ici dans le champ, les restes d'herbe brûlée étaient couverts de sang.

Hébétée, Gala regarda les morceaux de métal enfoncés dans son corps. Le fait de les voir rendait la douleur plus difficile à supporter. Elle tomba à genoux et elle jeta la tête en arrière en laissant échapper un cri d'agonie. Comme pour répondre à sa douleur, les morceaux de métal sortirent lentement de son corps et flottèrent un moment dans les airs avant de tomber à terre. Tout autour d'elle, la même chose se produisit sur les soldats et les lions.

Cela ne soulageait pourtant pas la douleur. La vue trouble, Gala se releva. Tout ce qu'elle voulait c'était partir, s'élever au-dessus de ce terrible massacre avant que quelqu'un recouvre suffisamment ses esprits pour l'attaquer à nouveau. Et c'est alors qu'elle sentit son corps s'élever lentement du sol.

Des mains puissantes attrapèrent sa jambe pendant qu'elle montait et Gala vit le soldat au pendentif — celui qui l'avait blessée — la tenir avec détermination. Son visage et son armure étaient couverts de sang, mais cela ne sembla pas l'arrêter. Elle était beaucoup trop faible pour se dégager de son emprise, alors ils flottèrent ensemble, s'élevant lentement au-dessus du champ.

Gala vit le champ de bataille au-dessous. Il était jonché de corps et trempé de sang. Elle avait causé tout cela, elle était à l'origine de toute cette souffrance. Cette prise de conscience fut pire que la douleur de son corps.

Gala leva les mains vers le ciel en regardant l'étendue bleue. Un son s'échappa de sa gorge, un son qui se transforma en autre chose. Elle ne supportait pas la sensation du sang sur ses mains : elle devait nettoyer ce cauchemar.

Elle se mit à pleurer. Des sanglots s'échappèrent de sa gorge et des larmes coulèrent sur son visage. Son corps entier se mit à trembler tandis qu'elle continuait à s'élever de plus en plus loin au-dessus du sol. Les mains du soldat se serrèrent sur sa jambe, ses doigts s'enfoncèrent dans sa peau, mais elle n'arrivait pas à s'en préoccuper, tant elle était perturbée par l'horreur et les regrets.

Un éclair de lumière vive troubla sa vue. Il fut suivi d'un grondement sourd et le ciel s'obscurcit rapidement. Des nuages apparurent et ils cachèrent le soleil. Le vent se leva. Un autre éclair de lumière, un autre grondement, et Gala se rendit compte qu'il s'agissait des éclairs et du tonnerre. Un orage arrivait. C'était un phénomène météorologique qu'elle ne connaissait que de ses lectures.

Le ciel se déchira et la pluie commença. D'énormes gouttes tombèrent sur Gala et la trempèrent jusqu'aux os. L'humidité fraîche était agréable sur sa peau surchauffée, elle lavait le sang et la saleté.

La pluie sembla également ranimer le grand soldat accroché à sa jambe. Il lâcha une main et tira une dague de quelque part, qu'il colla contre sa cuisse.

— Fais-nous descendre, ordonna-t-il sèchement. Tout de suite.

Gala essaya de lui donner un coup de pied, mais la dague s'enfonça dans sa chair et elle put voir qu'il avait l'intention de la tuer. Il était déterminé à les refaire descendre à tout prix, même s'il devait perdre sa propre vie pour cela.

Son corps était toujours pris dans des souffrances terribles et Gala se concentra instinctivement sur l'orage, sentant sa fureur jusqu'au fond de ses os.

Il y eut soudain un autre éclair et une explosion de douleur. Des étincelles volèrent et Gala comprit que la foudre venait de frapper la dague du soldat, sa force traversant leurs deux corps. Le soldat desserra sa main... et il tomba vers le sol au-dessous.

Surprise et étourdie, Gala continua à flotter un instant avant de trouver la force de se concentrer sur autre chose que la douleur. En se souvenant de la voleuse qu'elle avait guérie, elle essaya de retrouver l'état dans lequel elle avait été : la paix qui avait imprégné chaque fibre de son être. Et elle se remit à la sentir, cette sensation de chaleur qui commençait profondément en elle et qui irradiait vers l'extérieur par ses bras tendus, s'intensifiant un peu plus à chaque instant, la douleur se changeant en plaisir, en chaleur, lumière et bonheur.

Elle voulut figer cet instant et se sentir aussi bien pour toujours.

À travers la brume de plaisir, elle sentit l'inconscience la gagner lentement, jusqu'à ce qu'elle ne puisse plus lutter.

Elle allait faire un rêve agréable, pensa-t-elle avant de perdre connaissance.

CHAPITRE QUARANTE-TROIS

✳ AUGUSTA ✳

En sortant de la réunion du Conseil, Augusta se précipita jusqu'à sa chambre en marchant aussi vite que possible sans courir. En règle générale, les réunions du Conseil étaient loin d'être ce qu'elle préférait, mais celle d'aujourd'hui avait été tout particulièrement insupportable. Jandison avait braillé en continu et pendant tout ce temps, Augusta était restée assise là en pensant que Barson était probablement en train de se débarrasser de l'abomination de Blaise.

Elle n'avait pas vraiment peur pour lui. Son amant était très doué sur le champ de bataille et elle avait utilisé beaucoup de sorts de protection pour l'aider dans sa mission. C'était surtout qu'elle était impatiente de voir la créature détruite, éliminée de façon permanente. Elle avait fait des cauchemars les deux nuits précédentes, des rêves où la chose devenait plus puissante et où la terre devenait rouge à cause du carnage qu'elle causait. Elle savait que les rêves n'étaient qu'un produit de son subconscient qui ressassait la situation, mais ils étaient néanmoins perturbants.

Ce serait bien de savoir que la situation avait été réglée.

En entrant dans ses quartiers, Augusta se dirigea tout droit vers le miroir qui allait lui montrer la bataille par l'intermédiaire du pendentif de Barson. Elle s'assit devant le miroir et enleva le tissu qui le couvrait.

L'image en face d'elle était celle d'un combat en cours. Augusta observa avec satisfaction la créature qui utilisa sans succès un sort de feu contre l'armée de Barson. Les défenses d'Augusta parvinrent à tenir le coup, comme elle s'y était attendue.

Cependant, à mesure que la bataille avançait, Augusta devint de plus en plus angoissée. La chose bougeait son corps d'une manière non naturelle et elle apprit le combat à l'épée avec une vitesse inhumaine. Augusta ne connaissait aucune sorcellerie qui permettait à quelqu'un de se battre de cette façon-là.

La bataille se transforma rapidement en massacre. La créature tuait encore et encore avec une précision terrible, jusqu'à ce qu'Augusta ne vit plus que mort et désolation. Le fait que la monstruosité se manifeste sous la forme d'une jeune femme délicate rendait la scène encore plus macabre.

Quand Barson se mit à marcher vers la créature, Augusta sentit son estomac se nouer.

— Non, n'y va pas, chuchota-t-elle au miroir en commençant à se rendre compte à quel point elle avait sous-estimé cet Être surnaturel.

Et Barson réussit alors à le blesser. Augusta bondit en hurlant de joie — jusqu'à ce qu'elle voie la créature accomplir sa magie la plus destructrice jusque là. Sans égard pour sa propre sécurité, elle fit exploser toutes les épées en morceaux, projetant des fragments de métal tout autour.

— Barson, stop ! hurla Augusta quand son amant — sanguinolent, mais vivant — attrapa la chose et flotta vers le ciel. Lâche-la, s'il te plaît lâche-la !

Il ne pouvait pas l'entendre, bien sûr, et Augusta vit avec terreur l'orage se former et la foudre passer dans le corps de Barson. Son sort de protection élémentaire avait probablement atténué le plein effet du coup, mais la douleur avait dû paraître insupportable, même pour Barson. Ses mains lâchèrent prise et il se mit à tomber.

Quelques secondes plus tard, l'image dans le miroir se brisa en morceaux puis devint noire.

Augusta se mit à frapper le miroir en poussant un cri de rage, jusqu'à ce que ses mains se mettent à saigner et que le miroir se brise sur le sol.

Elle se laissa tomber à genoux en sanglotant.

C'est elle qui avait fait tout ça. Elle avait causé la mort de son amant. Si elle avait été voir le Conseil directement après avoir appris l'existence de la créature, rien de tout cela ne se serait produit et Barson serait encore en vie. Elle poussa un grand cri de lamentation en se balançant d'avant en arrière.

Elle avait laissé ses sentiments pour Blaise influencer son jugement, mais elle ne referait pas la même erreur. Blaise était mort à ses yeux, aussi mort que la créature lorsque la puissance des sorciers de Koldun s'abattrait sur elle.

Cette chose était mauvaise, et le mal devait être arrêté par tous les moyens.

CHAPITRE QUARANTE-DEUX

✳ BLAISE ✳

Le cœur battant, Blaise volait aussi vite que possible. Là-bas, au centre du gigantesque orage, se trouvait Gala. Elle flottait dans le ciel avec un homme accroché à ses jambes. Le sol était couvert de corps de soldats. Blaise ne savait pas s'ils étaient morts ou simplement sévèrement blessés.

Sa chaise se mit à vibrer alors qu'il la poussait au bout de ses limites, essayant d'aller plus vite, plus vite. Le vent de l'orage contrait ses efforts alors il prit son sac et en sortit la Pierre d'Interprétation et quelques cartes. Il ajouta frénétiquement quelques paramètres au code et inséra les cartes dans la Pierre. Puis il attendit.

Un nouveau vent se leva immédiatement. Il était faible en comparaison des forces incroyables dont

Blaise supposait que Gala était à l'origine, mais il soufflait exactement dans la bonne direction.

Ensuite, Blaise sortit un mouchoir. Il lança un sort verbal sans tenir compte de la pluie et des éclairs. Quand il eut fini, le mouchoir se mit à grandir jusqu'à atteindre la taille d'un drap. Un autre sort attacha le drap à l'arrière de la chaise pour former une sorte de voile improvisée.

La chaise accéléra, aidée par le vent.

La foudre frappait sans cesse le sol et Blaise vit avec horreur un éclair toucher l'homme qui se tenait à Gala. Dans la lumière qui suivit, Blaise vit le visage de cet homme.

C'était Barson, le Capitaine de La Garde des Sorciers — un homme réputé inégalé au combat.

Quand la foudre le frappa, le corps de Barson tressaillit. Puis il lâcha Gala et se mit à tomber.

Un instant plus tard, Blaise eut une drôle de sensation : une sorte de chaleur merveilleuse qui pénétrait son corps entier malgré le vent et la pluie qui fouettaient sa peau. Toute sa tension s'évapora et elle fut remplacée par un calme inhabituel, une quiétude différente de tout ce qu'il avait pu ressentir. C'était ensorcelant et Blaise se sentit partir, son esprit s'enfonçant dans un brouillard de plaisir intense.

Un sort de soin, comprit-il vaguement, ses pensées étant lentes et paresseuses, comme s'il était en train de s'endormir. Un sort de soin comme sa mère en faisait, mais mille fois plus puissant. Un sort de soin qui lui ferait tout oublier s'il se laissait faire.

Non, pensa Blaise en s'enfonçant les ongles dans la peau. Il ne pouvait pas se laisser aller. Il attrapa le coupe-papier qu'il portait toujours dans son sac et se poignarda la paume de main. La douleur était aiguë et elle le secoua un instant, puis la chair se referma, comme si rien ne s'était produit. Il répéta l'action, encore et encore. Les accès de douleur l'empêchaient de se laisser glisser dans cet état abrutissant de béatitude.

Devant lui, il vit que Gala commençait à tomber et il sentit faiblir les effets du sort de soin. Les éclairs et le tonnerre s'adoucirent même si la pluie continuait à tomber avec force.

Blaise orienta sa chaise vers le sol et il passa sous le corps de Gala juste au bon moment.

Elle atterrit sur lui. Blaise la prit dans ses bras et il l'attira contre lui. Elle semblait avoir perdu connaissance, mais elle était en vie. Son corps mince était doux et chaud contre son torse. En tremblant, Blaise remercia mentalement tous ses professeurs, même ce bâtard de Ganir, d'avoir encouragé et développé en lui ses dons mathématiques. Si l'angle de sa descente avait été légèrement différent, Gala serait tombée jusqu'au sol.

Blaise regarda son visage exquis et se pencha pour embrasser doucement les lèvres de Gala. Il goûta la pluie et l'essence unique de ce qui faisait que c'était elle. Il n'arrivait pas à croire qu'elle était enfin là, avec lui, et il la serra dans ses bras en essayant de ne pas l'écraser. Même vêtue d'une tenue de paysanne et le visage couvert de saleté, elle était si belle que cela lui faisait mal.

Ils descendirent lentement et il vit pour la première fois le champ tout entier. Tout autour d'eux, les soldats de La Garde des Sorciers se mirent à bouger, même s'il y en avait encore beaucoup chez qui des morceaux de métal étaient enfoncés dans les armures. Il y avait également des lions qui se promenaient, ce qui aurait davantage surpris Blaise s'il n'avait pas été aussi bouleversé par tout le reste. Tout au bord du champ, il put voir Maya et Esther. Elles étaient dans les bras l'une de l'autre et elles regardaient le champ avec des expressions terrifiées sur leur visage.

La chaise toucha le sol et Blaise en sortit en tenant toujours Gala au creux de ses bras. Elle bougea en faisant un petit bruit, puis ses yeux s'ouvrirent.

Blaise sourit en voyant son regard.

— Blaise ! son visage s'illumina de joie émerveillée. Tu es là !

— Oui, dit-il doucement. Je suis là et je ne pars pas. Il pencha la tête et l'embrassa à nouveau. Elle mit ses bras autour du cou de Blaise et tira sa tête vers elle en l'embrassant avec tant de passion que Blaise eut un coup de chaud malgré la pluie froide qui tombait toujours. Pour la première fois depuis que Gala était partie, il se sentait en vie — en vie et empli de désir pour elle.

Avant de perdre complètement la tête, Blaise s'écarta. Il n'avait pas du tout envie de s'arrêter, mais il fallait qu'il fasse le point sur la situation.

— Que s'est-il passé ici ? demanda-t-il en posant doucement Gala.

Gala cligna des yeux, apparemment étonnée, puis elle regarda désespérément autour d'elle.

— Ils sont guéris, dit-elle avec bonheur en faisant un pas en arrière et en montrant les lions. Regarde, Blaise, ils sont tous guéris !

Blaise regarda les animaux sauvages qui semblaient à présent se diriger vers Maya et Esther.

— C'est une bonne chose, j'imagine, dit-il en hésitant quelque peu. Autour d'eux, il put voir un certain nombre de soldats qui se relevaient lentement.

— Ils sont guéris aussi, dit Gala en suivant son regard. J'ai dû les guérir sans le faire exprès. Elle avait l'air soulagée, ce que Blaise trouva étrange.

— Je croyais qu'ils essayaient de te tuer, dit-il. Que s'est-il passé ici aujourd'hui ?

Pendant qu'ils marchaient vers Maya et Esther à travers le champ de soldats hébétés qui se remettaient petit à petit, Gala lui raconta le combat et les incidents du marché et du Colisée.

Blaise écouta, émerveillé. Il avait su qu'elle serait puissante, mais même lui n'avait pas pu imaginer certaines des choses qu'elle savait faire. Et elle ne semblait même pas encore contrôler ses pouvoirs.

— Je suis désolée d'être partie, dit Gala en s'approchant des deux vieilles femmes. Sa voix était pleine de regrets amers. J'ai causé tant de chaos et de souffrance... Je ne peux pas me contrôler, Blaise. J'aurais dû rester avec toi pour apprendre la sorcellerie comme tu le souhaitais, au lieu de sortir explorer le monde. Rien de tout ceci — elle fit un geste vers le champ ensanglanté — ne se serait produit.

Blaise lui prit la main et la serra doucement.

— Ne t'inquiète pas, dit-il à voix basse, je resterai avec toi à partir de maintenant. Sa main lui sembla petite et froide dans la sienne et il sut à quel point elle était fragile malgré ses pouvoirs.

Gala hocha la tête et il put voir qu'une partie de son ancienne exubérance avait disparu. Même si quelques jours seulement s'étaient écoulés, elle semblait différente, plus mature d'une certaine façon. En marchant, il put voir les larmes qui coulaient sur son visage et qui se mêlaient aux gouttes de pluie.

— Ils ne bougent pas tous, dit-elle en regardant les soldats. Blaise, je crois que j'en ai tué quelques-uns. Il y eut une note d'horreur mal dissimulée dans sa voix.

Blaise se maudit à nouveau de n'avoir pas été là pour la protéger.

— Tu te défendais. Il s'immobilisa et il la fit s'arrêter également. En posant ses mains sur ses joues mouillées, il observa son regard plein de douleur. Gala, écoute-moi. Tout ceci n'est pas de ta faute.

— Bien sûr que si, dit-elle amèrement. C'est moi qui ai fait ça. J'ai tué ces hommes.

— Ils essayaient de te tuer, dit Blaise sèchement. Ce sont eux qui sont en tort, pas toi. Si j'avais été là, je les aurais tous tués. Toi au moins tu as guéri les survivants. C'est plus que ce qu'ils méritent.

— Gala ! Le hurlement de Maya interrompit leur discussion et ils se tournèrent vers le bruit. Les deux femmes se tenaient à une dizaine de mètres de là, entourées par les lions. Gala, éloigne ces monstres mangeurs d'hommes de nous !

À la surprise de Blaise, un sourire apparut sur le visage de Gala et les lions s'allongèrent, se roulant en boule aux pieds de Maya et d'Esther.

— Non, dit Esther paniquée. Ne les laisse pas nous encercler, fais-les partir. En se tournant vers Maya, elle dit bruyamment : et toi, tu ne comprends pas que si tu leur cries dessus ils pourraient se sentir menacés ? Les deux femmes se remirent à se chamailler tandis que les lions levaient à peine les oreilles de temps en temps, contents d'ignorer les humains.

— Elles semblent aller bien, dit Blaise à Gala quand elle se retourna vers lui. Tu les as sauvées, tu sais. Je ne sais pas ce que les soldats leur auraient fait.

Elle hocha la tête, mais ses yeux étaient encore beaucoup trop sombres selon lui et Blaise sut que cela ne la consolait pas beaucoup, qu'elle ne serait jamais capable d'oublier entièrement les événements de cette terrible journée.

CHAPITRE QUARANTE-CINQ

✳ BARSON ✳

Barson était en train de tomber quand il sentit la première vague d'extase le prendre. C'est donc ça de mourir, pensa-t-il alors que la douleur quittait son corps et qu'une paix agréable prit sa place. C'était différent de tout ce qu'il avait pu ressentir avant. Toutes ses blessures semblèrent guérir et les morceaux de métal qui restaient dans son corps en sortirent, comme si quelqu'un les poussait avec une force invisible.

Puis il s'écrasa au sol.

L'impact lui coupa le souffle. Sa vue fut obscurcie par des points noirs. Barson lutta pour reprendre une inspiration avec la cavité comprimée de sa poitrine. Il put voir le pendentif en petits morceaux sur le sol devant lui. Il se trouvait juste à côté de son bras recouvert par l'armure, qui semblait former un angle étrange. Il eut l'étrange impression d'être cassé comme le pendentif.

Puis la douleur le submergea. C'était comme si tous les os de son corps étaient brisés, tous ses organes contusionnés et saignants de l'intérieur. Sa vue se troubla et la nausée se mit à bouillonner dans sa gorge, mais il lutta contre l'obscurité qui essayait de l'engouffrer. Il ne pouvait pas, il ne voulait pas mourir de cette façon.

Et juste au moment où Barson se dit qu'il allait perdre ce combat, la douleur se remit à diminuer et elle disparut aussi miraculeusement qu'auparavant. Il sentit son corps guérir et se réparer et ce fut une sensation incroyable. La sensation de paix réapparut et il se sentit baigné d'une chaleur exquise.

Il ne put pas combattre la douceur de l'oubli plus longtemps et il se laissa submerger par la vague de plaisir.

CHAPITRE QUARANTE-SIX

❊ GALA ❊

— Je veux quitter cet endroit, dit Gala à Blaise quand les lions eurent laissé Maya et Esther tranquilles et qu'ils étaient allés se rouler en boule un peu plus loin.

Elle se sentait mieux avec Blaise ici à ses côtés, mais il fallait qu'elle s'éloigne de ce carnage. Elle était rongée par une culpabilité brutale et terrible. Elle avait tué des gens aujourd'hui : elle avait coupé court à leur existence. C'était le pire crime que Gala puisse imaginer et elle l'avait commis aujourd'hui : pas juste une fois, mais plusieurs fois.

Les différents scénarii possibles tournaient en rond dans sa tête. Et si elle avait été capable de les endormir ? Et si elle avait fait disparaître leurs épées au lieu de les briser en mille morceaux ? Si elle avait été capable de contrôler ses pouvoirs, elle aurait pu se défendre sans en venir au meurtre.

— Oui, admit Blaise. Nous devons y aller. On pourra éventuellement se cacher dans un des autres territoires.

— Non, l'interrompit Esther en venant vers eux. Tu seras reconnu. Et elle aussi maintenant. Aucun déguisement ne pourra la cacher après ça. Elle fit un geste vers le champ.

Maya s'approcha également.

— Esther a raison. D'ailleurs, celle-ci — elle montra Gala du doigt — se met à faire de la sorcellerie de fou chaque fois qu'elle est bouleversée.

Gala regarda Maya, frappée par le fait que la vieille femme avait raison. Sa magie, ses pouvoirs incontrôlables, étaient liés à ses émotions. Elle s'en voulait de ne pas avoir fait le rapprochement évident plus tôt.

— Alors qu'est-ce que tu suggères ? Blaise fronça les sourcils en regardant Esther. On ne peut pas retourner au village et Turingrad est hors de question aussi. Dès que le Conseil entendra parler de ceci — et cela arrivera vite —, ils nous poursuivront. Même si Gala est très puissante, à nous deux nous n'aurons aucune chance contre la puissance conjuguée du Conseil.

Esther hésita une seconde.

— Il n'y a qu'un endroit où ils ne vous chercheront pas, dit-elle lentement. Les montagnes. C'est peut-être là que nous devrions aller.

Un silence s'ensuivit. Gala avait lu quelques textes au sujet des montagnes qui entouraient Koldun et qui protégeaient la terre des tempêtes brutales de l'océan. À aucun moment, les livres n'avaient décrit les montagnes comme des endroits habitables.

Blaise eut l'air d'envisager l'idée.

— Eh bien, dit-il finalement, ce n'est que de la nature sauvage, mais nous pourrions peut-être y survivre. Ce ne sera pas confortable, mais je suis sûr que nous nous débrouillerons.

— Je ne suis pas sûre que ce soit inhabité, dit Maya d'un air effrayé. J'ai entendu des rumeurs.

— Quelles rumeurs ? demanda Gala dont la curiosité naturelle venait de se réveiller. Elle s'imaginait dans la forêt avec Blaise, tous les deux entourés de plantes et d'animaux magnifiques, et les images étaient plaisantes. Les lions y seraient heureux également : elle s'était demandé comment libérer ces superbes créatures sans qu'elles mangent quelqu'un ou sans qu'elles soient blessées par des humains effrayés, et cela semblait la solution parfaite.

— Ils disent qu'il y a des gens qui y vivent, dit Esther en se penchant vers eux comme si elle avait peur que quelqu'un entende ses mots. Ils disent que ces hommes sont libres, qu'ils n'appartiennent à aucun sorcier.

Blaise eut l'air surpris.

— Pourquoi n'en ai-je jamais entendu parler ?

— Je suppose que la plupart des sorciers n'en ont jamais entendu parler, dit Maya. C'est pour cela que ces hommes sont soi-disant libres. Les rumeurs disent que la plupart d'entre eux viennent des territoires du nord, où la sécheresse est particulièrement mauvaise, mais certains viennent de plus au sud.

Gala regarda Blaise et les deux femmes. Aller dans les montagnes signifiait qu'elle s'éloignerait des soldats et de tous ceux qui lui voulaient du mal — et qu'elle n'aurait plus jamais besoin de blesser quelqu'un.

— Allons-y, dit-elle d'un ton déterminé. Peut-être pourrions-nous aider ces gens en échange de leur hospitalité ? Blaise, tu pourrais améliorer leurs semences, non ?

Son créateur lui fit un sourire chaleureux.

— Oui, en effet. On dirait bien que nous avons un plan.

* * *

Gala regarda avec fascination comment Blaise travailla sur un sort pour agrandir sa chaise. Le but était de la rendre assez grande pour héberger quatre personnes et treize lions.

Quand l'objet élargi fut prêt, bloquant presque entièrement la vue de l'auberge, ils montèrent tous à bord, même les lions. Gala guida mentalement les animaux sur l'objet en s'assurant qu'ils ne paniquent pas ni ne grognent contre Maya et Esther — qui les regardaient avec méfiance, effrayées de se trouver aussi près de ces animaux sauvages. Gala au contraire aimait les avoir près d'elle, la proximité de leurs corps poilus rendait la chaise chaleureuse et agréable. Blaise fit un sort rapide pour ajouter un bouclier imperméable autour de la chaise, afin de les protéger de la pluie qui tombait toujours sans discontinuer.

Alors qu'ils s'élevaient dans les airs et qu'ils commencèrent à se diriger vers les montagnes, Blaise se tourna vers Gala avec un drôle de regard.

— Gala, dit-il doucement. Tu vois ça ?

— Voir quoi ? Tout ce qu'elle voyait c'étaient les trombes d'eau qui changeaient tout en gris. L'orage n'était plus aussi violent qu'avant, mais il semblait s'étendre aussi loin que ses yeux purent voir.

— La pluie. Elle s'étend rapidement, dit Blaise en lui prenant la main. Son regard était tendre et admiratif. Gala, je crois que tu as mis fin à la sécheresse.

PROLOGUE DU
DOMAINE DES SORTS
(LE CODE ARCANE : TOME 2)

L'Être s'éveilla après ce qui lui sembla être des millénaires de paix et de sérénité. Comme toujours à son réveil, il s'examina. *J'existe*, parvint-il à déterminer en rassemblant laborieusement ses esprits. Au moment de cette affirmation, l'Être fut assailli d'idées et il sut que cet état — la lucidité — lui était déjà arrivé.

Qui suis-je ? se demanda-t-il en prenant conscience que ce n'était pas la première fois qu'il se posait la question. Il sut immédiatement à quel point il serait futile d'essayer de trouver une réponse. Il n'existait pas de concept approprié pour se décrire à lui-même, pas de mot pour se définir. Toutefois, une sorte d'instinct lui fournit un raccourci. Parmi le grand stock de choses qu'il oubliait, une étiquette sortit, et avec elle, quelque chose que les êtres dans l'autre endroit appelaient *genre*. Je suis Dranel, pensa-t-il. Le nom et le genre n'avaient pas d'importance ici, bien sûr, mais cela rendait son sentiment d'identité plus concret et l'aidait à fixer ses pensées.

En mettant de côté ce qui concernait son Être, Dranel se concentra sur ce qui l'avait tiré de son état calme et agréablement dénué de pensées. Après réflexion, il détermina qu'il s'agissait du même phénomène qui l'avait réveillé auparavant : l'Être étrange qui lui avait fait impression.

Cet Être était un esprit de nature purement artificielle. Dranel avait été curieux à ce sujet lorsqu'il était apparu pour la première fois, mais il avait quitté le Domaine des Sorts avant qu'il ait le temps de le comprendre. Il était allé dans l'autre endroit, celui dont Dranel savait vaguement que c'était le Domaine Physique.

Il — *non, il était plus approprié de dire 'elle'* — commença comme une série de schémas, comme la plupart des intrusions provenant du Domaine Physique. Ces schémas étaient appelés des sorts, se souvint Dranel. Au même moment, il se rappela qu'il préférait les envisager comme des algorithmes. Ils contenaient en général des instructions sur la façon de faire survenir les effets qui se manifestaient dans l'autre Domaine, mais ici dans son monde, ils n'étaient que des abstractions, une façon de stimuler ce qui passait pour ses sens.

Certains de ces algorithmes avaient des effets éphémères alors que d'autres qu'il avait observés plus récemment étaient de nature plus permanente. Mais aucun d'entre eux n'était comme *elle*. Elle était le schéma le plus unique qu'il ait jamais rencontré : un algorithme consistant d'un réseau de sous-algorithmes joints ensemble, combinés de telle façon qu'ils permettaient d'apprendre et de penser. Le résultat final était une intelligence incomparable... et pourtant il en avait rencontré beaucoup, ici et dans cet autre endroit.

Ce qui était encore plus incroyable, c'était qu'elle avait appris d'elle-même à créer des algorithmes, des algorithmes magnifiques à observer. Dranel se souvint qu'il devenait lucide chaque fois qu'elle créait un algorithme, chaque fois qu'elle avait lancé un sort. Une fois, il avait même senti son esprit frôler le sien pendant qu'elle était dans cet état étrange que l'on nommait 'rêve'.

S'il était à nouveau forcé à devenir lucide, il allait utiliser cette opportunité pour mieux la comprendre, décida Dranel et il se laissa glisser à nouveau dans ce néant béat qui était son mode d'existence préféré.

* * *

Le Domaine des Sorts (Le Code arcane : Tome 2) sera bientôt disponible chez tous les grands revendeurs. Veuillez visiter le site internet de Dima Zales www.dimazales.com/fraincais.html pour en apprendre plus. Vous pouvez également le contacter sur Facebook, Google Plus, Twitter, et Goodreads.

EXTRAITS EN AVANT-PREMIÈRE

Merci d'avoir lu ce livre ! Nous adorerions savoir ce que vous en avez pensé, alors n'hésitez pas à en faire un compte rendu, cela nous fera plaisir. Anna et moi nous nous servons des critiques de nos lecteurs pour déterminer objectivement sur laquelle de nos nombreuses séries nous devons travailler ensuite, et pour voir ce qui marche et ce qui ne marche pas. Tous les retours sincères de nos lecteurs sont précieux.

L'histoire de Gala, Blaise, Augusta et Barson continue dans *Le Domaine des sorts* qui est déjà disponible. D'autres travaux en cours sont *The Thought Readers* et *Mind Awakening*. Veuillez vous inscrire à ma newsletter sur www.dimazales.com/fraincais.html pour connaître les dates de sorties des prochains livres.

J'adore avoir des nouvelles de mes lecteurs, alors
n'hésitez pas à :
— Devenir ami sur Facebook
https://www.facebook.com/DimaZales
— Cliquer 'Like' sur ma page Facebook
https://www.facebook.com/AuthorDimaZales
— Me suivre sur Twitter
https://twitter.com/AuthorDimaZales
— Me suivre sur Google+
https://www.google.com/+DimaZales
— Devenir ami ou me suivre sur Goodreads
https://www.goodreads.com/DimaZales

Merci pour votre soutien ! Je vous en suis très
reconnaissant.

Et maintenant, tournez la page pour quelques
aperçus de mes autres livres...

EXTRAIT DE *LIAISONS INTIMES* PAR ANNA ZAIRES

Remarque : *Liaisons intimes* est le fruit de la collaboration de Dima Zales avec Anna Zaires. Il s'agit du premier livre acclamé par la critique de la série de science-fiction érotique Les Chroniques Krinar. Il contient des situations sexuelles explicites et il n'est pas destiné aux lecteurs de moins de 18 ans.

* * *

Un romance au charme sombre et audacieux qui séduira les amateurs de liaisons dangereusement érotiques...

Dans un futur proche, la Terre est désormais sous l'emprise des Krinars, une espèce sophistiquée venue d'une autre galaxie. Ils restent un mystère pour nous, et nous sommes totalement à leur merci.

Mia Stalis est une jeune étudiante New Yorkaise, plutôt innocente et timide. Elle mène une vie parfaitement normale. Comme la plupart des êtres humains elle n'a jamais eu de contact avec les envahisseurs, jusqu'au jour où une simple promenade dans Central Park va changer sa vie à jamais. Mia a été remarquée par Korum et elle doit maintenant se confronter à un puissant Krinar, doté de dangereux moyens de séduction, qui veut la posséder corps et âme — et qui ne reculera devant rien pour devenir son maître.

Jusqu'où peut-on aller pour retrouver sa liberté ? Quels sacrifices peut-on consentir pour aider ses semblables ? Quels choix nous reste-t-il quand on s'éprend de son ennemi ?

* * *

L'air était vif et pur tandis que Mia descendait d'un pas rapide un sentier sinueux de Central Park. Partout, on voyait l'approche du printemps, les arbres encore nus avaient de minuscules boutons et les nounous étaient sorties en masse pour profiter de cette première journée de beau temps avec les enfants turbulents qui leur étaient confiés.

Bizarrement, tout avait changé depuis quelques années et pourtant tout était identique. Si dix ans plus tôt on avait demandé à Mia à quoi ressemblerait la vie après une invasion d'extra-terrestres, ce n'est pas du tout ce qu'elle aurait imaginé. Les films 'Independance Day' ou 'La Guerre des Mondes' étaient à des lieux de montrer ce qui se passe réellement quand une civilisation plus sophistiquée prend le dessus. Il n'y avait eu ni combat ni résistance du gouvernement parce qu'*ils* les avaient rendus impossibles. Rétrospectivement, il sautait aux yeux que ces films étaient idiots. Les engins nucléaires, les satellites et les avions de combat étaient aussi primitifs que des pierres et des bouts de bois. Mia aperçut un banc vide près du lac et s'y dirigea avec plaisir, ses épaules se ressentaient du poids de son sac à dos où elle avait mis son volumineux ordinateur portable — elle l'avait depuis 12 ans — ainsi que ses livres, imprimés sur papier comme autrefois. Elle avait beau avoir 20 ans, parfois elle se sentait déjà vieille, et comme dépassée par un monde nouveau sans cesse en évolution, un monde de tablettes fines comme du papier à cigarette et de montres qui servaient de téléphones portables. Depuis le jour K, le rythme des progrès technologiques ne s'était pas ralenti ; en fait de nombreux nouveaux gadgets avaient été influencés par ceux des Krinars. Non pas que les Krinars partageaient allègrement leur précieux savoir technologique ; de leur point de vue, leur petite expérience devait se poursuivre sans la moindre interruption.

Mia ouvrit la fermeture éclair de son sac et en sortit son vieux Mac. Il était lourd et lent, mais il fonctionnait encore et Mia, comme tous les étudiants désargentés, ne pouvait rien s'offrir de mieux. Une fois en ligne elle ouvrit une page vierge sur Word et se prépara à rédiger sa dissertation de sociologie, une véritable torture.

Après 10 minutes sans avoir écrit un seul mot elle s'arrêta. De qui se moquait-elle ? Si elle voulait vraiment s'y mettre, il ne fallait pas venir au parc ; évidemment c'était tentant de se donner l'illusion de pouvoir profiter du grand air et travailler, mais elle n'avait jamais été capable de faire les deux en même temps. Pour ce genre d'effort intellectuel, une vieille bibliothèque poussiéreuse lui convenait bien mieux.

En son for intérieur Mia se reprocha d'être aussi paresseuse, soupira et commença à regarder autour d'elle au lieu d'essayer de travailler. Elle ne se lassait jamais de regarder les gens à New York.

La scène lui était familière, comme elle s'y attendait il y avait le clochard de service sur un banc voisin (Dieu merci ce n'était pas le banc le plus proche parce qu'il avait l'air de sentir le fauve) et deux nounous bavardaient en espagnol en promenant tranquillement leurs landaus. Un peu plus loin, une jeune fille faisait du jogging, ses reeboks roses offrant un joli contraste avec son survêtement bleu. Mia suivit la joggeuse des yeux avant qu'elle ne disparaisse. Elle admirait sa condition physique. Elle avait un emploi du temps tellement chargé qu'elle n'avait pas beaucoup de temps pour faire du sport et elle se disait qu'elle n'aurait pas pu suivre cette jeune fille à ce rythme pendant plus d'un kilomètre.

À sa droite, elle voyait le Pont Bow au-dessus du lac. Un homme était penché sur le parapet et regardait l'eau. Son visage était tourné de l'autre côté si bien qu'elle ne pouvait voir qu'une partie de son profil. Et pourtant il y avait quelque chose en lui qui attira l'attention de Mia.

Elle n'arrivait pas à savoir de quoi il s'agissait. Il était vraiment grand et semblait costaud sous l'imperméable élégant qu'il portait, mais ce n'était pas ce qui l'intriguait. Les hommes grands, beaux et bien habillés ne manquent pas à New York, la ville regorge de top-modèles. Non, il y avait autre chose. Peut-être son attitude, parfaitement immobile, ne faisant aucun geste inutile. Ses cheveux bruns brillaient dans la vive lumière ensoleillée de l'après-midi, sa frange se soulevait légèrement dans la brise douce du printemps.

Et puis il était seul.

— Eh bien ! voilà, pensa Mia. D'habitude, il y avait toujours du monde sur ce joli pont, mais là, il était seul ; pour une raison qui lui échappait, tous semblaient l'éviter. En fait, à part elle et le clochard qui sentait sans doute mauvais, tous les bancs au bord de l'eau, d'habitude si recherchés, étaient vides.

Comme s'il avait senti qu'elle le regardait, l'homme qui faisait l'objet de son attention tourna lentement la tête et la regarda droit dans les yeux. Avant d'avoir compris ce qui se passait elle sentit son sang se glacer, elle était pétrifiée et incapable de détourner son regard de ce prédateur qui semblait maintenant, lui aussi, la regarder avec intérêt.

** * **

Respire, Mia, respire !

Une voix enfouie en elle, une petite voix raisonnable n'arrêtait pas de le lui répéter. Et cette même part d'elle-même, bizarrement objective, remarquait la symétrie du visage de cet homme, sa peau bronzée tendue sur ses pommettes saillantes et sa mâchoire solide. Elle avait vu des Ks en photo et sur des vidéos, ni les unes ni les autres ne leur rendaient vraiment justice. La créature qui ne se tenait guère qu'à une dizaine de mètres d'elle était tout simplement extraordinaire.

Alors qu'elle continuait de le regarder fixement, toujours pétrifiée, il se redressa et fit quelques pas dans sa direction. Ou plutôt, il bondit vers elle, lui sembla-t-il, ressemblant à un félin qui s'approche légèrement d'une gazelle. Ce faisant, il ne la quittait pas des yeux. Quand il se rapprocha, elle distingua de petits éclats jaunes dans ses yeux d'or pâle ainsi que ses longs cils épais.

Elle s'aperçut avec un mélange d'horreur et d'incrédulité qu'il s'était assis sur le banc à quelques centimètres d'elle et qu'il lui souriait en montrant ses dents blanches. Pas de crocs, lui dit la part de son cerveau qui fonctionnait encore, rien qui puisse y ressembler. Encore un mythe à leur sujet, tout comme leur soi-disant horreur du soleil.

— Comment vous appelez-vous ? La question avait presque été posée comme un ronronnement.

Cette créature avait la voix basse et douce, pratiquement sans le moindre accent. Ses narines se soulevaient légèrement comme s'il sentait son parfum.

— Heu... Mia avala sa salive avec nervosité. M-Mia.

— Mia, répéta-t-il lentement, semblant prendre plaisir à dire son nom. Mia comment ?

— Mia Stalis. Merde alors, pourquoi voulait-il savoir son nom ? Et pourquoi était-il là, en train de lui parler ? Et qui plus est, que faisait-il à Central Park, si loin de l'un des Centres K ? *Respire, Mia, respire !*

— Détendez-vous donc Mia Stalis !

Il sourit de toutes ses dents, et une fossette apparut sur sa joue gauche. Une fossette ? Les K avaient donc des fossettes ?

— Vous n'avez donc encore jamais rencontré l'un d'entre nous ?

— Non, jamais Mia poussa un grand soupir et s'aperçut qu'elle avait retenu son souffle. Malgré tout son trouble, sa voix ne tremblait pas trop et elle en fut fière. Devrait-elle l'interroger, souhaitait-elle savoir ? Elle prit son courage à deux mains.

— Et que... — une fois de plus elle avala sa salive — que voulez-vous de moi ?

— Juste parler, pour le moment. Il plissait légèrement ses yeux dorés, elle avait l'impression qu'il était sur le point de se moquer d'elle. Bizarrement, elle en fut assez agacée pour sentir sa peur s'atténuer. S'il y avait une chose à laquelle Mia était très sensible, c'était la moquerie. Mia était de petite taille, très mince, mal à l'aise avec les autres comme toutes les jeunes filles qui ont dû supporter le désagrément d'avoir eu un appareil dentaire, des cheveux frisés et des lunettes pendant leur adolescence. C'était un véritable cauchemar de faire sans cesse l'objet des moqueries des uns et des autres. Elle releva la tête avec agressivité.

— Alors d'accord, comment *vous* appelez-vous ?

— Moi, c'est Korum.

— Korum tout court ?

— Contrairement à vous, nous n'avons pas vraiment de nom de famille. Le mien est tellement long que vous n'arriveriez pas à le prononcer si je vous le disais.

Voilà qui était intéressant. En l'entendant, elle se souvenait avoir lu quelque chose à ce sujet dans le *New York Times*. Jusqu'ici, tout allait bien. Ses jambes ne tremblaient plus, sa respiration s'était calmée. Elle arriverait peut-être à s'en sortir saine et sauve ? Elle se sentait relativement en sécurité en parlant avec lui, bien qu'il ait continué de la dévisager fixement de ses yeux jaunâtres qui la mettaient mal à l'aise.

— Et que faites-vous ici, Korum ?

— Je viens de vous le dire, un brin de causette avec vous, Mia. Il y avait encore un soupçon de moquerie dans sa voix.

Mia se sentit frustrée, elle poussa un nouveau soupir.

— Ou plutôt que faites-vous ici à Central Park ? Et que faites-vous à New York ?

Il sourit une nouvelle fois en penchant la tête légèrement de côté.

— Disons que j'espérais rencontrer une jolie jeune fille aux cheveux bouclés.

Bon, ça suffisait maintenant. Il était clair qu'il se moquait d'elle. Maintenant qu'elle avait un peu repris ses esprits, elle s'aperçut qu'ils étaient là, au beau milieu de Central Park, et devant des millions de témoins. Elle jeta un coup d'œil discret autour d'elle pour en avoir le cœur net. Eh oui, elle avait raison, bien que les gens s'écartent du banc où elle se trouvait avec cet extra-terrestre, plus loin sur le chemin les plus courageux les regardaient fixement. Il y avait même un couple qui les filmait, sans prendre trop de risque, avec la caméra qu'ils avaient au poignet. Si le K devenait trop entreprenant avec elle, en un clin d'œil les images seraient sur YouTube, il le savait bien. Mais comment savoir s'il s'en moquait ou pas ?

Cependant étant donné qu'elle n'avait jamais vu de vidéos où des étudiantes se faisaient agresser par des Ks au beau milieu de Central Park, elle était relativement en sécurité ; Mia prit son ordinateur portable avec précaution et le remit dans son sac à dos.

— Laissez-moi vous aider, Mia.

Avant même qu'elle ne puisse réagir, elle le sentit s'emparer de tout le poids de l'ordinateur, il le prit des mains de Mia devenues inertes et elle sentit alors qu'il lui touchait le bout des doigts. Ce contact provoqua en elle comme une légère décharge électrique et un frémissement nerveux la suivit aussitôt.

Il attrapa son sac à dos et y mit l'ordinateur portable, chacun de ses gestes était précis, doux et d'une grande souplesse.

— Eh bien ! voilà, tout va bien mieux maintenant.

Mon Dieu, il venait de la toucher. Peut-être avait-elle tort de penser qu'on était en sécurité dans les lieux publics. De nouveau, elle sentit sa respiration s'accélérer et son cœur battre la chamade.

— Il faut que j'y aille maintenant, au revoir !

Elle se demanderait toujours comment elle avait réussi à parler sans s'étrangler de terreur. Elle saisit les sangles de son sac à dos qu'il venait de poser par terre et se leva d'un bond, en remarquant au passage qu'elle avait retrouvé l'usage de ses jambes.

— Au revoir, Mia. Et à bientôt !

En partant, elle entendit sa voix légèrement moqueuse qui portait loin — l'air du printemps était si pur —, elle avait tellement hâte d'être loin de lui qu'elle courait presque.

* * *

Si vous souhaitez en savoir plus, veuillez consulter le site internet d'Anna :
http://www.annazaires.com/french.html.

A PROPOS DE L'AUTEUR

Dima Zales est un auteur de science-fiction et de fantasy vivant à Palm Coast, en Floride. Avant de devenir écrivain, il a travaillé à New York dans l'industrie du développement de logiciels en tant que programmeur et en tant que cadre. Depuis les logiciels de trading haute fréquence pour les grosses banques jusqu'aux applications mobiles pour des magazines populaires, Dima a tout fait. En 2013, il a quitté l'industrie des logiciels pour se concentrer sur sa carrière d'écrivain.

Dima possède un Master en Informatique de NYU et un double diplôme d'Informatique et Psychologie de Brooklyn College. Il a également un certain nombre de passe-temps et de centres d'intérêt, le plus inhabituel étant probablement un niveau professionnel de mentalisme. Il simule la transmission de pensées sur scène et en face à face et il a fait des spectacles pour des entreprises, des particuliers et des amis.

Il s'intéresse aussi à la nourriture saine et au sport, donc il devrait vivre assez longtemps pour terminer tous les projets de livre qu'il commence. En fait, il espère vraiment atteindre les avancées technologiques qui lui permettraient de vivre pour toujours (biologiquement ou autrement). Il aime également se renseigner sur les technologies présentes et futures qui pourraient améliorer nos vies, telles que l'intelligence artificielle, la rétroaction biologique ('biofeedback'), les interfaces cerveau-ordinateur et les implants pour améliorer le fonctionnement du cerveau.

Outre *Le Code arcane* (*Le Code arcane : Tome 1*), qui a été nommé pour le prix Roné 2014, et *Le Domaine des Sorts* (*Le Code arcane : Tome 2*), Dima a collaboré avec sa femme, Anna Zaires sur un certain nombre de romances. The Krinar Chronicles, une série de science-fiction érotique a été un bestseller dans sa catégorie et a été reconnue par *Marie Claire* et *Woman's Day*. Si vous aimez les romances érotiques avec une intrigue unique, n'hésitez pas à y jeter un coup d'œil, surtout que le premier livre de la série (*Close Liaisons*) est disponible gratuitement partout. En revanche, n'oubliez pas que les livres d'Anna Zaires seront beaucoup plus explicites.

Anna Zaires est l'amour de sa vie et elle inspire tous les aspects de son écriture. Elle ajoute sa touche de magie à tout ce que Dima crée et les livres ne seraient pas les mêmes sans elle. Nous encourageons vivement les fans de Dima à en apprendre plus sur le

travail d'Anna sur
http://www.annazaires.com/french.html.